つかこうへい正伝Ⅱ

1982-1987 知られざる日々

Yasuo Hasegawa
長谷川康夫

大和書房

VAN99ホール客席にて（1975年）

カメラが捉えた
つかこうへい

斎藤一男写真館

雑誌の取材を受ける（1975年）

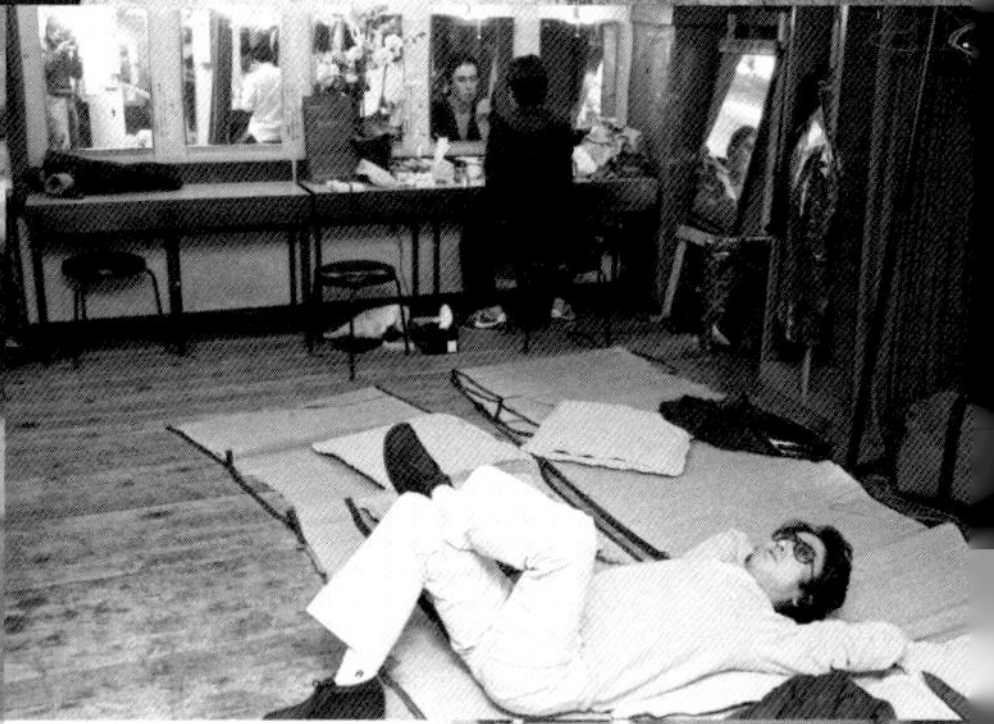

上演中は照明室等から客席を見るのが常だった

つかこうへいを追い続けたカメラマン、斎藤《さいとう》一男《かずお》。１９７６年の『野性時代』（角川書店、当時）でのつかこうへい特集グラビア以来、つかの晩年まで彼を撮り続けてきた。撮影された写真は膨大な数に上り、特に１９７０～80年代は、若き日のつかの姿、白熱する稽古場の様子、「つかブーム」の頃を写し出す貴重な記録となっている。本ページはこの時期にスポットを当て、気心知れた斎藤の前だからこそ見せる様々なつかの表情、つか芝居に欠かせない役者たちとの様子を、未公開写真を中心に構成する。

映画『熱海殺人事件』リハーサルにて（1986年）

つかこうへいの稽古場

『寝盗られ宗介』稽古場にて（1982年）

役者たちと。右から時計回りに風間杜夫、酒井敏也、岡本麗、平田満

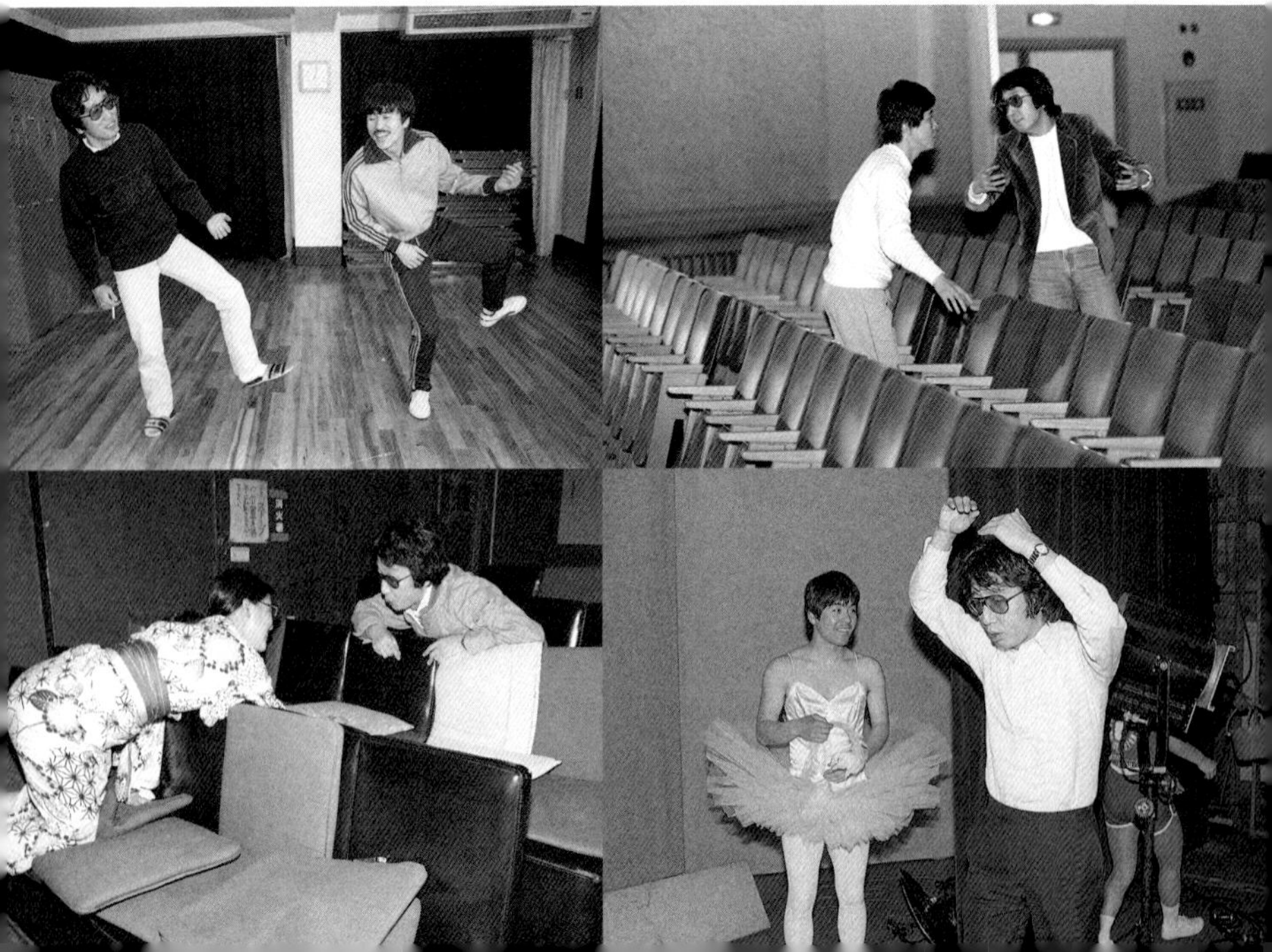

［上］左より平田、酒井　［下］石丸謙二郎

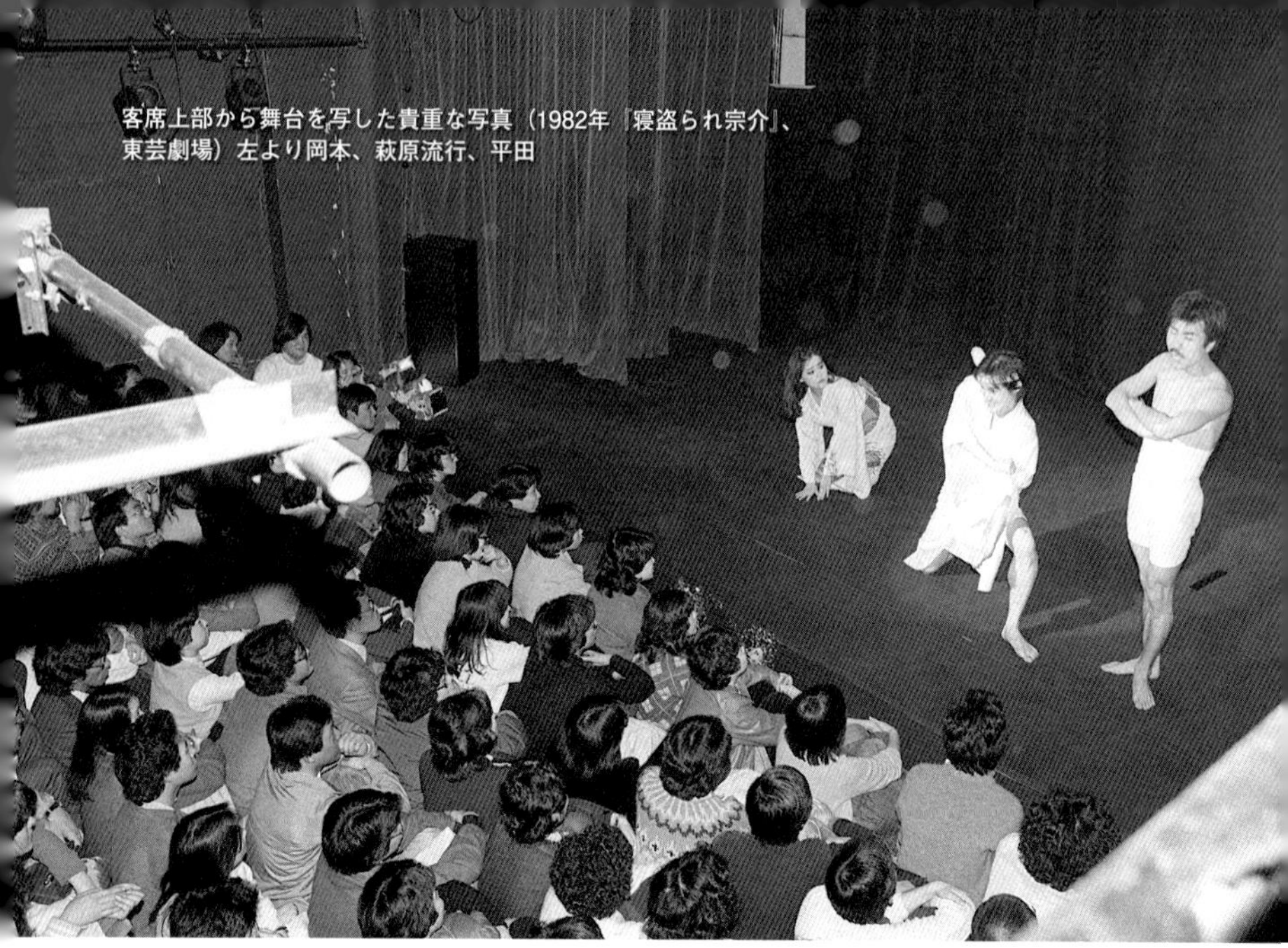

客席上部から舞台を写した貴重な写真（1982年『寝盗られ宗介』、東芸劇場）左より岡本、萩原流行、平田

“つかブーム”の頃

九州公演に向かう飛行機内

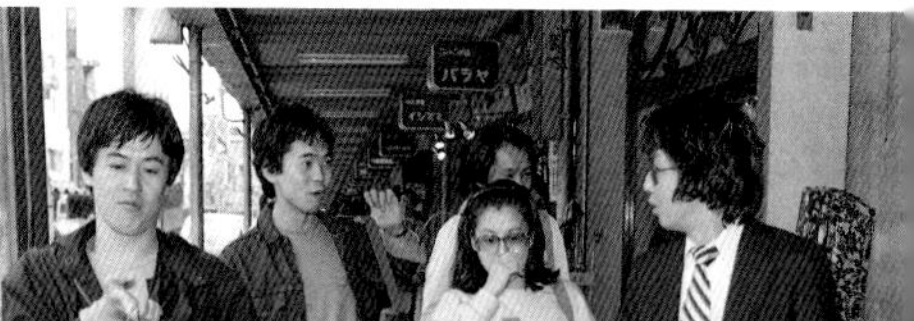

『熱海殺人事件』京都公演の合間。左より風間、長谷川康夫、岡本、つか

楽屋を出る加藤健一。公演後は常に出待ちであふれた

紀伊國屋ホールで行われたサイン会

『熱海殺人事件』公演後、メイクを落とす風間

『新版・いつも心に太陽を』冒頭の相撲のシーンに備える。左より平田、山口省二

紀伊國屋ホール楽屋にて。左より長谷川、平田

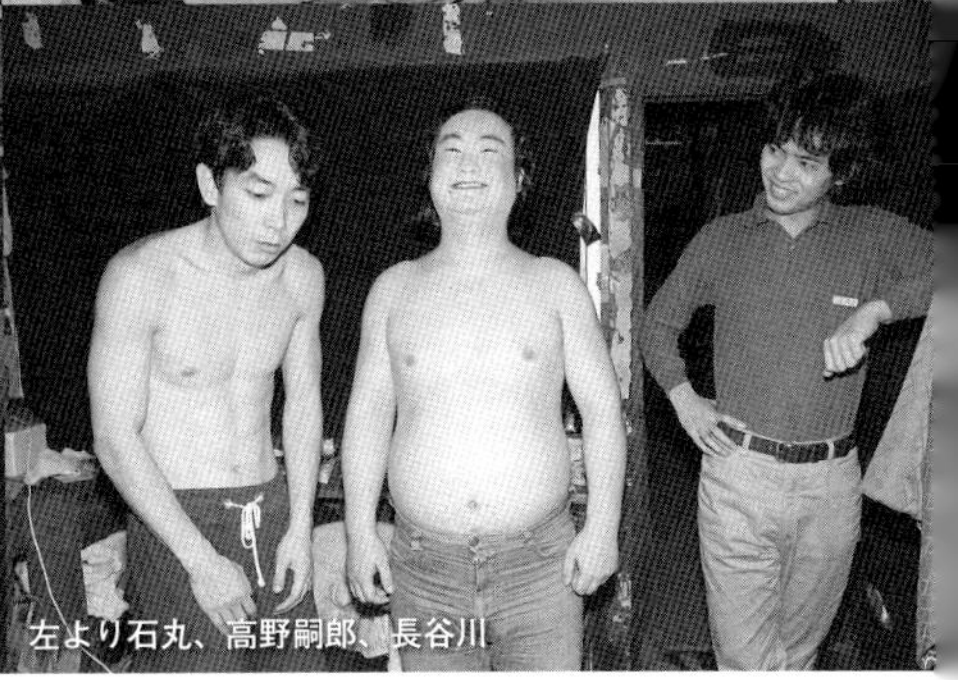

左より石丸、高野嗣郎、長谷川

左よりつか、風間（奥）、長谷川、石丸

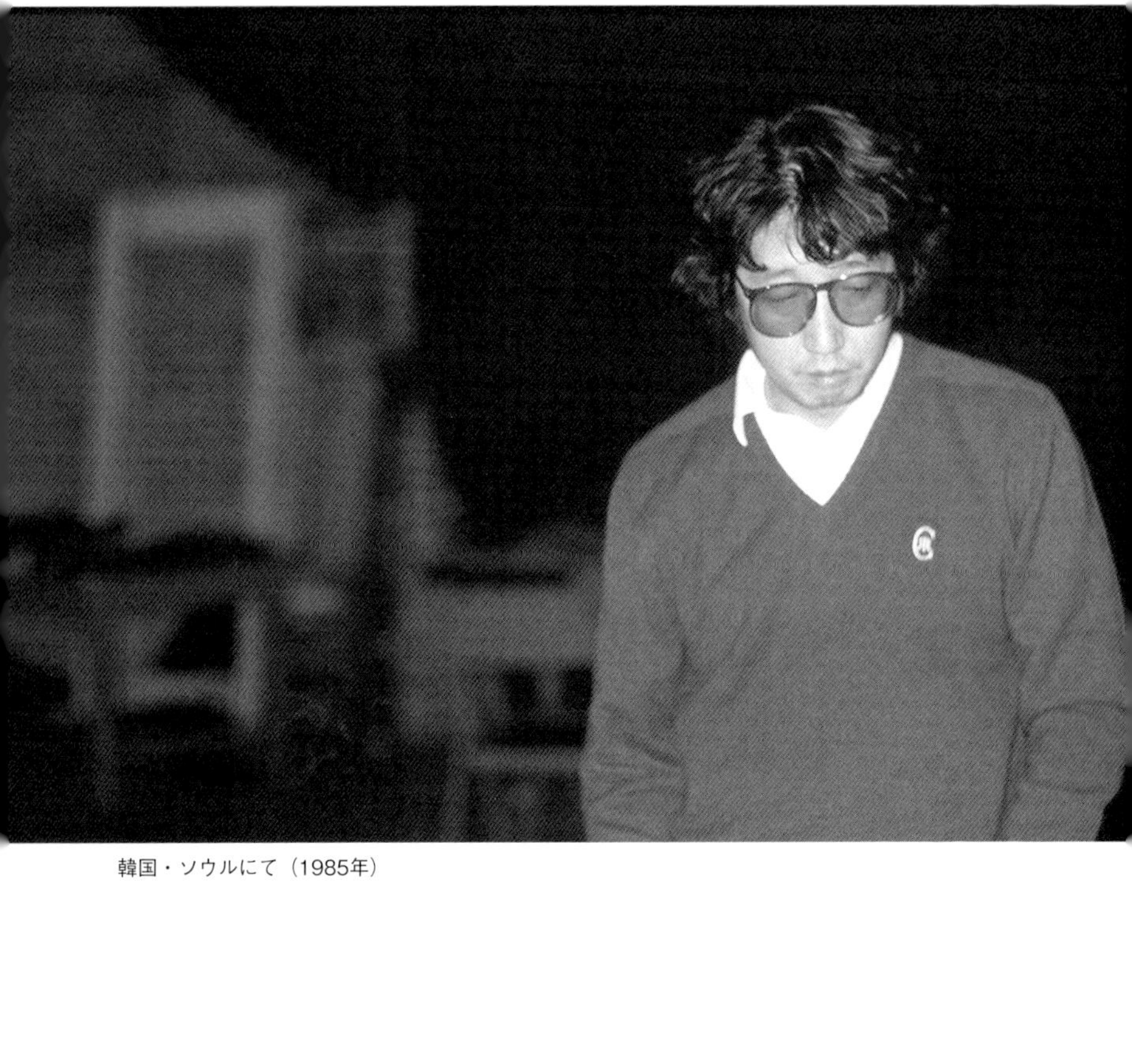

韓国・ソウルにて（1985年）

プロローグ

五十年ほど昔、「劇団つかこうへい事務所」というものが存在した。対外的に「劇団」を名乗るようになるのは少し経ってからだが、つかこうへいが自ら「つかこうへい事務所プロデュース」と称して、中心メンバーである平田満、三浦洋一ら子飼いの俳優たちと、早稲田の学生劇団の中で公演を始めた一九七二年秋から、解散となった八二年いっぱいまで、その活動期間はちょうど十年になる。

そしてそれは、「つか以前」「つか以後」なる言葉を生んだように、まさしく日本の演劇史に残る特別な十年間だった。

……と、どこかで何度か目にしたような文章を気負い込んで書き始めてはみたものの、どうもしっくりしない……。

つかこうへいが亡くなったのは、二〇一〇年の七月十日である。

それを現実として受け止めた頃、僕も一員だったかつての「劇団つかこうへい事務所」の仲間たちが、つかと過ごした貴重かつ波乱万丈な時間を改めて振り返ったのは当然だろう。

そんな中、あの時代の〝記憶〟が、整理された〝記録〟として何ひとつ残っていないことに、皆、気づき始める。そして何か形にせねばと、僕にお鉢が回って来たのが一年後。「つか事務所」活動以前の、つかの慶応時代も含めて、悪戦苦闘しながら四年がかりでなんとか書き上げ、『つかこうへい正伝　1968-1982』（新潮社）として世に出たのは、一五年の秋だった。

おこがましくも『正伝』と謳《うた》ったわけだから、もちろん事実関係には正確を期したし、そこに描いたつかの想像を絶する言動やキャラクターにも、一行たりとも誇張はない。むしろ文字にすることで表現が抑えられ、「こんなもんじゃなかった」というのが仲間たちに共通する声である。

ただし単行本で550ページを超える長尺となったその〝記録〟が、我々やその関係者、さらにつかこうへいという存在や彼の作品に何らかの影響を受け、時代を共有した者たちには価値を持っても、果たして一般の読者にとってどうなのか、何より読み物として成立しているのか、そんな疑問は今でも消えないままだ。

なのにここでまた、言い訳がましく「あの先のこともう少し知りたい、なんて声をよく聞くもので」などと頭を掻いてみせながら、つかとその時代について再び何か書こうとしている自分にはため息をつくしかない。

正直なことを言うと『つか正伝』はあれだけの分量になりながら、初校ゲラの段階で100ページほどカットしており、そこで消えてしまったいくつかのエピソードを引っ張り出したり、あえて触れなかった八三年以降の何年か、まだ僕がかろうじて傍にいた頃のつかの姿を思い返したりすれば、新たなものが書けるかもしれないと、朝日新聞のＷＥＢサイト「論座」から続編の依頼を受けたとき、安請け合いしてしまったのである。「またつかこうへいの名で商売しようとしてるのか」との誹《そし》りは覚悟の上だった。

……ここまで書いて、ようやくこのしっくりしない感じの正体がわかってきた。実はずっと気になっていたのだ。今、「つかこうへい」という名が、一般的にどんな受け止められ方をしているのか？　「つかこうへい」なる十年以上前に他界した作家・演出家は、巷ではどのような存在として認識されているのか？　……ということが。

　確かに二〇一〇年、その死はセンセーショナルに報じられ、様々な紹介記事や追悼文などが新聞、雑誌に溢れた。僕はそれを横目で見ながら、『つか正伝』の出版企画書の中で、「その死もいつしか過去のものとなり、『つかこうへい』という名が、日本の演劇史、芸能史に記されるだけとなるのだろう」と書いたが、実際たかだか十年ちょっとで、すでにそんな状態になっている……ような気がするのは、僕だけだろうか。

「ああ。もちろん名前は知ってるよ。今でもその人の作ったお芝居は、よく上演されてるもの。〇〇〇〇が出るっていうのを、ネットで見たことがある」

　たぶん世間ではそんな声が大半なのではないか……。

　いや、つかは亡くなるその年まで自らの舞台を作り続けたが、ある時期すでに、世の中の「つかこうへい」に対する認識はそれに近いものだったようにさえ思えるのだ。

極端なことを言えば、かなり前からその公演は「つかこうへいが見せてくれる芝居」ではなく「つかこうへいの作ったものに〇〇が出ている芝居」であり、それに対する興味でしか、観客は劇場に足を運ばなくなってしまっていたのではないか……と。

つかの舞台の最も正当な理解者であった演劇評論家の扇田《せんだ》昭彦《あきひこ》氏は、「つか演劇は二つあった」（※1）とまで言い切り、「劇団つかこうへい事務所」の解散後、演劇活動を再開してからのつかのことを「つか演劇と時代との間には明らかにズレが生じていた」ため「往年のヒット作の改訂版、新バージョンを上演する方向に転じたのだ。それとともに、彼自身の演出と俳優たちの演技スタイルも固定化した。つまり、まるで伝統演劇のように、彼は自分の演劇を様式化し、いわば『古典化』したのだ」（※2）と書いた。

まさしくそこにいるのは、歌舞伎の定番の演目で今度は〇〇屋が〇〇を演《や》るというのを楽しみに、銀座に向かう常連客たちや、「観たことないけど、『勧進帳』とか聞いたことあるし、團十郎、幸四郎なんて名前ぐらいは知ってるよ」と言ってみせる若者らと同じだということだろう。

扇田氏はそれを読み取った上で、「その舞台から、彼の演劇がかつて持っていた斬新な衝撃性と『革命性』を想像するのはかなり難しい」（※1）、「私が最も強い刺激を受けたのは、70年代に、つか氏が小劇場や中劇場で演出したころの、こまやかで、生き生きとしたリアリティーに富む舞台だ」（※2）と結論づける。

※1　「シアターガイド」二〇一〇年七月号
※2　朝日新聞　二〇一〇年七月十三日朝刊

　僕はこの言葉に勇気をもらい、というよりちゃっかりお墨付きとして拝借し、『つか正伝』を書き始めたのだが、今となっては「あの時代こそ、つかの黄金期であり、そこでしか、つか演劇は語れない」などと、勢い込んだところで、その頃を知らない人間には、「それがいったいどうした」と敬遠されるのがオチであり、後期のつかこうへいと活動を共にした面々や、今でもその遺志を継ぐ形でつか作品を上演し続ける連中が「鼻持ちならない本家意識がウザい」と不愉快そうに顔をしかめることも、充分に理解するようになっている。

　つまりそんな思いが、この文章を書き始めてからずっと続く、「しっくりしない」の正体なのだ。今さらまた「つかこうへい」でもないだろう……と。

　ようするに、かなり昔、その舞台の人気を出発とした「つかブーム」「つか現象」と呼ばれるものがあったことを、ひとつの知識として知ってはいても、実際にその場にいなかった人間には、それがどれほどのものだったか、どんなに熱く語ってみせようと、どうせ伝えることなど出来ない……そんなもどかしさと寂しさが、僕の原稿に向かう意欲を削いでしまうのである。

作家、長部《おさべ》日出雄《ひでお》氏の言葉を借りよう。

「（当時の）つか演劇は共に作劇に携わった人にとっても、観客にとっても生涯の記憶となる事件であった。しかし観ていない人にそれがどれだけ大きな事件であったかはわからない」（『新田次郎文学賞』『つかこうへい正伝』選評　二〇一六年四月）

　さらに、こうも語る。

「（その舞台は）二度と再現不可能なものであるからです。〝口立て〟に始まる過程、舞台上の演技、音楽の入るタイミング、客席に巻き起こる笑い声、すべてがジャストミートして、あのときその場にしかあり得ない、唯一無二の奇跡的な空間と時間でした」（同・授賞式スピーチ）

　高田馬場から新大久保方面に線路沿いを行った踏切脇にあった、定員１００名ほどの小さな劇場の前、入場を待つ若者たちの行列の中に、当時四十代半ばの直木賞作家がいたという話をその「東芸劇場」の楽屋で聞いた時、僕は胸を震わせたものだ。

　卓越した映画評論家でもあった、そんな長部氏の三十六年後の言葉こそが、今の僕のもどかしさのすべてを言い表していることに間違いはない。

　もちろんそれが演劇というものの宿命であり、逆に大きな価値であることはわかっている。わかってはいても、やはり歯嚙みしてしまうのだ。

　そしてそんな気持ちを理解してもらえるはずの、「唯一無二の奇跡的な時間と空間」を共有し、「生涯の記憶となる事件」を体験した者たちが、もはやごく僅かになってしまっているだろうことも、その思いに拍車をかける。

　一九七三年、北海道から上京し早稲田に入学したばかりの学生（※１）が、七五年、新宿の老舗ホールの四十八歳になる支配人が（※２）、七八年、岐阜の工業高校を出てトヨタの販売店に勤め始めた若者が（※３）、それを目にしたとき、全く同様に「世の中にこんな面白いものがあるのか！」と腰を抜かした「つかこうへいの芝居」を知る者は今、どれほどいるのだろうか。残念なことに、扇田昭彦氏も長部日出雄氏もすでに他界されているのだ。

※１　筆者
※２　「紀伊國屋ホール」支配人・金子和一郎
※３　俳優・酒井敏也

　極め付きの〝つかフリーク〟である、落語家の柳家喬太郎氏が、そんな舞台に出会ってしまったのは、まだ高校入学前、一九七九年の三月だったという。

　推理小説だと思い込んで買った『小説・熱海殺人事件』で初めてつかこうへいを知り、「西武劇場」（現在のＰＡＲＣＯ劇場）で上演されていた『いつも心に太陽を』に足を運んだその日に、完全にＫＯをくらったというのだ。

「気がつくと、茫然と口を開けて電車に乗っていた。劇場から渋谷駅まで歩いた記憶がま

るっきりないんです」（筆者との対談『新潮45』二〇一六年四月号）

　つかブームと言われるものに大きくギアが入り、女子高校生ファンなどが一躍増えたのが、風間杜夫と平田満が純なホモセクシャルラブストーリーを演じたこの作品からなのだが、さすがにその客席でも中学生の少年の姿は珍しかったろう。

　以来、高校生となった喬太郎氏の〝つか詣で〟が始まり、「西武劇場」「紀伊國屋ホール」「東芸劇場」と通い詰めることになる。

「（芝居の）感想を抱く以前に、とにかく『振り回されたい』気持ちでした」

「超満員の劇場で通路に置いた座布団に座わり、ギュウギュウ詰めになりながら観ることが、どこか嬉しかった」

「何度も行きたくなる中毒性がありました」

「少し年上の大学生ぐらいの人たちの熱気にあふれていて、お兄さんの仲間入りをしたような気持ちでした」

　そんな言葉のひとつひとつが、その時間と空間を共有した人間たちの思いを、代弁しているはずだが、当時「お兄さん」「お姉さん」たちに挟まれ、飛び抜けて若かった柳家喬太郎氏がすでに六十歳になっているわけだから、どう考えても現在、その時代のつかブームを体験した者は、ほぼ六十半ばから上だろう。

　……などと書き進めるうち、自分の中で何やら違う思いが湧いてきていることに、気づき始める。なんなら、そんな「オッサン」「オバハン」たちだけに向けて書くつもりになれば、この躊躇《ためら》いも消えるのではないか……と。

実は恥ずかしいことを告白するが、拙著『つか正伝』が出版されてからというもの、いまだ繰り返しそれを手に取り、まるで一読者のように読んでしまう自分がいるのである。例えば脚本を担当した映画であれば、撮影、編集と付き合って、試写で完成を見届けてしまえば、劇場公開にはまず足を運ぶことがないし、その後、発売されたＤＶＤが送られてきても、決して封を切ることなどないのに、これはいったい何なのか。

簡単に言えば、すっかり忘れていた自分の古い日記帳を見つけてしまったなら、誰だって何度も読んでしまうだろう……ということだ。

失くしてしまったものを確認し、胸を熱くするのは、時間が経っていればいるほど容易《たやす》くなる。

であるならば、つかの舞台を若き日の大切な記憶として持ち続けているような人々が（いるに違いないと決めつけ）、どこかにしまい込んで忘れてしまっていた昔の日記の何ページかを、見つける手助けぐらいは出来るのではないか。僕ごときが、傲慢かもしれないが……。

……いやはや、すっかり長い前置き、いや言い訳になってしまった。

そんなわけで、『つかこうへい正伝』から数年が経ち、今、もう少しだけ、あの人のことを語ってみようかという気になっている。

当時のブームとはどんなものだったのか――。

前作でうまく伝えきれなかった、僕らとつかの関係性――。

つかの演出論でカットしてしまった部分――。

そして何より、
劇団解散後のテレビや映画作品――。

舞台づくりに戻るきっかけとなった、韓国ソウルでの母国の俳優たちとの『熱海殺人事件』――。

つまり、つかこうへいが日本での演劇活動を再開するまでの、あまり表に出ていない時期について――。

今回は多少肩の力を抜きつつ、思い出すままに書いてみようと思う。

つかこうへい正伝Ⅱ　１９８２－１９８７　知られざる日々

＊

目次

目次

第1章 「つか芝居」とは何だったのか

我々俳優たちとの関係

「あんなイヌネコのように扱われて、よく耐えられましたね。この人とはやってられない、逃げ出そう、とか思わなかったんですか」

拙著『つかこうへい正伝　１９６８－１９８２』が世に出てすぐ、風間杜夫はそれを読んだ知人から、真っ先にそう言われたという。いや、風間だけではない。かつての「劇団つかこうへい事務所」の俳優たちはそれぞれ、同じような感想を耳にしている。

確かにあの本の中で僕は、つかこうへいの、傍若無人で、理不尽で、平然と残酷な振る舞いをみせる「とんでもない男」振りをさんざん描写した。そして様々な仕打ちに反発することなく、甘んじて受け入れてみせる、我々劇団員たちの姿も同時に綴った。その事実に関して一切嘘はない。

しかし、そんな常人の理解を超えたつかこうへいと我々の関係が、実際はどんなものだったかは、うまく伝えることができなかったようだ。

「まるでオ○ム真理教じゃないですか」

「○けし軍団なんかと、似てますよね」

これもよく聞いた言葉だ。そんなとき、僕はただウーンと唸り、腕組みしてみせるしかない。

まるで違うのだ。僕らにとっての「つかこうへい」は、崇め奉る〝教祖〟でもなければ、家来のように従う〝殿〟でもない。

もちろん芝居作りに関しては、絶対的存在であったのは間違いないし、日常でも劇団員たちに向け、天からの声のような傲慢さで、無茶な要求を突きつけた。そして僕らも、いわば無条件に〝服従〟を装ってみせてはいた。

しかしそれを、ご主人様に仕える奴隷のように思われると、苦笑してしまうのだ。

僕らは芝居というものを通したつかとの関係性を、ある意味、客観的に楽しみ、したたかに計算しているようなところがあった。稽古場で罵倒するつかと、罵倒される自分を、皆、どこか冷静に俯瞰していた。

我々の時代、つかの芝居が台本のない〝口立て〟という手法で作られたことは、演劇の世界ではよく知られた話だ。それが如何《いか》なるものだったか、僕は『つか正伝』の中で繰り返し描いた。だが、そんな芝居作りでは、つかと僕らの特別な関係性こそが大きな意味を持つという、一番重要なそこには触れることがなかった。今になって、しまったと思っている。

では、つかの〝口立て〟なるものを、今一度説明しておこう。

はなから〝台本がない〟ということで、よく誤解されるのは、稽古場で役者に状況だけ与えて、即興で演じさせ、演出家がそれに助言しながら繰り返す中で台詞を固め、出来上がった各々の場面を構成して、一本の作品に仕立て上げるというものだ。実際それは珍しいことではなく、初期の「東京乾電池」などでは、すべてそんな形で芝居が作られていた。しかしつかによる〝口立て〟とは、それと対極にある手法なのだ。

すべての台詞は何の状況説明もなく、突然つかの口から飛び出す。相づちやリアクション、息の継ぎ方まで、つかがまずやって見せるものを、間髪をいれず役者が繰り返しながら、芝居が出来上がっていくのである。

抑揚や強弱、リズム。つかの口から出たものが絶対的に正解な「音」であり、役者はそれを瞬時に表現できなければならない。

そして大事なのはここからだ。

つかの意に沿う芝居が出来ないと、すぐさま罵倒が始まる。それは決して演技を責めるのではない。役者に対する罵倒は、その人間性を根底から否定することに終始する。「いかに人としてダメか」を変幻自在、徹底的に責め続けるのである。

そして今日は誰がその生贄《いけにえ》になるか、僕らはある緊張感と共に、高揚して待っているようなところがあった。もちろんそれを浴びるのは、自分以外であるに越したことはないのだが、罵倒という行為自体、つか自身が自分のテンションを上げるために、あえてやっているようにさえ感じていた。本人がそれを自覚しているかどうかは別として。

まぁ多くの場合、そのいたぶられ役が真っ先に僕だったことは間違いない。

「こざかしい」

「ペラペラ調子に乗ってしゃべる」

「しょせんサラリーマンの息子に育ったおまえには、人生に重みがない」

「転校ばかりしていたせいで、人の顔色ばかりうかがう性根が染みついている」

容赦なくまくしたて、それが一時間も続いたあげく、

「あー！　おまえが妾の子にでも生まれてくれれば、使いようもあるのによ！」

などと吠え、最後には、

「キサマ程度の人間にオレの芝居は無理だ！」

と、机を蹴倒して、稽古場を出て行くことなど珍しくなかった。


他の役者たちはその間、舞台上で微動だにせず、うつむいたまま事が終わるのをひたすら待っている。ピクリとでも動けば気づかれ、目でも合おうものなら、矛先は自分に向かってくるからだ。

しかしそんな時でも、皆、心の中では、「バーカ、長谷川、ドジ踏みやがって」と笑っているし、つかのターゲットにされている僕自身も、その期待に応えるように唇を噛んでみせながらも、「あーあ、今日はちょっと長いなぁ……」などと、胸の内でボヤいているのである。

そして稽古終了後は、毎日のように役者たちだけで飲みに行く。話題は当然〝今日のつかこうへい〟である。あのとき、つかさんがああだった、こうだったと、その言動を肴に笑いあうのが常だった。

「面倒臭いが愛すべき存在」……『つか正伝』の書評にそんな言葉があった。否定はしな

い。しかし、この〝愛すべき〟という表現も、僕らの思いを正確に言い当ててはいない。あえて説明するなら、とても希少で大事な存在……とでもなるだろうか。たぶんその才能も人間性も、実際に体験しないと決して理解できない、想像を絶する〝存在〟を、自分たちが間近で観察し、実感していることを、皆で面白がっていたのだ。

言ってみれば、つかと関係するすべての時間は、どこかひとつのゲームであり、つかの中にもまた、そんな感覚があったのではないだろうか。

のちに、つかの芝居に関わる俳優たちが、こぞって「つか先生」と呼ぶのを聞いたときに、僕らが抱いた違和感こそが、まさしくそんな関係を表わしている。

我々にとって、つかが「先生」だったことなど一度としてなかった。もちろん、年齢がさほど離れていないことや、まだ何者でもないつかと、その時代を共にしたということもあるだろう。しかし、僕らの中で、つかはあくまでも「つかさん」でしかない。「先生」に指導され、舞台に立たせてもらったなどという思いは、誰も持ってはいない。

うまい説明になるかわからないが、例えば高校の野球部で、卒業早々、若造のくせに強引に監督の座についた、規格外の先輩を思い描いてもらいたい。

練習中、部員をさんざんなじり倒し、拳もいとわない、困った監督だが、選手たちは陰で文句をたれながらも、彼に言われるままに、そのフォームや足さばきなどを身につけようと懸命になるのである。

なぜならそうすれば、試合では必ず結果が出るからだ。ヒットも打て、三振も取り、盗塁も成功し、もちろんホームランをかっとばして、大観衆の歓声と拍手に包まれながらダイヤモンドを一周する喜びまで、手に入るのだ。

まさに僕らはその部員たちだった。つかのどんな罵倒も、理不尽な仕打ちも、役者が皆、それを笑い飛ばして耐え、逃げることなくついていったのは、そんなプレーの場が約束されていたことに尽きる。つかの作る舞台に立ち、その芝居を演ずるという快感が、何ごとにも勝った。それが役者というものなのだ。

自分の発した台詞で、客席がうねり、どよめき、笑い、息を呑んで聴き入り、最後には涙する……ひっくるめて言えば、「ウケる」喜びの前に、すべて許せてしまえるのである。

「なんせあの人は、どうすれば役者が輝いて見えるかを見抜く天才だったからね。僕らとしては、ただ、つかさんを気持ちよくさせて、いい芝居を作ってもらいたいだけなんだよな。結局それが自分に返って来るわけだから」

風間杜夫のこの言葉こそが、〝教祖〟でも、〝殿〟でも、〝先生〟でもない、つかと我々との関係を、すべて言い表しているだろう。

芝居は役者が書かせてくれる

どうすれば役者が輝いて見えるかを見抜く天才……つかの演出する舞台を踏んだ人間で、この言葉に異議を唱える者は、一人としていないはずだ。

五十を過ぎてからのつかは、ＮＨＫ衛星放送での扇田昭彦氏によるインタビューの中で、こう語っている。

「劇作家が書けるのは四割ぐらい。あとの六割は役者に書かせてもらうんです」
「僕の戯曲は基本的に役者を魅力的に見せる芝居で、あまり文学性がない。別役実さんや井上ひさしさんのように文学として完成させるタイプの戯曲とは違うんです」

（扇田昭彦『才能の森』朝日新聞社刊）

それなりの年齢になり、あえて殊勝さを装ってみせたのだろう、騙されないぞと、僕などはひねくれた見方をしてしまうのだが、つかの〝口立て〟という芝居作りの中で、役者が果たす役割がかなり大きかったことは確かだ。「書かせてもらう」というのもまんざら嘘ではないだろう。

それは、つかが発する台詞としての「音」は絶対的ではあるものの、もし完全にコピーできても、つかの納得する芝居になるわけではない、ということに繋がる。ただの口マネでは、真につかの求める「音」にはならないのだ。

大事なのは台詞を与えられたとき、つかが何を面白がっているか、何を伝えたがっているかを、瞬間的に理解し、同じ意味のこもった言葉を返すことなのだ。逆にそれが出来れば、つかはその役者に寄り添い、彼をどうやって観客に魅力的に見せてやるかを主題として、芝居作りが進んでいくのである。

もちろんそこでも、罵倒や非難はつきものだ。何を言われたら、そいつが一番傷つくか、誰よりも知っているのがつかである。とにかく、ある人間の持っている弱みであるとか、心の奥にある傷、やましさ、計算などを見抜くことにかけては、これも天才的であり、そこを徹底的に責め、いたぶるのだ。

そのための情報収集力も並外れている。

つかは劇団員たち全員の、生い立ち、家族関係などを詳細に把握していた。飲んでいる席などで根掘り葉掘り、すべて聞き出すのだ。

個人的に一人の役者を誘うことも多い。そんなとき、さんざん稽古場で罵倒しておきながら、一転、言葉少なに静かな声で「今日の芝居、よかったぞ」などとすり寄り、「次、おまえで一本、作るからよ」と来る。それを真に受けようものなら、また痛い目にあうので、黙って酒をすすっていると、「で、平田（満）のやつ、今度の芝居のこと、何か言ってたか」と、いよいよ本題に入るのである。

もちろんこっちは「いや、別に」と曖昧にごまかし、それはそれで終わるのだが、大変なのは翌日である。稽古中、何かの拍子に、ねちっこい口調で、「平田、おまえ、〇〇〇〇とか言ってるらしいな」と始まり、「長谷川から聞いたぞ」と続くのだ。

こっちはあんぐり口を開けるしかない。恐ろしいことに、その「〇〇〇〇とか」が全くつかの出まかせであるにもかかわらず、見事に当たっていて、言われた当人はあたふたすることになるのだ。もちろん僕の告げ口など一切ないことは、平田だってわかっている。そしてこの先、それが自分に対する罵倒のネタになることを覚悟するわけである。とことん良いように解釈すれば、稽古場に立つ役者の傷をいたぶり尽くすことで、ズタズタになった役者がそこから這い上がろうと力を振り絞った時に生まれてくる何かを、つかは待っているとでも、説明できるだろうか。

　そして肝心なのはここからで、つかが役者の中に見つける様々な痛みのようなものが、罵倒だけでなく、〝口立て〟でその役者に与えていく台詞の中に、ふんだんに入ってくるのである。

　つまりあえてそれを言わされる当人は、心をえぐられ、テンションは上がり、えも言われぬリアリティをもった情感が、芝居に迸《ほとばし》ることになる。役者ならではの、知られたくない自分をさらけ出す、マゾヒスティックな快感すらある。

　これこそが、「文学などではなく、ただ役者を見せる芝居」と自ら言ってのける、つかこうへいの芝居作りの真骨頂ではなかったろうか。

　その上で大事なことがある。

「役者はもの考えるな！」

　稽古場で何度もつかから飛び出した言葉だ。

　しかしそれは決して、「頭をつかうな」ということではない。前述したように、つかが発したひとつの台詞から、彼が欲しているものを瞬時に理解する力がなければ、役者はつ

『かけおち '83』稽古場でのつかこうへい

かの稽古場で生き残ることは出来なかった。

　さらに言えば、つかの罵倒がひときわ激しくなるのは、芝居が上手く出来ないことより、演ずる上で役者が何か狙ったりしたときである。

「もの考えるな！」とは、〝口立て〟という芝居の作り方において、役者の演技プランなど全く必要ないということなのだ。人物像だの、性格設定だの、そんな新劇などで教えられる〝役作り〟のようなものはまるでいらない、むしろ邪魔だ。家に帰って、明日はあの芝居をこんな風に演じようと考えるなど、愚の骨頂だった。

　僕らは稽古場を出たとたん、芝居の事は一切忘れて（つかの振る舞いは別だが）飲みに行き、別れてからも、その日出来た台詞を思い出して復習しようとすらしなかった。

　稽古場でつかこうへいの前に立ったとき、役者は彼自身という人間のまま、ニュートラルな状態で存在しなければならない。自然体でつかに身を委ねるのだ。そこで何かを企んだりすると、それはもう〝嘘〟の芝居となる。

「客に媚びを売るな！」

「おまえの芝居は浅ましい！」

　つかが叫んだこんな言葉も、まさしく同じ意味である。

「おまえのゲスな魂胆なんか、見え見えなんだよ！」

　これもまた、さんざん聞かされた台詞だ。

　そしてたぶん、つかこうへい自身にも、同じことが言えるだろう。

頭の中で、大まかな戯曲としての形は絶えず考えてはいる。稽古場に入ってから、役者を前に立たせるまで、じっと思いにふける姿を、僕らはいつも見て来た。しかし、つか本人が、そうやって自らあれこれ構想したものを、どこか信用しきれていなかったのではないか。

稽古場で役者という生《なま》の存在を前にしたときに、初めて自分の中から生まれてくるものを、何より大切にしたのだと、僕は思っている。

いったん稽古に入ると、つかもまた事前に企んだことなど忘れ、ニュートラルな状態で役者に向かう。そして台詞を役者にぶつけ、それを反射的におうむ返しする役者の一瞬の反応で、その台詞の有効性を判断するのだ。それによって、つかの中に次の台詞が生まれ、すぐまたそれを役者にぶつける。そんな掛け合いのようなやりとりが繰り返され、芝居が出来上がっていくのである。

役者に必要なのは、こうしてつかに台詞を生ませる力だった。

もちろん役者の方から新たな台詞が飛び出し、つかを助けることもある。しかし〝口立て〟が、つかと俳優の共同作業で、つかの言う「六割は役者に書かせてもらう」の意味は、役者に要求されるのが、正しい理解と反応によって、つかに新たな台詞を飛び出させる役目であるということだ。実はこれが一番大きいのである。

となれば必然的に、つかが必要とする役者は限られてくる。

そんな中で選ばれ、生き残り、当時のつか芝居を支えていったのが、平田満、風間杜夫、三浦洋一、加藤健一、石丸謙二郎、そして根《ね》岸《ぎし》季衣《としえ》らだった。

つかは我々の時代の劇団解散以降、ある時期から、〝口立て〟による新たな芝居作りをやめてしまったが、それは、彼の〝口立て〟という作業を一から支え、新たな作品を生ませることの出来る役者と、もう出会うことがなかったからではないだろうか。

（……いや、また語弊のある言い方になったかもしれない）

ただそんな中でも、つかが〝役者を魅力的に見せる〟ことに命を懸けたのは間違いなく、後にその舞台に立った俳優、女優たちの誰もが、つかを心から慕い、敬意を隠さないのを、僕は素直に理解できるのだ。

必ず「主役」になる瞬間

つかこうへいの作る舞台に立つことが、役者たちにとって、なぜ「やめられない」ものだったか。それは観客に「ウケる」喜びを確実に体感することが出来たからだと書いた。

しかし役者にとっての「演《や》りがい」は、それ以上に、与えられたどんな役であっても必ず、その舞台上の物語を進める中で、必要不可欠なパートを託されていたということに尽きる。

簡単に言ってしまえば、当時のつかが作る芝居に「その他大勢」はいなかったのだ。どんなに台詞が少なかろうが、出番が限られていようが、裏切ることなく、その役者が主役となる瞬間を作ってくれるのが、つかこうへいだった。

当時の「紀伊國屋ホール」（東京・新宿）であれば、４２０名ほどの定員に加え、二つの階段通路に舞台前から最後尾まで一段二人ずつ、びっしり座る当日券の客。さらに両サイドの入り口脇に固まったり、客席最前列と舞台の隙間まで埋める数を合わせれば、６５０を超える観客全員の目が、間違いなく自分に注がれる時間を経験できるのである。

「見られてナンボ」の役者にとって、これほど幸せなことはない。

例えば、劇団解散の二年半ほど前に新人として加わった、当時二十一歳の酒井敏也は、その二か月後にはさっそく「紀伊國屋ホール」での初舞台を踏んでいる。『いつも心に太陽を』という芝居で、国体高校男子１５００メートル自由形決勝のスタート台に立つ選手の一人として、風間杜夫や平田満と並ぶのだ。

つかが与えたその姿は色白のぽっちゃり体型に赤ふんどしひとつといったもので、スターター（演じたのは僕だが）から「おい、そこのトッチャン坊や！　学習院！」と声をかけられ、それだけで客席はドッと沸くという仕掛けだ。終演後に酒井を見かけた観客は、誰もが「あ、学習院の子だ」と、覚えてくれているのである。

そしてすぐひと月後の『蒲田行進曲』の初演でも、酒井は大部屋俳優の一番下っ端として登場する。先輩格の伸治（これも僕だ）にくっついて、主人公のヤスが銀ちゃんに押し付けられ小夏と暮らし始めた六畳一間のアパートを、訪ねてくるマコトというその役に、台詞はひとつもない。やりとりはほぼヤスと伸治だけで繰り広げられる。

そんな中、小夏と一緒に住んでいることを自慢するヤスはマコトに、子供を宿している小夏の腹をさわってやれとけしかける。マコトは悪気もなく嬉しげに近寄り、ヘラヘラと手を伸ばす。その瞬間、小夏にひっぱたかれるのである。

ハッとしたように怯《ひる》み、申し訳なさそうにうつむくマコト。かつてのスター女優に対する大部屋という自分の立場を思い知らされる、情けなくも、哀しい姿である。

それをしっかり観客が見届けたとき、ヤスが「おい小夏、マコトに何やったんだ！」と怒鳴りつけ、自分との生活の中での小夏の女優然とした今までの振る舞いを、ねちっこく責め始めるのだ。大部屋仲間に向けての〝いきがり〟も含めて、小夏に対して初めて見せるヤスの性根であり、観客にとってもようやく知る、ヤスの中にあるどうしようもない屈折である。

つまり酒井の演じるマコトが哀しく見えれば見えるほど、ヤスの心情や、責められる小夏の途惑いとやるせなさが、際立つわけで、たったそれだけの登場であっても「マコト」の存在は確実に物語上の意味を持ち、間違いなく観客の印象に残るのである。これによって、酒井にとってつかの舞台は〝やみつき〟となるのだ。

もうひとつ、書いておきたいことがある。

稽古中、誰かが台詞を発しているとき、それを囲む他の共演者が、表情でも動きでも、何かリアクションのようなものを起こすと、つかは烈火のごとく怒った。

「余計なことすんじゃねぇ！　誰もおまえのことなんか見てねえんだ！」

この言葉は逆に捉えれば、「ちゃんとおまえの見せ場は作ってやるから、待ってろ！」ということだ。これこそが「俺の芝居は役者を見せる芝居」と自ら言ってのけるつかこうへいの、劇作家、演出家としての矜持であり、稽古場に限らず、すべての場面で我々をいたぶってみせたつかの中にある、自分が使う役者という存在に対する絶対的なやさしさだったのだと、僕は思う。

そして役者たちも皆、それが充分わかっていたからこそ、つかのもとから離れるなど、まるで頭になかったのである。

役者は舞台美術でもなければ、オブジェでもない。ちゃんと生きている人間として見せる。つかの中にはそんな確固たる信念があった。よく大劇場のミュージカルにある、「アンサンブル」（メインキャストのバックでその他大勢が歌い踊る）と呼ばれるような存在は、あの頃のつかこうへいにとって、全く受け入れることが出来なかった。

蜷川幸雄氏の芝居などで、百名を超す役者たちが群衆として登場し、あたかも一つの背景のように、それぞれが動いてみせたりするなどという話を聞いたときも、あからさまに舌打ちしてみせた。

「そんな役で出て、何が楽しいんだ」「舞台を観た客から『ああ。あの中にいたんですか』なんて感心されたら、俺なら舌噛んで死ぬね」

そういった役者の使い方は、当時のつかにとって絶対に許せないものだった。

　この話をある演劇記者にしたところ、「いや、蜷川さんはそうやって群衆を演じる役者の一人一人にも、実にこまかく演出を付けていたんですよ。役者たちもそれに応えようと、それぞれがとても繊細な演技をしています」と反論された。

　もちろんひとつの表現として、そして舞台の成果として、それを否定するつもりは毛頭ない。素晴らしいと思う。

　ただ逆に、そこに配置された者たちが皆、懸命に自分の役割を演じようとする、役者としての業のようなものがわかるだけに、僕などにはかえって辛く切ないし、つかも同じようにそれを感じ、生理的に嫌悪するものがあったのだ。

　演じる役者たちが、演出家及び観客に自分の存在を認知してもらおうと必死に頑張れば頑張るほど、つかならひと言、「誰がそんなもの見てくれてるんだ?!」だろうし、「ひとが台詞を喋ってるときに、邪魔すんじゃねぇ！」で終わりなのだ。

　もしどうしてもそんな形で役者たちを使わねばならなくなったとき、つかならどう芝居を作っただろう……。

　たぶん背景のような役割をこなしていた連中の一人が、突然その動きを止め、

「ああ、もうたくさんだ！　なんでオレたちがこんなことをしなきゃならないんだよ！」

　などと、叫ばせたりするのではないだろうか。

「どんだけ一生懸命やったって、誰も目を向けてなんかくれねぇじゃないか。オレを見て

くれてんのは、息子の晴れ姿楽しみに、今日福島からわざわざ出てきた、母ちゃんだけだよ。おまえらはいいよな。みんなに見られて気持ちよく芝居やってるんだから」
と、舞台中央にいるメインの役者たちに食ってかかるような場面を作り出したりするはずだ。

　すると今度は集団の中から、それを咎め、この作品にとって自分たちの役目がいかに重要かを懇々と説明し、自らの演劇論を語る役者バカが出てきたり、さらに「私たちはずっと仲間でやってきたのに、こんな仲たがいは悲しい」と泣き出す、初心《うぶ》な新人女優までが登場したり、本筋の芝居そっちのけで、てんやわんやとなる。しまいにはそんな混乱に嫌気がさした最初の役者が、逃げるように自分の役割に戻ることで、何とかその場は収まり、もとの芝居の続きが始まるのだろう。

　そしてそれまで役者たちの間で交わされた言葉のひとつひとつが、その後、進行する物語に重要な意味を持つことになる――そんなことをやってのけるのではないか……。

　少し妄想が過ぎたかもしれない。ただつかであれば、いったん舞台に立たせた者には、少なくともそれくらいの見せ場は作ったに違いないのだ。とはいえ百人全員に、それぞれ印象的な台詞を与えることなど、出来ようはずがない。我々の時代、つかのひとつの芝居で舞台に立つ役者が、どんなに多くてもふた桁になることがなかったのは、つまりそこなのだ。

演出家として役者に対する責任がとれるのは、せいぜいその程度までというのが、つかなりの覚悟であり、だからこそ劇団員の数も、ほぼ十人を超えることがなかったのである。つかの〝子飼い〟の役者に対する思い入れは特別なものだった。他のどんな劇団の主宰者も、そこだけは絶対に敵わないはずだ。

我々の時代につかの新作として世に出た最後の作品『寝盗られ宗介』は、旅回りの一座を描いた芝居だが、その中に、主人公の座長が思い描く将来の夢として、「座長タウン」というものが出てくる。いつか座長宅を中心に、その周りを座員たちの家が囲み、それぞれの家庭を営むようになるというものだが、つかの中には、そんな関係性に近いものへのあこがれが、現実にあったような気がしてならない。

「役者を食えるようにするため、芝居をやっている」

つかは自分が世に知られる存在となる前から、ずっとこれを言い続けたし、劇団解散の大きな理由のひとつが、

「役者が食えるようになったから」

というものだった。

その言葉を百パーセント信用してはならないのは、かつての劇団員の誰もが充分承知している。しかしそれが全くの嘘ではないことも、皆、どこかでわかっていた。

一九七八年、僕は自分の二十五歳の誕生日に、「西武劇場」で『サロメ』というつか作

品の初日を迎えたが、それ以降、つかのもとで芝居を続ける中、アルバイトというものをしたことがない。公演を重ねながら、劇団からもらう金だけで何とか生活が出来たのだ。当時の、いや今だって、どこかの劇団で「芝居」をやっている人間がそれを聞けば、驚愕するどころか、ほぼ信じてもらえないのではないか。

また、これは誰にも話したことがなく、果たして表に出していいものか迷ったが、今だから思い切って書くことにする。

劇団解散公演となった最後の『蒲田行進曲』は、七十日間九十ステージ弱で、二十九歳の僕の出演料は当時のサラリーマンの平均年収の軽く倍以上あった。

いわゆるキャストの番手という意味では、決してメインとは言えない「監督」役の僕に、つかは何を思ったか、二年以上何もしなくとも生活していけるだけのギャラを与えたのだ。そういう人だったなぁと、今、つくづく思う。

決して金銭面の恩恵を知ってもらいたいわけではない。『つかこうへい正伝　１９６８－１９８２』では、つかの残虐非道ぶりばかりに触れ、反面、信じられないような温情を知らぬ顔で見せてくれる人でもあったという、劇団員たちも皆、当たり前のように感じていた部分が、少し書き足りなかったかもしれない。それこそが、自ら「やせ我慢」と称した、つかなりのこだわり、ダンディズムのようなものだったはずなのに。

ただし、すべてはつかこうへいが「そんな自分が愛おしい」というところから来ていることを、決して忘れてはならない。我々劇団員たちはそれもトータルで了解していたからこそ、つかから離れることなく、つかが一人一人に求めた、それぞれの立場を全うしようとしたのだ。

つまり、つかが銀ちゃんであり、皆がヤスだった。

役者が自分の出番を終え、高揚と満足感に浸りながら楽屋に帰って来たとき、待ち構えていたつかが必ず放った言葉を、もう一度だけ書いておきたい。

「おめぇがウケてんじゃねぇ！　オレがウケてんだ！」

そのとき、僕らは皆、思わず笑みを浮かべた——という肝心な一行を、『つか正伝』に加えなかったことを、僕は今、かなり悔やんでいる。

「恥」へのこだわりと「生き方」の矜持

今回これを書き始めて以来、自分がつかこうへいから教わったものはいったい何だったか、などと大層なことを、とかく考えるようになってしまっている。

もうこの齢でもあるし、今さらそんなものをあらためて確認したところで、これからの自分に何か役立つとは思えないのだが、かつての「劇団つかこうへい事務所」の仲間たちの中で、かろうじてつかに近い仕事をしているのは僕だけなのだからとの、分不相応な気負いが、ついそれをさせてしまうのだ。

まず第一に、舞台に登場する俳優たちには決して「その他大勢」を作らず、それぞれに必ず見せ場を作るという、前述したつかの信念は、僕も芝居の作り手として、ずっと見習ってきたつもりだ。むしろ役者という立場を経験している分だけ、その思いは本家より強いかもしれない。

しかし出演者たちの人数も限られ、すべて自分だけの責任で完結できる舞台作品ならそれが出来ても、映画などの脚本の仕事となるとそうはいかない。どうしたって、その場面に配置されるだけの小さな役というものが山ほど出てくる。

「了解」と発して走り去る警官とか、「何にいたしましょう」とメニューを持って来る喫茶店のウエイトレスとか、「どちらまで」と行先を訊ねるタクシー運転手とか――。

そんなときどうするか。

出来る限り、彼らにフルネームの役名を付けるというのが、僕の中での決め事である。たとえたったひと言の台詞でも、そのカギカッコの上に記されるのは「警官」「店員」「運転手」ではなく、例えば「富樫幸介」や「井上美佐」「原嶋隆三」であり、台本の頭にある配役表にはそういった役名の下に、キャスティングされた俳優それぞれの名が、しっかり並ぶことになるのだ。

それに何の意味があるのかと訊かれても、ただ演ずる側の気持ちが、「警官１」と「富樫幸介」ではまるで違うのだとしか答えようがない。三十数年前にその立場だった人間にはそれがわかるがゆえに、作品によっては三桁にもなる役名をひねり出すという、決して容易《たやす》くはない作業を毎度、おのれに課すのである。どんな小さな役であっても、それを演じてくれる俳優への、脚本家としての責任であると、自分に言い聞かせながら。

そんなものは自己満足に過ぎず、作品にとって何か有効性を持つのか、と言われてしまえばその通りだ。ただそう決めたのだと、開き直るしかない。

いや、そんなこだわりを意味なく貫き、それを自らの美学とする姿勢こそが、あの頃のつかこうへいから、僕が何より学んだものなのだ。

実はその上さらに、そんな自分を可愛いと思える力が必要なのだが、さすがにそこまでは、とてもつかこうへいのマネは出来ていないことも、白状しておく。


「誰が誰をどう思ったか。どれだけ愛したか。どれだけ憎んだか。そしてその両方だったか。大事なのはそれだけ。芝居なんて、これさえあればいいんだ」

何かの作品に取りかかるとき、必ず思い返すつかの言葉がこれだ。

つまり、設定や背景、エピソードなどはどうでもいい。肝心なのはそこに生きている人間の思いを描くことで、そこから生まれる衝突や行き違いを観せるのが〝ドラマ〟なのだと――。

僕の中ではずっとこれを肝に銘じてきたつもりだ。

ただし、いつしかつかのほうが、ひとつの作品を繰り返すうち、本来、色付けでしかないはずの要素ばかりを前面に押し出すようになってしまった……ような気がしてならない……余談ではあるが。

もうひとつ、しつこいほど聞かされたのが、「恥」という言葉だ。「何を恥と思うかによって人の価値は決まる」とか、「恥の方向性の違いで人間は分けられる」というのが、つかの持論であり、そんなつかなりの基準によって、人も物事も評価されるのである。

考えてみれば、つかの芝居が描くのはどれも、登場人物たちそれぞれの「人として何が恥ずかしいか」という思い込みのぶつかり合いであり、そこからどちらかがどちらかを、また互いを理解し、肯定するに至る過程である。

稽古場でも、役者に対し絶えず向けられたのは、「恥ずかしい芝居はするな！」という怒声だった。つかが「恥ずかしい」とする、観客に媚びたり、演出家に阿《おもね》ったりするような演技は、すぐさま見抜かれ、それが続くような役者は次第に「次、○○がやってみろ」との声がかからなくなる。となると〝口立て〟での芝居作りではそこにいる意味が無くなってしまい、いつしか姿を消すことになるのだ。

つまり「何を恥と思うか」が違っている人間とは、共に芝居作りなどできないというわけである。

頻繁に飛び出した、「筋を通せ」だの「やせ我慢しろ」などという言葉も、同じような意味合いを持っていたはずだ。

そんなつかこうへい流の「恥」の概念を、わかりやすく活字で説明してくれるのが、井上ひさし氏との対談を収めた『国ゆたかにして義を忘れ』である。

一九八四年に、角川書店（当時）の「月刊カドカワ」誌上で五回にわたって続けられた二人のやりとりを、一冊にまとめたこの対談本には、当時の世の風潮や誰もが常識として受け入れている事象に対し、ことごとく突っかかってみせる、いつものつかこうへい節が満載であり、その基準はどれも、つかの考える「人として恥ずかしくはないのか」なのだ。

そしてこの本の大きな魅力は、そんなつかに煽られるように、井上氏が珍しく過激かつ奔放な発言を繰り広げるところである。その応酬の中、二人の感じている「恥」が重なり合う部分も多いが、微妙に違っているのがまた興味深い。

さらに、この対談は二〇一七年に河出書房新社から文庫化されていて、その「解説」がなんと別役実氏であり、これがまためっぽう面白いのだ。今は亡き、巨匠三人の揃い踏みと言っていいだろう。

つかこうへいにとっての別役実は、劇作家として世に出る前、唯一私淑したと言える存在であり、若き日のつかを誰より評価したのも別役氏だった。

しかしながら、もしこの「解説」をつかが読んだとき、何を思うかを想像すると、自然と笑いがこみあげてくる。

まずタイトルが「喜劇をベースに持った演劇人」とくる。井上ひさしとつかこうへい、二人に共通する要素といったところだろう。

ただ、つかにとって「喜劇」とは、侮蔑に満ちた言葉でしかなく、この対談の中でも、かつて自分の芝居を「喜劇」と評されたとき、「絞め殺してやろうと思いました。『オレは喜劇なんか一度も書いたことないんだ』って」と、憤っているのだ。

またこの「解説」では、前半が井上ひさし、後半がつかこうへいと、それぞれの演劇界での別役氏なりの評価が語られるのだが、「井上さんは亡くなったのが早すぎたと感じています。あと二、三年生きていたら、もうひとつ面白い仕事をしたんじゃないかなと思います」というものに対し、つかについては、「つかくんは、演劇においてある意味ではやりきったという感じがするんですよね」「自分が作った『熱海殺人事件』を骨までしゃぶった」「再演してしゃぶり尽くした」となるのである。

「しゃぶり尽くした」との名言はさすがだと感心するし、まったく同意するしかない。ただ別役氏も「自分の作品に徹底的に向き合った」と語るように、そんなつかを決して否定はしていない。「再演を続けたことをとかく言う人もいるけど、僕はそれは正しかったと思う」とフォローするのだ。

けれどつか自身はこれを読んでどう思うだろう。

「まるでオレが〝余生〟を楽しんだみたいに言うんじゃねぇ！」

と、一人おだを上げてみせる姿が目に浮かぶ。

そして別役氏の「解説」はさらにこう続く。

「つかくんは徹底してナルシストであったんだと思います。でも、彼は役者としては出なかったですよね。役者として出る方がナルシシズムを出しやすいんじゃないかなと思います。つかくんも自身が出演していたら、もしかしたらもう少し違った形でのナルシシズムが出てきたのかもしれない」

　別役氏は何度もつかと会っているし、対談などもやっていて、つかが例のごとくあれこれテンション高く語ってみせる姿を、目の当たりにしている。だからそんなことを思ったのだろう。しかしこれには、「ウーン」と唸り、首を傾げざるをえない。ああ、やっぱり戯曲《ほん》だけ書いて、演出をやらない人はわかってないなぁと、不遜な言葉すらつぶやきたくなってしまう。

　何故なら、つかこうへいが役者として舞台に立つことなど出来るわけがないのだ。

　もちろん自分で作った台詞を発してみせるとき、稽古場にいるどの俳優よりも上手かったのは事実だ。だがそれは、言ってみれば瞬発力でしかない。何度もその台詞を同じように繰り返し、やりとりを何分も続けられる力とは全く別のものだ。

　何より、人に観られるためにその前に立つという行為そのものが、つかには無理だった。僕はつかが講演する場に、何度も秘書役として同行したが、観客には演台に隠れて見えないつかの膝が、緊張のためずっと小刻みに震えているのを舞台袖で確認するのは、いつものことだった。テレビのインタビューや多数の記者との会見などでも、その声や表情は必ずどこか強張っていて、我々を引き連れて行く飲み屋での〝独演会〟などと比べると、つかの語りの面白さは十分の一も発揮できないのだ。

だからこそ、つかに言わせれば、人前に自分を晒し、それが快感となる役者などという生き物は、その存在自体が「人として恥ずかしい姿」であったし、「よくまぁ、そんな卑しい仕事、やりたいと思うよな」という罵りは、逆に絶対に自分が敵わないものに対する、つからしいいつもの〝逆説〟だったろう。

そこまで理解できて初めて、つかのこだわった「恥」の意味が、正しく伝わってくるのである。

「彼はやはり、自己嫌悪と自己愛みたいなものがない混ぜになっていたんだと思います」

別役氏の「解説」は、つかこうへいをそう語って終わる。なるほどと、この言葉を噛みしめるとき、僕はどうしてもある思いにとらわれてしまう。

「芝居なんかやってる、オレたちみたいなやくざ者はなぁ……」

というのがつかの口ぐせだった。我々はいつも「真っ当な生き方をしていない人間」であり、「道を外れた奴ら」だった。皆、確かにその通りかもしれないと、つかの言いぐさを受け入れていた。

「そんなオレたちが、おカミから金もらうなんて恥ずかしいマネが出来るか」

そう言ってのけるつかを、正直、さすがだなぁという気持ちで見ていた。

当時でも、政府や自治体による助成金のようなものを当てにしている劇団はいくつかあったし、のちには、どこそこの県が作った劇場の芸術監督に誰々が就いたというような話もたびたび耳に入った。

しかしそれはつかにとって、間違いなく「恥ずかしいマネ」だったのだ。

九〇年代半ばに、つかが「北区つかこうへい劇団」なるものを立ち上げたとき、僕が真っ先に思い浮かべたのは、彼のそんな言葉だった。

つかの中で譲れないはずの「恥の方向性」が、どこかで大きく変わってしまったように思えた。それを変えたものが何だったのか、ずっと知りたかった。だが、あえて訊くことなど出来るはずもなく、つかはいなくなってしまった。

作品でも生き方でも、自身のよりどころだったはずの「恥」へのこだわりを、時代《とき》が過ぎていく中で、どこか曖昧にするしかなかったのは、「自己嫌悪と自己愛みたいなものがない混ぜになった」せいだとすれば、少し納得がいく気がしないでもない。

いやいや、そんな文学的な理由づけなど、つかには似つかわしくない。

「バカ！　いい齢して『恥』だの『義理』だの青臭いこと言ってられっか！」

と、いとも簡単に前言を翻し、呆れるほどの傲慢さでそう言い放ってみせるのが、つかではなかったか。そんなつかこうへいを、何度も見て来たではないか。

僕は今、ようやくそれを思い出し、そこはまるで学ぶことの出来なかった自分に再びため息をついている。

さぁ〝つかこうへい論〟的なものはもういいだろう。

次章からは、『つかこうへい正伝　１９６８－１９８２』では触れなかった、劇団解散後の何年かを振り返ってみよう。

第2章

解散に向けての討ち入り——『つか版・忠臣蔵』

『つか版・忠臣蔵』台本（決定稿）

打倒紅白

つかこうへいが芝居の世界から足を洗い、今後は作家活動に専念することを対外的に発表したのは、一九八二年秋のことだ。

この宣言により、すでに九月一日から始まっていた新宿「紀伊國屋ホール」での七十日間に及ぶ『蒲田行進曲』が、我々「劇団つかこうへい事務所」にとって、文字通り解散の〝舞台〟となったのだが、つかと僕たちの「芝居作り」は、あと少し続くことになる。

それが、その年の大晦日にテレビ東京で放映されたドラマ、『つか版・忠臣蔵』だった。

原作・脚本・演出つかこうへい。放送時間は午後九時から十一時四十五分までの二時間四十五分。つまりＮＨＫの『紅白歌合戦』とまったく同時間帯にぶつけ、「打倒紅白」などという、世間から失笑を買うような、身の程知らずの旗印まで掲げた番組である。

そしてそんなことを考えついたつかの心情が、僕にはどこか理解できる。

この企画がマスコミでいっせいに報じられたのはその年の五月のことだったが、伝えるスポーツ新聞の記事の中で、つかはこんなことを語っているのだ。

「オレたちゃ、ずっと肩身の狭い思いして芝居を作って来た。なのに昔『デモ行かねぇのか』ってバカにしてた奴らが、今じゃライオンズクラブに入ってるし、劇団四季を批判してたアングラの旗手たちが、なぜか『浅利慶太を励ます会』の発起人になってる。オレだけですよ、紀伊國屋での安い芝居にいまだにこだわっているのは」

直木賞作家となり、時代の先端を走る若き才能として持てはやされてはいるものの、所詮自分は学生劇団上がりの芝居屋であり、その矜持として、あえて東京で最小のテレビ局と組んで、無謀にも視聴率70％を誇るお化け番組に挑む。しかも演目は、ちょうどその年、ＮＨＫ大河ドラマとして人気を博した『峠の群像』（堺屋太一原作の赤穂義士もの）に対抗して、新解釈の『忠臣蔵』。そんなはなから勝ち目のないバカバカしい選択を、あえてしてみせる自分でいることが、まさしくつかこうへいとしての「美学」だったのである。

さらに結果として、それを自らの演劇活動のフィナーレとしてしまうのだから徹底している。そしてそんなつかならではの「美学」に最後まで付き従い、培ってきた特別な関係を全うした、我々「劇団つかこうへい事務所」の面々にとっても、この作品はまさに劇団としての〝討ち入り〟と言ってよかったろう。

テレビドラマ『つか版・忠臣蔵』はこうして生まれたわけだが、それに大きく関わった、当時テレビ東京のディレクター不破《ふわ》敏之《としゆき》のもとに、彼がその年の春、局に提出した企画書のコピーが残っている。

まだワープロなど一般的ではない時代、「テレビ東京」のロゴの入ったレポート用紙数枚に、すべて手書きで記されたものだ。

その中には、マスコミ発表でも強調された、テレビ東京にとって十八年ぶりの自社製作のドラマであることや、四月にテレビ大阪が開局し、関東のローカル局からメガトンネットワークと称する全国ネット体制となる記念番組であることなどが謳われているのだが、《企画意図》とタイトルが打たれた1ページ目に、いかにも企画書めいたこんな一文がある。

「つかこうへいは、（略）小さいが最強を狙うテレビ東京と提携して、ビッグにして強力なＮＨＫに戦いを挑もうと申し込んできた」

つまり「打倒紅白」を目指すこのプログラム自体が、そもそもつかこうへいから持ち込まれた企画だというのだ。それが可能だったのは、不破の存在があったからこそなのだが、そこに至る過程は、一九七八年一月に六本木の「俳優座劇場」で公演された、ある芝居まで遡らなければならない。

我々の劇団時代、テレビでの舞台中継を頑なに拒否し続けたつかが、ただ一度だけ首を縦に振ったのが、このとき田中邦衛を客演に迎えた『改訂版・出発』であり、それを成立させたのが、テレビ東京（当時は東京12チャンネル）の若手ディレクター不破敏之だったことは、『つかこうへい正伝　１９６８－１９８２』で詳しく書いた。その理由が、演劇公演とは別物のひとつのテレビ番組として成立させるという、つかなりの狙いが共有出来たからだということも。

しかもつかの〝やる気〟はエスカレートし、テレビ収録用の公演をワンステージだけ

No.

メガトン ネット記念

大晦日 スペシャル

「つか版忠臣蔵」 企画書

テレビ東京 演出局
古田明
不破敏之

テレビ東京

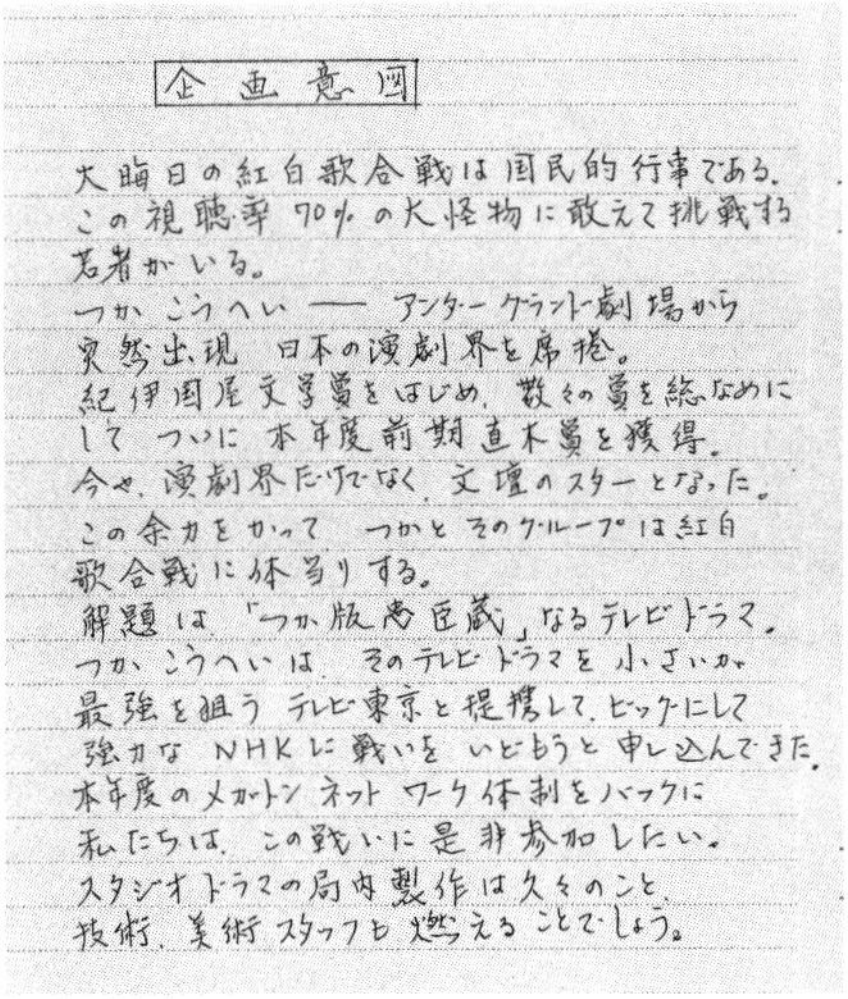

企画意図

大晦日の紅白歌合戦は国民的行事である。
この視聴率 70% の大怪物に敢えて挑戦する
若者がいる。
つかこうへい ―― アンダーグラント劇場から
突然出現 日本の演劇界を席捲。
紀伊国屋文学賞をはじめ、数々の賞を総なめに
して ついに 本年度前期直木賞を獲得。
今や、演劇界だけでなく、文壇のスターとなった。
この余力をかって つかとそのグループは紅白
歌合戦に体当りする。
解題は 「つか版忠臣蔵」 なるテレビドラマ。
つかこうへいは、そのテレビドラマを小さいが
最強を狙う テレビ東京と提携して、ビッグにして
強力な NHKに戦いを いどもうと申し込んできた。
本年度のメガトン ネットワーク体制をバックに
私たちは、この戦いに是非参加したい。
スタジオドラマの局内製作は久々のこと、
技術、美術スタッフも燃えることでしょう。

不破敏之氏の手元に残る手書きの企画書と「企画意図」

早々と行い、なんと初日の幕が開く一週間も前に、先行公開の形で放映するという、芝居の世界では前代未聞の試みまでやってのけたのである。

そこから不破とつか及び劇団との関係は密なものとなり、翌年の「西武劇場」での『いつも心に太陽を』や『広島に原爆を落とす日』では、つかこうへいお得意の〝素人枠〟で、不破は連日、舞台に立つまでになる。彼の中では「俳優座劇場」での仕事以来ずっと、いわば「劇団つかこうへい事務所」の外部座員のような気持ちだったらしく、つかのみならず、我々も皆、それを当然のように受け入れていた。

そんな不破が一九八二年の春、つかの意向を受け、大晦日の『つか版・忠臣蔵』の成立を目指して局との交渉に当たるのだが、この作品のドラマ化自体は、七八年の『改訂版・出発』放映の準備に入った頃から、何度もつかに聞かされてきたものだという。

テレビドラマ『つか版・忠臣蔵』の原作となる同名の小説は、番組がオンエアされる一九八二年の大晦日に向けて、角川の文芸誌「野性時代」の十二月号（発売は十一月頭）に掲載され、ひと月後には単行本となっている。角川書店がこの番組のスポンサーまで引き受けたことで、販売戦略としてそんなスケジュールが組まれたのだろう。

しかし『つか版・忠臣蔵』にはそれ以前に、すでに原形をなす戯曲が存在し、一九七七年の「週刊平凡パンチ」十一月二十一日号から十二月十二日号まで、四週にわたって掲載されているのだ。

今、その連載を見ると、ト書きと台詞だけではなく、ひとつひとつの場面に至るまでの、人物や事象の背景や事実関係などの説明が丁寧に入り、戯曲というよりむしろ「誌上舞台中継」というような、ほぼ小説に近い読み物になっていることがわかる。

おまけにその内容はいかにもつかこうへいらしい破天荒さで、簡単に言ってしまえば〝義士〟など誰一人登場しない。

バカな殿様のおかげで職を失いあたふたする大石内蔵助《おおいしくらのすけ》ら元赤穂藩士たちを、宝井其角《たからいきかく》という俳人あがりの戯作者が、あらゆる手を使い、討ち入りまで追いこんでいくという話なのだ。

其角の目的は、江戸庶民の待ち望む〝忠臣蔵〟として芝居に仕立て上げ、戯作者としての名を上げるためであり、なんとそこでは吉良《きら》上野介《こうずけのすけ》までがその企てに乗っかり、自らを極悪非道な人物に作り上げるべく、期待される振る舞いを懸命にこなすようになっていくという仕掛けだ。

作品としての出来ばえはまさに、それまでの演劇とは一線を画して独自の世界を確立していこうとするつかにとって、脂がのり始めた時期だったことをうかがわせるもので、「人間というのは、絶えずどこかで周りの期待に応え、またそうすることで生まれるマゾヒスティックな快感を喜びとして、〝自分〟を演じ続けようとする生き物である」という、すべてのつか芝居に共通するテーマが、劇構造そのものとなり、実にストレートに描かれるのである。

いや、やめておこう。『つか版・忠臣蔵』という作品に関する考察は、その原作小説が一九八五年に文庫化された折の「解説」で、扇田昭彦氏が見事に語り尽くしているので、僕ごときの出る幕はない。

ただ、「皆が喜ぶ芝居を打たんがために、浪士たちを無理やり討ち入りさせる」という物語の主軸を、つかが何によって発想したかは、それ以前に彼から何度か聞かされた話で想像はつく。

それは、旧赤穂藩士たちの吉良邸討ち入りが決行されたのが元禄十五年の十二月十四日であるのに、なんと年が明けた翌十六年の正月（一説には十二月中とも）には、江戸の山村座でもうそれを題材とした芝居が上演され、大評判をとったというものだ。また遅れてすぐ、大阪では近松門左衛門も赤穂事件を思わせる新作を舞台にかけているという――。

まだ一九七三年頃、早稲田での劇団「暫」時代、その稽古場でそんな知識を面白そうに披露するつかを、僕は憶えている。

主人公に宝井其角を持って来たのは、其角と四十七士の中の大高源吾《おおたかげんご》が、松尾芭蕉の同門であったことをもって創作された歌舞伎の演目、『松浦の太鼓』からいただいたものだろう。

「平凡パンチ」誌上の『つか版・忠臣蔵』の中でも、

「討ち入りをひかえた元禄十五年十二月十三日、煤《すす》払いの笹売りに身をやつした源五（ママ）を両国橋で見かけた其角が『年の瀬や水の流れも人の身も』と源五の零落をあわれんで詠《よ》みかけたとき、『あした待たるるその宝船』と受けた源五の心中に其角は寒さしのぎにと黒縮緬《ちりめん》の羽織りを差し出したという」

と、『松浦の太鼓』の一場面そのままの説明がされている。

つまり『つか版・忠臣蔵』という作品は、つかがそのエピソードに触発されて生まれたもので、したがって物語も、「辞世屋」を副業とする宝井其角のもとに主君浅野《あさの》内匠頭《たくみのかみ》の辞世の歌を注文するため、大石内蔵助が大高源吾に案内されて訪ねて来るところから始まるのである。

では、つかこうへいが『忠臣蔵』に手を付ける気になったのはいつ頃なのか。

扇田昭彦氏の文庫版「解説」にはこんな一節がある。

もう十年近く前になるが、つかこうへいと会ったとき、彼は演劇評論家の戸板康二氏から、「演劇をやるからには歌舞伎を、とくに『忠臣蔵』を手がけるべきだ」と勧《すす》められたという話をしていた。

それからしばらくした一九七七年に、つかは「平凡パンチ」で『つか版・忠臣蔵』を発表したというのである。

もちろん戸板氏の言葉がきっかけになったということもあったろう。ただ、つかがそれ以前に、間違いなく『忠臣蔵』を手がけようとしたことを、うかがわせるものが残っているのだ。

　一九七三年、鈴木忠志率いる「早稲田小劇場」による公演予告のチラシである。そこには、三月の『劇的なるものをめぐってⅡ』の告知に続いて、四月に予定された新作芝居のタイトルがある。

『忠臣蔵外伝』
四月十日〜二十九日／作：つかこうへい　新健二郎　鈴木忠志／構成・演出：鈴木忠志

　ちょうどその時期まで、つかは鈴木忠志氏に師事する形で、「早稲田小劇場」に出入りしていたのだが、結局この芝居が世に出ることはなかった。それが理由かどうか、つかは以降「早稲田小劇場」から足が遠のくことになる。

　しかしこのチラシを見れば、そこまでにつかが『忠臣蔵』を集中して学び、〝つか版〟とは別物だろうが、芝居としてある程度の形にしていた可能性はかなり高い。宝井其角と大高源吾のエピソードなども、この時期、知識として仕入れ、それが四年半後、「平凡パンチ」での『つか版・忠臣蔵』に繋がったのではないか。

〝つか版〟とする『忠臣蔵』へのこだわり

それにしても、ヌードグラビアを売り物とするような青年誌が戯曲など載せて、興味を持つ読者などいるのかというのが、当時でも僕の正直な感想だった。

だが「平凡パンチ」では、『つか版・忠臣蔵』掲載の翌々年、七九年三月にも、公演を終えたばかりの『いつも心に太陽を』が数多くの舞台写真と共に、戯曲として「一挙掲載！」されているし、そもそもつかこうへいが「紀伊國屋ホール」に進出した一九七六年春には、その紹介記事と共に、誌面で「劇団員募集」の告知までされているのだから、雑誌の〝色〟とは別に、つかとの縁は深い。

実はどのページも松田恒雄という編集者の担当であり、どうやら彼も、つかこうへいという人間に惹き込まれてしまった一人だったようだ。

ただし七七年の『つか版・忠臣蔵』初掲載号などを見ると、この時点ですでに「平凡パンチ」読者層でのつかこうへい人気が、かなりのものだったらしいことは推察できる。

表紙を飾る写真は、この年『津軽海峡冬景色』のヒットで演歌へと転向した十九歳の石川さゆりだが、そこに躍る内容告知は、色鮮やかな《誌上劇場全四幕／つかこうへい鮮鋭に登場！／つか版『忠臣蔵』……開幕!!》の文字だけで、つまりつかの〝戯曲〟がその号の一番の〝売り〟であることがわかるのだ。

また、連載三回目となる十二月五日号の巻頭には、『つか版・忠臣蔵』に因んだらしく

《師走四十七人衆》という特集が組まれ、その年話題となり、今後それぞれの分野を牽引していくだろう旬の人物四十七人が、写真と共に短く紹介されている。当然そこにつかこうへいも並ぶのだが、四十六年前にそんな形で取り上げられている顔ぶれを、何人か挙げてみよう。

「ピンク・レディー」「夏目雅子」「笑福亭鶴瓶」「倉本聰」「大林宣彦」「松本零士」「片岡義男」――どうだろう、その〝時代〟を少しは実感してもらえるだろうか。

話が少々横道にそれたかもしれない。大事なのは、この記事の中でつかが、「現在一月公演の稽古に明け暮れている」と語っていることである。

つまり、テレビ東京（東京12チャンネル）での放映が決まっている『改訂版・出発』の「俳優座」公演の稽古と、「平凡パンチ」での『つか版・忠臣蔵』の発表の時期がまるで重なっているのだ。

不破敏之によるとこのとき、つかから「ぜひ次は、これをテレビでやりたい」と提案されたというのである。そして同じ言葉は、それから何年も繰り返されたが、ずっとつか自身のスケジュールがとれず、実現には至らなかったと。

だいたい、戯曲として発表しながら、それをつかが舞台化しなかったケースはかなり珍しい。しかし『つか版・忠臣蔵』だけは、なぜか相性が悪かったようだ。これが我々の時代のつか作品で、唯一「時代劇」だったこともあったかもしれない。

実際、一九八〇年秋の「紀伊國屋ホール」における「三部作」連続公演の折に発表した、「つかこうへい事務所」八一年上半期の公演予定ラインナップでは、「俳優座劇場」の『ヒモのはなし』や「紀伊國屋ホール」の『熱海殺人事件』と並び、三月に高田馬場の「東芸劇場」での『つか版・忠臣蔵』が演目として挙げられていた。しかしそれはつかの気が変わり、石丸謙二郎をフィーチャーした新作『寝盗られ宗介』となる。

そしてその『寝盗られ宗介』公演中にも、年末の「紀伊國屋ホール」での『つか版・忠臣蔵』が告知されるのだが、それも予告チラシだけに終わり、上演されたのは前年の『蒲田行進曲』の再演である、『銀ちゃんのこと』（銀ちゃんを加藤健一から風間杜夫に変更し、このタイトルに）だった。

結局八二年になり、自身の演劇活動に区切りをつける覚悟を決め始めた頃、ようやくそれのテレビドラマ化が決定するのだが、そのマスコミ発表の折にも、九月からの「紀伊國屋ホール」での公演は『つかこうへい三部作Ⅱ』と銘打ったものとされ、その中の一本として、『つか版・忠臣蔵』のタイトルが、つかの口からしっかり挙げられているのである。しかし結局これも実現せず、『蒲田行進曲』のロングランをもっての解散公演となった。

そんないきさつもあり、つかと不破との関係の中で、「劇団つかこうへい事務所」としての最後の仕事、ドラマ『つか版・忠臣蔵』の制作は決まった。

今、その企画書をめくると、つかの意気込みを示す興味深い記述を発見することが出来る。

まず、「つかこうへいの『原作料』『演出料』は無し」――。

「メインの配役はつかこうへい劇団のメンバーで固める」と記されたあとに、平田満、風間杜夫、石丸謙二郎、長谷川康夫と四人の名が並び、一本ラインが引かれてから、根岸季衣、三浦洋一と続く。（結局二人の出演はなかった）

さらにいかにも企画書らしく、特別枠のイメージキャストとして大物作家や人気女優たちが好き勝手に挙げられ（松坂慶子の名もあるが、まさか実現するとは思ってもいなかったはずだ）、「他、特別出演、友情出演、番外出演など、出演依頼が目下殺到中です」とのコメントが付くのには笑わされる。

何より驚くのは、「ただし、出演料はつかこうへいの意向で、無料奉仕としたいと思います」という一文である。

これを読むといまさらながら、「やってくれるなぁ……」との感慨が湧きあがってくる。これぞまさしく、しがないアングラ芝居上がりと、東京の番外テレビ局が手を組んでの、〝覚悟〟と〝開き直り〟だったろう。「成るようになれ」というわけである。

さらに《製作費》の欄に目をやれば、その数字はなんと「２０００万」となっている。さすがに局内での企画書で、そこは正直にならざるをえなかったのだろう。おいおい、マスコミ発表時のどの新聞記事を見ても、製作費は当時としては破格の「６０００万を超える大作だ」と大見得を切ってるではないか――と、また吹き出すしかない。

かくして『つか版・忠臣蔵』は、「打倒紅白」との恐るべきテーマを掲げるテレビ東京の大晦日特番として、世間に認知だけはされていった。しかし準備が具体化するのは、解散公演となった『蒲田行進曲』が九月に始まってからだったと思う。

まず取りかかったのは、原作となる小説を作る作業だったはずだが、ずっとつかの執筆アシスタントを務めていた僕にとって、その記憶は驚くほど薄い。時期すらも定かではないのだ。かろうじて「平凡パンチ」上の『つか版・忠臣蔵』を飾るウノ・カマキリ氏の派手なイラストを見ながら、つかの指示を仰ぎ、ペンを走らせたことをうっすら覚えているだけだ。

どうやら『蒲田行進曲』の公演中だったこともあり、主な手伝いは、出番の少なかった同じアシスタント役、高野《たかの》嗣郎《しろう》が務めたのだろう。

この小説化の中で、つかは『つか版・忠臣蔵』の劇構造をもうひと捻《ひね》りする。「泣き女」を生業《なりわい》とする志乃という女性と、大阪の近松門左衛門を登場させ、宝井其角との血のたぎるような三角関係を背景に事が進行するという形に、物語を大きく膨らませたのだ。

そして、こうして主役となる登場人物が二人増えたことが、ドラマ『つか版・忠臣蔵』のキャスティングにも、大きな影響を及ぼすこととなるのである。

高野嗣郎脚本

テレビ東京の一九八二年大晦日特番、ドラマ『つか版・忠臣蔵』のリハーサルが始まったのは、「劇団つかこうへい事務所」が「紀伊國屋ホール」での解散公演『蒲田行進曲』を十一月七日に終え、二日ほど休みを挟んですぐだったと思う。

その初日、僕らは港区飯倉の「千田スタジオ」に集まった。俳優座を創立した千田《せんだ》是也《これや》氏が所有する、芝居用の稽古場である。

「つか事務所」としては、それまでもいくつかの公演で利用し、『蒲田〜』の本番前、八月にも世話になった場所だった。二十一日からの本番収録に向け、テレビ東京のリハーサル室が使用可能となるまでの何日かは、出演者の中、我々「つか事務所」の劇団員たちだけで、つかの〝口立て〟による芝居作りが行われることになっていた。

稽古初日、皆にまず渡されたのは、小さく「準備稿」と入った『つか版・忠臣蔵』の印刷台本である。つかの指示を受けた高野嗣郎が脚本としてまとめたもので、不破敏之によると、数日前、つまりまだ『蒲田〜』の公演中、高野を都内のホテルに缶詰めにして、なんとか書き上げさせたものだったという。

「つかこうへい作・演出」がウリのドラマではあるが、舞台美術を一切使わないその芝居と違って、今回はセットなどを含め、撮影のための準備があり、局としてはこの時点での台本が必要だったということだろう。

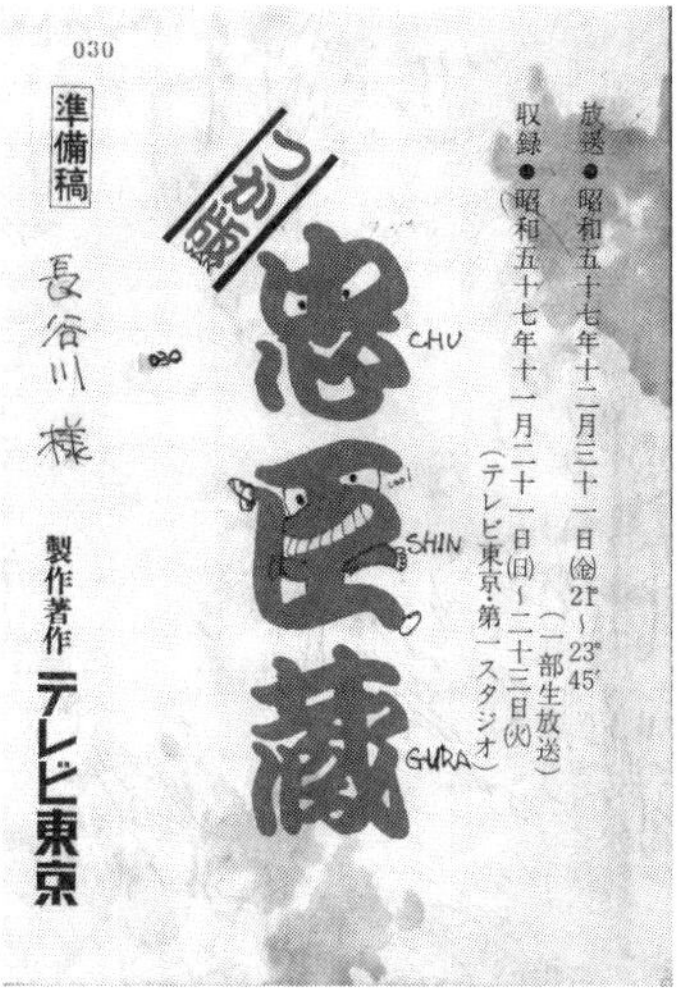

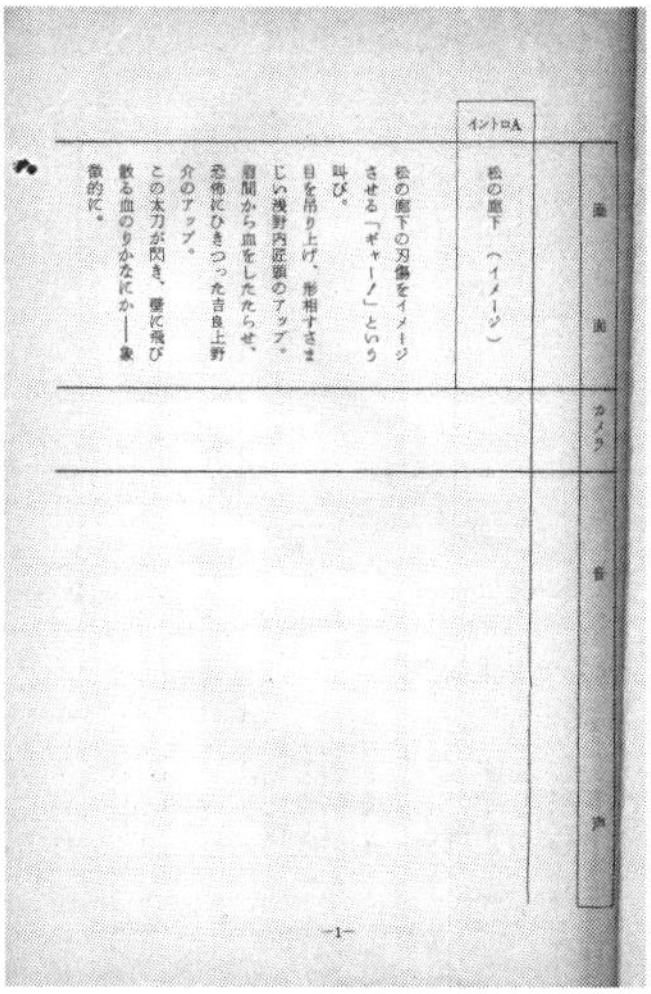

画面

イントロA

松の廊下（イメージ）

松の廊下の刃傷をイメージさせる「ギャー！」という叫び。
目を吊り上げ、形相すさまじい浅野内匠頭のアップ。
眉間から血をしたたらせ、恐怖にひきつった吉良上野介のアップ。
この太刀が閃き、壁に飛び散る血のりかなにか――象徴的に。

カメラ

音声

－1－

『つか版・忠臣蔵』準備稿。台本部分は「画面」「カメラ」「音声」と分けられている

そんな四十一年前の「準備稿」が僕の手元に残っているのだが、改めてページを開くと、今になって様々な発見があり、思わず笑みが浮かんでくる。

当時のテレビのスタジオ収録用台本は、横線で仕切られたページの上段三分の一が「画面」と表示されていて、そこが俳優の動きや情景説明などの、要するに〝ト書き〟部分。二段目が「カメラ」と書かれた細い空欄で、スタジオ内の複数のカメラ（それぞれに番号がある）のうち、どれがその部分を撮るか（いわゆるカット割り）や、そのときのサイズ、アングルなどを、現場で書き込むためのスペース。そして下段三分の二が「音声」となっていて、つまりそこに人物名と台詞が書かれているのである。

これはバラエティ番組なども同じ形式で、テレビの世界ならではのものだったが、現在はもう姿を消し、一般的な映画や演劇の台本と同じように、シーンタイトルごとに、台詞とト書きだけが並ぶものになっているようだ。

さて今、一応職業欄に「脚本家」と書く人間の立場で、この『つか版・忠臣蔵』準備稿を見ると、まず驚くのは、台本部分の１４５ページという分量である。二時間四十五分の番組枠であれば、コマーシャルなどの時間を差し引いて、ドラマとしての長さは正味二時間十分から十五分ほどか。それを考えれば、この印刷形式での１４５ページはあまりにも短い。

まぁこれはあくまで準備稿であり、ここからつかの〝口立て〟での稽古によって中身が増えることを想定して、この長さに収めたというのなら、わからないでもない。実際その通りにはなった。だが現実には書き手が経験不足のため、文字としての脚本という形で、要求された尺（上映時間）を充たす感覚が備わっていなかったということだろう。

原作である小説をもとに、そのどの部分を組み込むかは、つかの要求があれこれあったはずだが、最終的には高野がかなり自由に書き、つかがチェックする時間もなく、それがそのまま製本されたのが真相だと思う。

というのも、この「準備稿」段階では、大石内蔵助の息子、大石主税《ちから》の出番がやけに多いのである。

まず物語の発端となる、内蔵助が宝井其角のもとに主君・浅野内匠頭の辞世の歌を頼みに来る場面で、原作小説では案内してくるのは大高源吾であるのに、「準備稿」ではそれが大石主税になっているのだ。

『つか版・忠臣蔵』なる物語自体、其角と源吾が松尾芭蕉の同門であるという逸話から生まれたものであり、だからこそ意味を持っていたオープニングの大高源吾の役割が全く消されたのだから、これは原作の主旨を大きく外れていると言わざるを得ない。

それどころか、この「準備稿」に大高源吾は登場すらしないのである。いや四十七士が揃う場面はあるから、登場人物表の隅にその名はある。しかし台詞はひと言も書かれていない。よって原作中の大高源吾の役割はほぼすべて、大石主税が受け持ち、活躍するのだ。

理由は実にわかりやすい。この大石主税こそ、高野嗣郎が演ずるはずの役だったからである。

実はこの脚本作りの段階で、具体的な配役はまだ決められていなかった。本来なら、印刷された台本の登場人物表の下には、それぞれ演じる俳優名が入っているのが普通だが、そこは空欄のままで、別ページに主な出演者の名が横書きで並んでいるだけなのだ。しかもそれは五十音順であり、とかく並びの序列にこだわり、プロデューサーが頭を悩ませる商業作品の台本としては、前代未聞と言えるだろう。

配役に関して、つかこうへいなりの構想はあったはずだが、いつもの芝居のように〝口立て〟による稽古の中で、それぞれの役も決めることにこだわったため、そんな形になったのだ。

ただし『つか版・忠臣蔵』における大石主税は、もともと「色白のデブ」で、赤穂藩断絶後、さらに自堕落に肥満し、相撲取りに転職するというキャラクター設定になっている。よって高野はそれが自分の役であると確信したのだろう。それゆえの、自らが任された脚本上での大石主税の抜擢であり、そうするための大高源吾の抹殺だったわけである。


　高野嗣郎は「劇団つかこうへい事務所」の最古参メンバーの一人である。しかし芝居のテーマに関わるような主要な役を演じたことはなかった。

『つか正伝』でも描写したように、彼は〝文章を書く〟という能力では抜きん出たものがあったし、役に立つ立たないは別として、あらゆる事柄に対する知識量も並外れていた。

　ただ申し訳ないが、俳優に要求される一般的な演技力という意味ではどこか拙く、その存在価値はつかこうへいの舞台だからこそのもので、小説『ハゲデブ殺人事件』のモデルとなった体軀での、ちょっとした登場によって「またあの高野が出てきた！」と客席を沸かせたり、千穐楽恒例の「予告編」の司会で声を張り上げたりという、スペシャル（？）な役割を受け持つのが主だった。

　そんな高野が最後の最後に、俳優としてのまっとうな「見せ場」を自分に与えようとしたのだ。『つか版・忠臣蔵』の「準備稿」からは、それがひしひしと伝わって来るのである。

だが残念なことに、約十日間に亘るつかの〝口立て〟稽古によって、結局、高野の「準備稿」は跡形もなくなり、ドラマ本編では原作小説に戻る形で、大高源吾は大石内蔵助との冒頭シーンからしっかり登場し、物語の最後までかなりの活躍を見せる。しかしまぁ、結果として大石主税にもそれなりの出番は与えられたから、高野の野望はある程度、叶ったと言っていいだろう。

完成された脚本《ホン》に沿って稽古するという習慣のなかった僕らにとって、「準備稿」の中身などさほど重要ではなく、それが大幅に変わっていくことには、何の抵抗もなかった。したがって当時は、高野の企みに気づくことも、内容に疑問を持つこともなかったのである。

忘れていた古い台本を引っ張り出したことで、それを発見し、何やらうれしくなって長々と書いてしまったが、高野嗣郎など知らない読者にとっては、何の興味もないに違いない。

しかしここであえてその名を出すのは、高野嗣郎という人間が、つかこうへいが世に出て行く上で、平田満や風間杜夫などとは別の意味で、必要不可欠な存在だったからだ。何よりつかの執筆活動において、高野の果たした役割は大きい。

「劇団つかこうへい事務所」時代、つかの初めての小説『熱海殺人事件』以降、すべての小説、エッセイなどの仕事に関して、僕が加わる前から、つかのそばには絶えず高野がいて、その執筆をアシストした。それがどのように行われたかは、『つか正伝』で詳しく書いたはずだ。

劇団解散後、僕が自分の芝居を始めて、つかの原稿仕事を手伝わなくなってからも、高野はほぼ十年以上、テレビ・舞台などの俳優の仕事と並行して、雑誌のライターなどもこなしながら、つかに請われ、そのいくつかの作品でたびたび助手を務めた。高野が主人公を演じる（？）小説『ハゲデブ殺人事件』などは、そんな彼に対する、つかこうへいなりの返礼だと僕は思っている。

その後、高野は「劇団つかこうへい事務所」のメンバーの中でただ一人、この世界から足を洗い、今は実家のある名古屋に戻って別の仕事に就いている。

劇団時代、つかの原稿仕事でのどこかコンビのような時間も長かったがゆえに、あいつが俳優などという不向きな職にさっさと見切りをつけ、自分なりに〝物書き〟として生きていく道を選んでいればなぁ……と、僕はこの齢になってもまだ考えることがある。

酒が過ぎるとか、生活がとことんだらしないとか、自分勝手にもほどがあるとか、大人として社会生活を営む上での、高野自身にあった問題はいくつも挙げられるし、仲間として何度もそんな部分を諫めてきた。今でも何年かに一度、会った折に冗談めかして責めたりもする。ただ高野はいたって醒《さ》めていて、後悔などないようだ。

ただ、僕が現在の仕事をそれなりの年月、続ける中で、「ライター」なる人々と関わる

『つか版・忠臣蔵』撮影現場にて。左より筆者、平田満、高野嗣郎

ことも多かったが、単純に高野以上だと思われる〝筆力〟の持ち主に出会ったことはない。これは僕の正直な気持ちだ。

今、この原稿を呻《うめ》きながらなんとかでっち上げている僕などと違って、高野は「文章を書く」ことが本当に好きなのだろう。今も連日、ネットでブログなるものを公開している。朝一で更新されるそれを読むのが僕の日課であり、毎回、身辺雑記から、映画、小説、人物、歴史、文化など、ありとあらゆるものに関する蘊蓄《うんちく》まで、高野流の記事の達者さに舌を巻き、同時にやはり彼がその力を仕事に繋げなかったことがいつも悔しく、今さらながら文句のひとつも言いたくなってしまうのである。簡単に言えば、ただただもったいないと……。

かつての劇団員たちは、皆それぞれに自分の人生を振り返るとき、「つかこうへいと出会っていなければ……」という言葉を、かけがえのない要素として口にするだろう。しかし高野嗣郎だけは、もしかしたら、その言葉を全く逆の意味で使っていいのではないかと、僕は今頃になって思うのだ。

高野嗣郎はつかこうへいと出会ってさえいなければ……。

……いや、だったら高野は僕らとも知り合っていないわけで、あの劇団時代の仲間たちの中にそのキャラクターが欠けていたら、それはそれで寂しかったなぁと、思い直したりもするのであるが。

映像作品の壁

いやはや、話がかなりそれてしまったようだ。ドラマ『つか版・忠臣蔵』のリハーサル場面に戻ろう。

それはまず、浅野内匠頭の切腹シーンから始まった。

駆けつけた大石内蔵助から渡された、宝井其角による辞世の歌を、その達筆さゆえに読めない内匠頭と、さんざんイラつきながらも何とか正しく詠ませようとテンション高く奮闘する、介錯人磯田《いそだ》武太夫とのバカバカしいやりとりである。

「風さそう」を「かぜさ」で切ったり、「花よりもなお」を「鼻ヨリメ」、「我はまた」を「割れたマタ」、「春の名残り」を「春のな……ゴリ」、「いかに」を「イカ煮とカニ」などと読んでしまう内匠頭を、武太夫は懸命に正す。

最後には「とやせん」で締めるために、ケツの音は「ん」だとヒントを与え、「イカ煮とごはん」「イカ煮とリボン」などを例に、「ごはんを食べなかったらどうなる？」と問いかけて「痩せる＝やせん」を引っ張り出すという、実にくだらない場末のコントのような芝居で、物語の本質とはほぼ関係ない場面だ。

そしてここだけは「準備稿」と大きくは変わっていない部分であり、驚くのはそんなシーンが台本全体の二割近くを占めていることだ。ただそれは高野の独断でそうなったわけではない。原作小説自体もページ数のほぼ六分の一が、この「切腹」とタイトルのついた章に費やされているのである。つかこうへいにとって、よほど気持ちの入ったシークエンスだったのだろう。

リハーサルでもその場面の稽古ばかりやたら長く、他のシーンとの合間に何度も繰り返された。ちなみに浅野内匠頭は酒井敏也で、磯田武太夫を僕が演じたが、つかはその芝居を喜び、台詞はどんどん増えていった。

オンエア上も多少カットはされたが、平田満の大石内蔵助も絡んで、結局そこは、十分ものシーンとなる。これが舞台であれば、観客の笑い声やその熱気によって、多少長くても〝賑やかし〟の場面として成立するのだろう。が、テレビドラマとしては、あまりにもバランスが悪すぎる。

『つか正伝』でも、「つかこうへいは映像脚本が得意ではなかった」などと、僕ごときが知ったような口を叩いた。

ようするに、一切装置がなく、黒幕に覆われる中、俳優がいるだけのつか流の舞台ならば、何より台詞がすべてであり、観客のイメージに委ねる形で、いくら場面を膨らませたところで、拒否されることはない。むしろ観客もそれを望んでさえいる。

しかしリアルな背景や情景をバックに、ひとつひとつシーンの繋がりや伏線など、どこか数学的な計算を要求される映像作品では、そういったつか自身の面白がり方や特殊なこだわりに観客はついていけず、そんな部分が脚本としての流れを邪魔し、ギクシャクしてしまうことが多い。

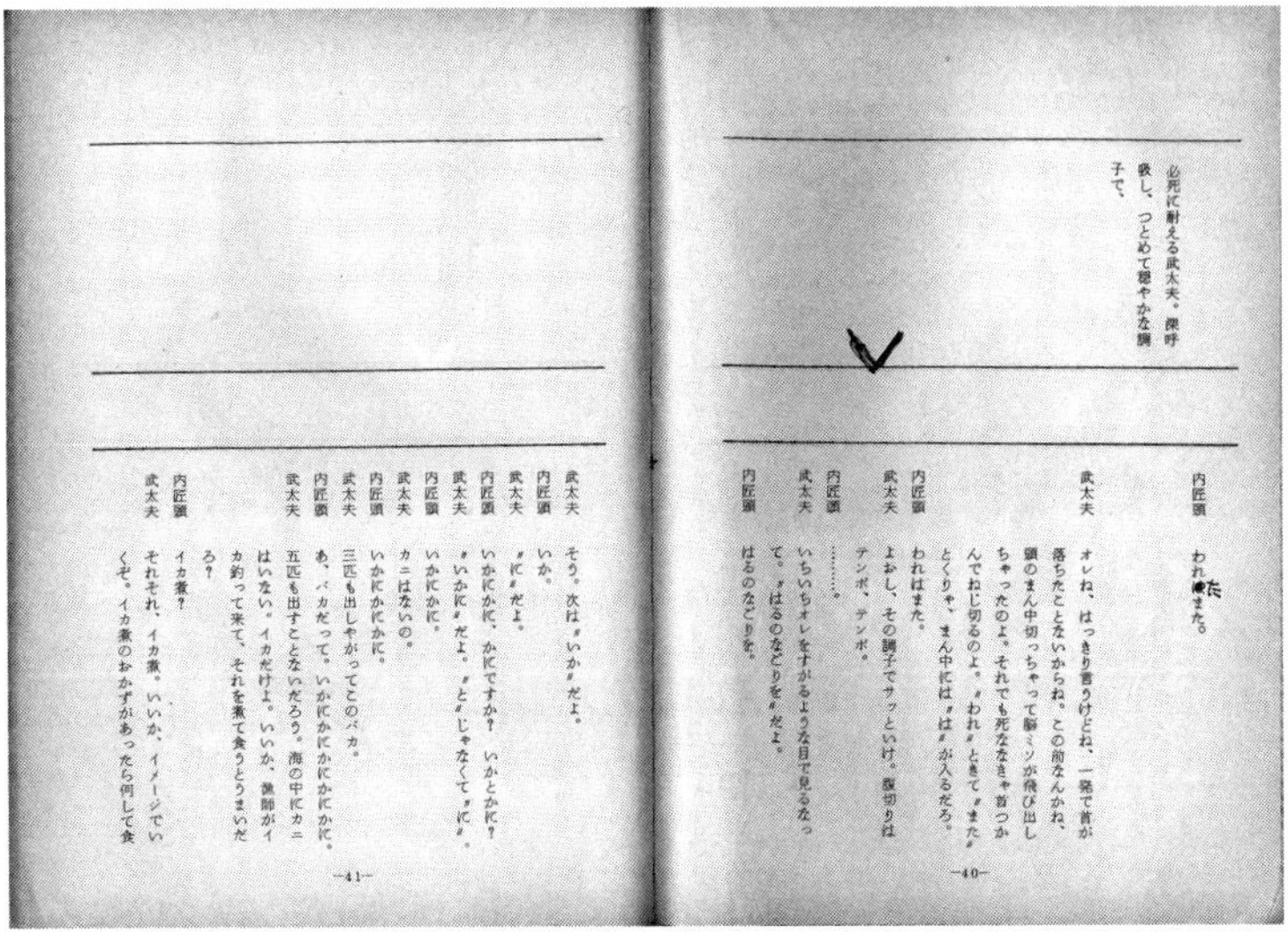

必死に耐える武太夫。深呼吸し、つとめて穏やかな調子で、

内匠頭　われたまた。
武太夫　オレね、はっきり言うけどね、一発で首が落ちたことないからね。この前なんかね、頭のまん中切っちゃって脳ミソが飛び出しちゃったのよ。それでも死なななきゃ首つかんでねじ切るのよ。〃われ〃ときて〃また〃とくりゃ、まん中には〃は〃が入るだろ。
内匠頭　われはまた。
武太夫　よおし、その調子でサッといけ。腹切りはテンポ、テンポ。
内匠頭　……。
武太夫　いちいちオレをすがるような目で見るなって。〃はるのなごりを〃だよ。
内匠頭　はるのなごりを。

—40—

武太夫　そう。次は〃いか〃だよ。
内匠頭　いか。
武太夫　〃に〃だよ。
内匠頭　いかにかに、かにですか？　いかとかに？
武太夫　〃いかに〃だよ。〃と〃じゃなくて〃に〃。
内匠頭　いかにかに。
武太夫　カニはないの。
内匠頭　いかにかにかに。
武太夫　三匹も出しやがってこのバカ。
内匠頭　あ、バカだって。いかにかにかにかにかに。
武太夫　五匹も出すことないだろう。海の中にカニはいない。イカだけよ。いいか、漁師がイカ釣って来て、それを煮て食うとうまいだろ？
内匠頭　イカ煮？
武太夫　それそれ、イカ煮。いいか、イメージでいくぞ。イカ煮のおかずがあったら何して食

—41—

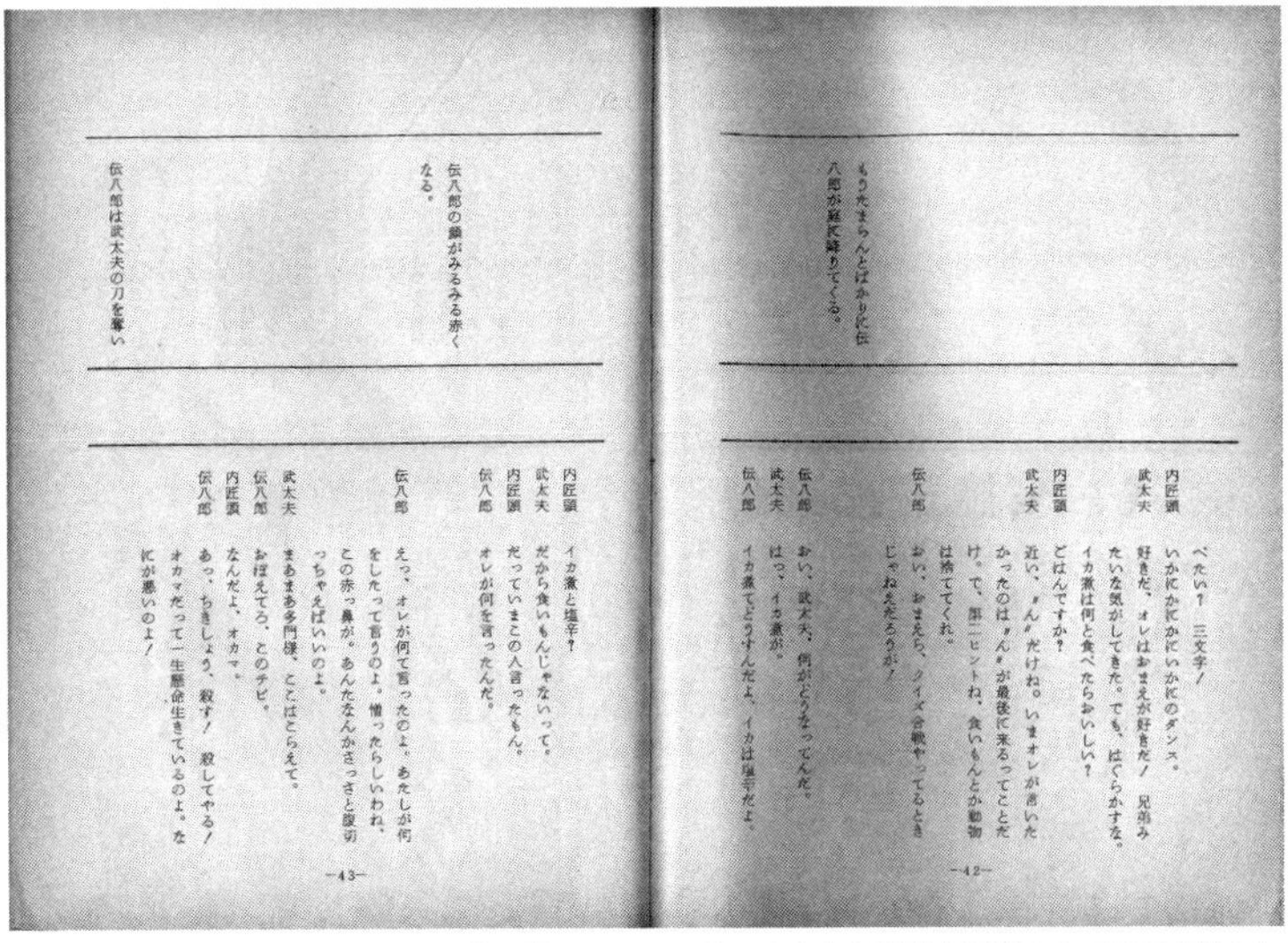

もう尤まらんとばかりに伝八郎が庭に降りてくる。

内匠頭　べたい？　三文字！
武太夫　いかにかにいかにのダンス。好きだ、オレはおまえが好きだ！　兄弟みたいな気がしてきた。でも、はぐらかすな。イカ煮は何と食べたらおいしい？
内匠頭　ごはんですか？
武太夫　近い、〃ん〃だけね。いまオレが言いたかったのは〃ん〃が最後に来るってことだけ。で、第二ヒントね、食いもんとか動物は捨ててくれ。
伝八郎　おい、おまえら、クイズ合戦やってるときじゃねえだろうが！
伝八郎　おい、武太夫、何がどうなってんだ。
武太夫　はっ、イカ煮が。
伝八郎　イカ煮てどうすんだよ、イカは塩辛だよ。

—42—

伝八郎の顔がみるみる赤くなる。

伝八郎は武太夫の刀を奪い

内匠頭　イカ煮と塩辛？
武太夫　だから食いもんじゃないって。
内匠頭　だっていまこの人言ったもん。
伝八郎　オレが何を言ったんだ。
伝八郎　えっ、オレが何て言ったのよ。あたしが何をしたって言うのよ。憎ったらしいわね、この赤っ鼻が。あんたなんかさっさと腹切っちゃえばいいのよ。
武太夫　まあまあ多門様、ここはこらえて。
伝八郎　おぼえてろ、このチビ。
内匠頭　なんだよ、オカマ。
伝八郎　あっ、ちきしょう、殺す！　殺してやる！　オカマだって一生懸命生きているのよ。なにが悪いのよ！

—43—

『つか版・忠臣蔵』準備稿より。辞世の歌のシーン。磯田武太夫と浅野内匠頭のやり取りが描かれている

辞世の歌を指南する磯田武太夫（筆者、中央）と、それを聞く浅野内匠頭（酒井敏也、右）

それは〝遊び〟がダメだというわけではない。本筋とは関係ないように思える、過剰な説明台詞のやりとりは、観客にはまず受け入れられないということなのだ。

つかの舞台では、例えば相手に「バカ」と言うとき、決して一言では終わらない。如何にバカか、そしてどうしてそんなバカになったかまで徹底的に論じる。男女の愛情表現でも同じことが言え、ひねくれた逆説も含めて、うんざりするほど互いで語ってみせる。

どちらにせよ、話があちこち彷徨《さまよ》いながら、ようやくまた本筋に戻る。そしてその繰り返しで、芝居は進んでいく。つまり伝えようとする情報量はとてつもなく多くなる。それを二時間あまりに詰め込まなければならないため、台詞のスピードは当然早くなる。そしてそのスピード感、テンポ感が、さらに観客の心を摑んでいくわけである。

だが映像作品の場合は台詞よりはむしろ、物語上の場面そのもののスピード感やテンポ感が、観客を引き寄せることの方が多い。しかもそれは、それぞれの場面が映像化され、繋がったときに生まれるものであり、そういった完成形を具体的にイメージできなければ、脚本も演出（監督）も、それを務めることはかなり難しく、つかが〝得意ではなかった〟というのは、そんなところを言っているつもりだ。（自分のことは目いっぱい棚に上げさせてもらう）

ただ、つかこうへいが『つか版・忠臣蔵』に臨む時点で、映像作品の「作・演出」に強い興味を持っていたことは間違いない。

というのも、この年の二月、小説『蒲田行進曲』が直木賞を受賞してすぐの頃、つかはその映画化が、自らの脚本、監督の方向で進んでいることを報知新聞に明かし、それを伝える記事の中で、こんなことを言ってのけるのだ。

「映画はぜひ一度やってみたかった。映画化するなら僕がすべてをやる」

そしてすでにフジテレビとの提携が決まっており、秋の「紀伊國屋ホール」での公演（ここでは『'82つかこうへい三部作』となっている）が終わり次第、脚本作りを始め、翌年一月に撮影に入ると告知した上で、

「小夏役には太地《たいち》喜和子《きわこ》を考えていたが、少し違うような気がしている」

と、言葉を終える。

マスコミに向けてのサービス精神から、眉唾話を平気で披露するのはいつものことで、これをどこまで信用していいかはわからない。ただ新聞に向け、「フジテレビ」などと具体名を挙げているぐらいだから、何らかの動きはあったのだろう。しかしこの話は、その後一度として話題になることもなく、かき消えてしまう。

そして映画化は、『蒲田行進曲』の版元である角川書店の社長、角川春樹氏を製作者として別の形で進められ、日本の映画史に残る作品が生まれるのである。

自分の手で映画化したいというつかの言葉に、たぶん嘘はなく、それとは違う成立のし方に、どこか忸怩たる思いがあったのだろう。

それがために『つか版・忠臣蔵』のドラマ化は、自ら「映像作品初演出」を謳い、今度こそ〝僕がすべてをやる〟形での成立を目指したに違いない。

しかしながら、物語を脚本化する〝作〟と、役者たちに芝居をつけて動かす〝演出〟は問題なくやれても、それをカメラで切り取り、映像として繋いでいく作業は、また別物であり（テレビのスタジオ収録はとくに）、そこは不破敏之と、彼の先輩にあたる宮川《みやがわ》鑛一《こういち》という、テレビ東京の二人のディレクターの手に委ねることになる。したがって台本でもドラマ本編のテロップでも、スタッフ欄の「演出」には、三人の名が並んだ。

出演者集合

ドラマ『つか版・忠臣蔵』の正式なリハーサル前に、千田スタジオで行われた我々劇団員だけでの予備稽古は、二、三日続いたろうか。その中で徐々に配役も決まっていく。五月の記者発表では、「宝井其角・平田満」「近松門左衛門・風間杜夫」などと、構想を語ったつかだが、そんなことはすっかり忘れているらしく、平田が大石内蔵助、風間が宝井其角の他、吉良上野介を石丸謙二郎、柳沢吉保《やなぎさわよしやす》を萩原流行《はぎわらながれ》と、役は与えられていった。もちろんどの役も何人かが交替で演じ、それぞれ台詞が出来上がっていくのは、つか流のいつもの〝口立て〟稽古と変わりがなかった。

高野嗣郎の「準備稿」でのエキストラ扱いから復活した、問題の「大高源吾」は結局、僕に振られた。つまり僕は最初に決まった磯田武太夫との二役を演じることになったのだが、なんとつかは、それを強引に同一人物としたのだ。

大高源吾は赤穂藩断絶後、生活のために公儀介錯人のアルバイトをしているという設定となり、内蔵助を其角のもとに案内してきた折、浅野内匠頭の仕出かした事件を聞かされ、「俺そういえば、なんか今日、誰かの介錯、頼まれてた」と、駆け出していくのである。

家来がたまたまバイトで、自分の殿様の切腹に当たってしまった——とすることで、内匠頭に正しく辞世の歌を詠ませようとするその男の必死さが、より切実な意味を持つという、まさに〝口立て〟による臨機応変な芝居作りならではの効能である。

そして結果、物語の出発で、そんな〝何でもあり〟のつかこうへいワールドを、まず視聴者にわからせる場面ともなったのだから、怪我の功名とも言えるだろう。

しかしそうであっても、この切腹場面が、ドラマの流れとして大きくバランスを欠いたシーンであることは、やはり認めざるを得ない。


千田スタジオでの稽古の最終日、プロデューサーの古田明に連れられ、準備稿の「出演者」の中にその名が載る、一人の俳優が顔を見せた。沖雅也《おきまさや》である。『つか版・忠臣蔵』への出演は、かつて仕事をしたことのある古田の推薦によるもので、つかとはこれが初対面だった。このとき沖は、体調のこともあって仕事上のスランプが続き、半年ほど休養していたという。

それを聞いて、「だったらオレにまかせろ。なんとかしてやる」と意気揚がるのが、つかこうへいである。これはのちに、阿部寛と出会い、彼に『熱海殺人事件』を託すようになった経緯と、若干通ずるところがあるような気がする。

つかは、現れた沖雅也が放つ、長身で整った顔立ちの、いかにもスター然とした雰囲気がいたく気に入ったようだった。このとき、風間の宝井其角と対抗する近松門左衛門役はこいつで行ける――と確信したのだと思う。そうなると芝居など二の次で入れあげるだろうことは、予想がついた。

それだけではなく、一緒について来ていた沖の事務所の社長、日《ひ》景《かげ》忠男《ただお》氏のキャラクターにもつかが強い興味を持ち、目を輝かせたのが、僕にはわかった。

そして翌日から、稽古はいよいよテレビ東京へと移る。

その日、東京タワーの脇に建つ社屋のリハーサル室（七階だったか）に、メインとなる出演者全員が顔を揃えた。

前述したように、台本に五十音順で並ぶその名は、石丸謙二郎、大橋恵里子、岡本麗、沖雅也、風間杜夫、酒井敏也、佐藤Ｂ作、高野嗣郎、田中邦衛、萩原流行、長谷川康夫、平田満、松坂慶子、美保純。

田中邦衛は「劇団つかこうへい事務所」での三度の公演で舞台に立った、いわば身内であり、今回のドラマのきっかけとなった七八年の舞台中継『出発』でも主演を務めているのだから、そこに名前があるのは、さほど驚くことでもない。

しかし、この年の三月まで放映されたフジテレビの連続ドラマ『北の国から』によって国民的俳優となった彼の出演は、テレビ東京としてはかなりおいしいものだったはずだ。田中は松尾芭蕉を演じたが、たしかリハーサルも収録も、一日だけの登場ではなかったか。

美保純はその年、日活ロマンポルノ『ピンクのカーテン』で一躍人気女優となり、テレビ東京の深夜番組でアシスタントを務めていたこともあってのキャスティングだったという。演じたのは浅野内匠頭の妻、阿久利で、局の思惑通り、しっかりお色気パートの見せ場があり、かつてロマンポルノに多数出演した風間杜夫との絡みで、裸の胸を揉みしだかれたりもする。今ならテレビでは到底許されないシーンだろう。

佐藤B作も、テレビ東京で何度か仕事をしていた関係からの出演だったようだが、「東京ヴォードヴィルショー」と「東京乾電池」は、我々とは年代的にも演劇界でのいわば同志のような存在であり、その「ヴォードヴィル」の座長がこの「記念」となる作品に加わってくれることを、つかも喜んだし、僕らも皆、歓迎した。佐藤B作の役は、其角の芝居を打つ中村座の座頭、七五郎だったが、初めてのつか芝居の中でも、彼ならではのイントネーションによる台詞回しで、その存在感を充分に示した。

松坂慶子

そして何と言っても、配役の目玉は松坂慶子だった。

その出演は、十月九日に公開された映画『蒲田行進曲』での関係によるものだろうが、いつそれが決まったかは定かでない。しかしやはり映画のヒットが確実になってからではなかったろうか。

となると、スター女優のスケジュールとしては、かなり慌ただしい決定だったことになる。なぜなら映画公開からひと月にもならない十一月三日以前に、間違いなくその出演は約束されていたからである。

『つか版・忠臣蔵』のドラマ本編には、プロローグの松の廊下での内匠頭と上野介の刃傷シーンから、高野嗣郎の絶叫アナウンスによる内容紹介のあと、タイトル前に、黒いレオタード（バレエなどのレッスン着）姿の松坂が延々と色っぽいダンスを披露する映像が入る。肩ひもを降ろし、胸元も露わに、カメラを見据えたまま身体をくねらす松坂は実に美しいが、それが撮影されたのは十一月三日の夜なのだ。

その日、渋谷のライブハウス「エッグマン」では、つかこうへい構成・演出による、歌手・松坂慶子のライブが開かれた。

プログラムとして、風間杜夫、平田満と共に歌う、映画『蒲田行進曲』の主題歌や、石丸謙二郎と萩原流行をバックに従えての、踊りながらの曲などもあった。

そんな催しが行われるに至った経緯もまた、今となってはよくわからないが、松竹や日本コロムビアなど、松坂サイドとしては満足のいくものになったようだ。八五年にもつか演出による彼女のコンサートが開かれたし（たしか浜松町の大きなホールだった）、どちらの公演ともそのライブ盤アルバムが発売されている。

「エッグマン」でのライブは、まだ我々の解散公演が続いていた時期であり、リハーサルは芝居の終演後、「紀伊國屋ホール」の舞台で何日か行われ、僕はなぜか演出助手のような形でつかの横に付くことになった。そして休日のためマチネ（昼公演）だけの十一月三日、芝居を終え、ライブに立つ風間らと共に渋谷に向かったのである。

会場にはテレビ東京ディレクターの不破敏之が、局のスタッフたちと待ち構えていた。

そして本番前だったか終了後だったか、松坂がライブで披露した衣装のまま、彼女のダンスシーンを何カットもカメラに収めた。

すべてつかの思いつきであり、この時点ですでに、それがそのままドラマ『つか版・忠臣蔵』のタイトル前に、イメージシーンのような形で使われることが決まっていたのだ。

つかこうへいは自分の舞台でも、女優のレオタード姿をことさら好んだ。飾るものが何もない生身の身体を、そのラインも露わに舞台の上に晒すことで、芝居そのものから湧きあがってくるエネルギーや情感のようなものが、客席にストレートに伝わる——つかの中には、そんな思いがあったのではないか。それはまさしく、どの芝居でも装置など一切使わず、黒幕に覆われただけの素《す》の舞台に拘り続けたことと、同じ意味を持つような気がする。

そんなつかこうへいが、自らの〝芝居稼業〟にひとつのけじめをつけるべく企画したテレビドラマ『つか版・忠臣蔵』も、ヒロインたる松坂慶子のレオタード姿から、撮影は始まったのだった。

その松坂慶子が『つか版・忠臣蔵』で演じたのは、前述した能登の七尾の泣き女、志乃という役である。

宝井其角の父の葬儀に雇われ、その泣き姿を披露して以来、其角が激しく想い焦がれる志乃だったが、今は近松門左衛門のものとなり、大阪の近松邸に身を寄せている。そしてこの三角関係にもがく其角の情念こそが、赤穂藩士たちを討ち入りに追い込んでいくという形で、物語は押し進められるのだ。

「泣き女」という設定は、つかこうへいが自分の作品の登場人物として、ずっと温めてきたものだ。

一九七二年、つかが慶応から早稲田の劇団「暫」に乗り込んで来たとき、様々な稽古の中に、「泣き女のお志乃さん」の台詞というものがあったという。当時を知る井上加奈子（「劇団つかこうへい事務所」創立時からの女優であり、現在は平田満の妻）がその一部分を、『つか正伝』の取材の折、披露してくれたことがある。

「ばってん、うちは惚れちょりますけんね。どげん仕打ちば受けても、しかたがなか思うちょります。信じちょります、あの人ば。うち、学校行っちょりませんし、なんも知りまっせん……」

果たしてそれがどんな芝居のどの場面でのものだったか、「泣き女」とどう関わるのか、井上の記憶にはなかった。しかし『熱海殺人事件』の劇中劇でのアイ子や、『寝盗られ宗介』の女房の台詞へと繋がる、女性の切ない心情を訴える九州弁の威力を、つかはその頃から自分のものにしていたのだと、僕は井上の台詞を聞きながら、感心した覚えがある。

『つか版・忠臣蔵』でもそのままの名前である志乃は、〝由緒ある〟能登の七尾の泣き女としたために、九州弁ではないが、つかが必ずどこかで使おうと考えて来た「その泣き声で弔い客たちの悲しさを募らせ、涙を誘う行為を商いとし、彼らの夜伽まで請け負う卑しい女」という情感は、ようやくこの作品で日の目を見たわけである。

しかしながらつかは、松坂慶子演じる泣き女「志乃」を、ライバル二人、宝井其角と近松門左衛門の間で揺れ動き、苦悩するだけの存在とはしない。結局、男二人ともが彼女の思惑の中、その掌《てのひら》の上で踊らされている——というのが『つか版・忠臣蔵』のテーマとなるのだ。

それはどこか『蒲田行進曲』での小夏と重なるところがある。

「四十七人、皆殺しにさせてもらいます！」

低く言い放ち、顔色も変えずに近松の右腕を斬って落とす志乃の激烈さは、まさにつか好みの女性キャラクターと言っていいだろう。

松坂慶子はそんな志乃を、つかの〝口立て〟によって台詞が次々と与えられていく稽古の中、連日楽しげに演じた。

出演者全員に囲まれての、ジャージとスニーカーでのリハーサルなど、たぶんこのときが初めてだったに違いない。額に汗を光らせながら、つかが発する台詞を真剣な表情で反復し、それを次第に「松坂慶子」のものとしていく姿を、僕は何だかとても得をしたような気持ちで見ていた。

沖雅也

そして松坂に負けじと、〝口立て〟稽古に気持ちよさそうに身を委ねていたのが、沖雅也だった。

近松門左衛門を演じる自分を際立たせるために、作家の口から新しい台詞が投げかけられ、役が膨らんでいくのを実感する――沖にとってもそんな経験は初めてのことだったろう。

つかもまた、俳優としての沖にある、決して器用ではないが、生まれ持った〝華〟のようなものを敏感に感じとり、それをなんとか作品の中で生かすことに、やりがいを感じたようだった。

そうなったときのつかこうへいが、役者を手のうちに入れる術には、誰も真似のできないものがある。沖雅也自身も、そして彼がつかに芝居を付けられる姿を、毎日リハーサル室の隅から至福の表情で見つめる事務所の社長、日景忠男氏も、完全につか信者へと誘い込まれていくのがわかった。

稽古の合間に頻繁に交わされる、つかとの他愛もない会話が、いっそうそれに拍車をかけた。

我々劇団員たちともそうだったように、稽古とは別に、その生い立ちや家族など根掘り葉掘り聞き出すことで、役者の持つプライドやコンプレックスを摑みとり、演ずる役に反映させていくのが、つかの芝居作りである。

それだけではなく、日常の対人関係の中でもそんな人物探査は絶えず行われ、相手はつかに取り込まれてしまうのだ。

つかこうへいの最も秀でた才能は、これと狙った人間を自分の世界に確実に惹き込んだり、相手の懐に易々と飛び込んでいく力だと、僕は思っている。それは「人たらし」などという表現では、軽すぎるほどだ。


当時、つかが目上と認める演劇界、文学界の諸先輩たちはつかに会うと、こぞって彼のことを、「世間が思っている姿とは違い」「礼儀に満ちた」「謙虚な青年」と語ったものだった。

つかが僕らなどにはあえて辛辣な言葉で評しながら、その本人の前ではしっかり畏敬の念を示す姿を、僕は何度か見てきたが、それは権威に対するしたたかな立ち回りといったものだけではなく、もともと彼が「つかこうへい」を演じるようになる前にその育ちの中で培われた、誠実さが出てしまうからのようにも、僕には思えた。

内実にそれがあったからこそ、彼が接触する人間たちも皆、つかという存在に惹き込まれていくのだろう。

ただ手に負えないのは、自分とつかこうへいとの関係は特別なものであるとか、自分だけが知っているつかがいるとか、誰しもに思わせてしまうところである。

『つか正伝』を世に出した折、かつてつかと交流のあった何人かの記者たちに取材を受ける機会があった。そんなとき彼らが一様に、僕から話を聞くというより、いかに自分がつかこうへいと親しかったかを語り、「つかさんからあれをしてもらった」「これをしてもらった」と自慢するのが、可笑しくてならなかった。たぶんつかと関わった数えきれないほどの人間たちが皆、そんなふうに思っているのだろうと……。

今さらながら、色々な意味でのつかの力を思い知らされたわけだが、例えばつかの殺し文句のひとつに「これ（作品）はおまえにやるから」というものがある。たぶんこの言葉を投げかけられた人間は少なくないはずだ。

つかが亡くなったあとも、「○○○○は私にくれるって、つかさんから直接言われたんですよ」と、何人かから聞かされたことがある。たいていはそれがつか流の愛あるレトリックだとわかっていて、笑って話してくれるのだが、たぶん中には、これを真に受けてしまった者もいるのではないか。

そうなると、作品によっては託された人間が複数出てくることになり、かなり罪作りな手管だと言うしかない。

しかしこれが、「つかこうへい」なのだ。

また話が飛んだ。少し余計なことを書いてしまったかもしれない。

ただ沖雅也も、日景忠男氏も、そんなつかこうへいだからこそ、すべてを委ねる気になったのだろう。ある期間、芸能界に身を置いてきた彼らにしても、つかのような存在との出会いは初めてであり、それは得難いものに思えたに違いない。

つかの沖に対する演出は、一つ一つまるでおだて上げるかのようで、我々のいつもの稽古場とはまるで違っていた。上下とも紫のラメのジャージで懸命につかの台詞をなぞる沖に、つかが声を荒げるようなことは一度もなかった。

いや、このときのつかは、我々劇団の人間に対しても、一人として、怒号や罵声を浴びせるようなことをしなかった。これが稽古を共にする最後の日々だとの思いが、つかの中にあったからなのかどうか……。

沖や松坂たちのリハーサル時間は限られており、彼らはそこだけ参加するのだが、代わりのいない松坂の志乃と違い、近松門左衛門の登場場面は沖が来なくとも、例によって違う役者を取っ替え引っ替えしながら、稽古は進んだ。

しかし沖にはそれが理解できなかったのだろう、予定時間通り現れ、たまたまその場に出くわした彼は、あわててリハーサル室の中央に飛び出していった。そのまま、代役を演じていた石丸謙二郎だったか萩原流行だったかを、抱くようにして隅に追いやると、其角の風間杜夫を相手とする、その芝居の位置に駆け戻る。

普通ならつかの稽古で、決して許されることではない。しかしつかは声を上げて笑い、僕らもホッとして笑いを重ねた。

そこからの芝居へのダメ出しも、つかが僕らの稽古場では決して見せたことのないものだった。

「沖な……」

つかは沖に向かって、そう柔らかく呼びかけた。

つかは初対面のときから「沖」と呼び捨てだった。これまでの仕事の中で、そんな経験などなかったろう沖にとって、逆にそれは心地よかったのだと思う。

つかにはその相手の立場がどうであれ、呼び方に関する明確な基準があり、年齢が自分より上なら必ず「さん」付け、下なら呼び捨てにした。したがって松坂慶子に対しても、ずっと「松坂」であり、たぶん初めて紹介されたときからそうだったはずだ。つまりこの『つか版・忠臣蔵』の出演者では、田中邦衛だけが「クニさん」で、他はすべて呼び捨てだった。

「沖な……それは確かに其角にぶつけてる台詞なんだけど、実際は近松がどこか自分に対して言ってるんだ。だから途中から、噛みしめるようになっていくんだよ……やってみろ」

つかによる〝口立て〟稽古で、個々の演技に対してのそういった説明など、ありえないことだ。何度も書いてきたが、つかから渡される台詞の「音」から、含まれている意味をすべて理解するのが、役者の仕事だったはずなのだから。

しかしそんな我々「劇団つかこうへい事務所」俳優陣の途惑いなどまるで知ることなく、沖はつかの指示に応えようと、懸命に芝居を続けていた。

そんなリハーサルの最終日だった。

どういった状況だったかは、はっきりと覚えていない。つかが演出席から、隅で稽古を見守っていた日景氏に突然声をかけたのだ。

「日景さん！　もういいじゃないですか、全部白状しちゃえば！」

リハーサル室は一瞬静まり返った。つかが言わんとすることは、すぐにわかった。

日景忠男という人のセクシャリティのようなものは、その場の誰もが気づいていた。たぶん業界でも知らない人間はいなかったろう。しかしあえてそれを本人に指摘することなどあるはずもなく、日景氏自身もさとられぬよう振る舞ってきたはずだ。

それをつかは「もういいじゃないですか、白状しちゃえば」と、言い放ったのである。

まさにつかこうへいにしか出来ない芸当だろう。そして彼は日景氏が自分の言葉にどう反応するかも、わかっていたのではないか。

そのとき、日景忠男は頬を真っ赤に染め、両手で口元を覆うと、「ホヒョッ、ホヒョッ、ホヒョッ」と、なんとも可愛らしい笑い声を、嬉しげに上げたのだ。

そしてそれを見ていた沖雅也の顔も、ゆっくりと和らいでいった。

彼ら二人が、どこかホッとしたのだということが、わかった。

これがすべてだった。これこそが、つかの凄さなのだ。

日景忠男氏が、自らのセクシャリティを恥じることなく、堂々と世間にさらすようになったのは、このときからである。

ここでもまた、つかこうへいは一人の人間の心を鷲づかみにし、その人生を変えてしまったといえるかもしれない。

　こうして本番収録の前々日にすべてのリハーサルは終わった。最後には黒表紙の「決定稿」となり、『つか版・忠臣蔵』の脚本は出来上がった。ただその印刷台本が果たして僕らの手に渡ったかどうか、さっぱり記憶にない。舞台と同じで、皆、台詞は完全に入っていたし、もともと活字として確認する習慣などなかったから、それが必要なのはスタッフだけだったはずだ。僕らは一日休んだ後、手ぶらで本番に向かえばよかった。

加藤健一、根岸季衣の不在

　ドラマ『つか版・忠臣蔵』の本番収録は十一月二十一日から三日間、当時東京タワー脇にあった、テレビ東京二階のメインスタジオ二つを丸々使用して行われた。

　こう書いていて、今さらながら驚くのは、この二時間四十五分枠のドラマをオールスタジオ収録とはいえ、なんと三日で撮り切ったことだ。普通ならどんなに少なくとも、その三倍の日数は必要だったはずで、常識はずれのスケジュールといっていい。

　それを可能にしたのは、やはり十日に及ぶ舞台公演さながらのリハーサルだったろう。その終了段階で芝居は完成しており、本番での役者のＮＧはまずなかったし、撮影側の段取りも充分に練られていたということなのだ。つか芝居の〝ライブ〟感覚を大事にするため、映像的なディテールにはあえてこだわらず、全編ほぼ一発ＯＫで進めることも、宮川鑛一と不破敏之、二人のディレクターの了解事項だったという。

こうして始まる撮影に、つかこうへいはこれが「劇団つかこうへい事務所」としての、いや、何より自らの演劇活動におけるラストステージであることを意識したのだろう、過去の公演で僅かながら舞台に立った何人かの俳優や、お得意の〝素人枠〟で出演させた者たちにも声をかけ、参加させた。

三月の『寝盗られ宗介』で毎ステージ皆勤した「オール読物」副編集長の藤野健一は、討ち入りに向かう四十七士に吉良邸前ではなむけの言葉を贈る町内会長役で登場したし、本作でディレクターを務めた不破までも、若き日の宝井其角の友人として志乃への思いを咎める武士を、つかの狙い通りのアマチュア丸出しの演技で披露している。

他にも、「つか事務所」の公演の度に受付や楽屋周りの手伝いをしてきた学生たちも、扮装をして四十七士の中に混じることになった。

さらに企画書で謳われたように、番組へのオーディションによって出演が決まった俳優たちもいた。

そのオーディションなるものは、十月五日の『蒲田行進曲』の本番前、「紀伊國屋ホール」の舞台を使い、数時間かけて行われた。１５００人もの応募者の中から書類審査を経た男女約60人が参加し、珍しくつかこうへい自身によって（それまで劇団員募集のオーディションなどに、つかが姿を見せることはほぼなかった）10名が選ばれ、『つか版・忠臣蔵』の出演者に名を連ねた。

中でも、日大芸術学部で同期だった石丸謙二郎に誘われ応募したという加藤益弘は、その肥満気味の身体とブルドッグを思わせる風貌が、原作小説でのキャラクターとそのまま重なり、つかが大いに気に入って、幕府の目付け多門伝八郎という重要な役を任されることになる。

彼は日芸内で活動を続けていた劇団「ＧＡＹＡ」の座長だった。「ＧＡＹＡ」というのは、一九八〇年公開の映画『狂い咲きサンダーロード』でブレイクし、人気俳優となっていた山田辰夫の他、のちに演劇界で評判を呼んだ「劇団カクスコ」を結成する中村育二、井之上隆志、岸博之などの役者たちが所属していた劇団だが、この時点ですでに解散が決まっているという話だった。

不思議なのは、つかがこれほど広く出演者を集めておきながら、長く彼の芝居を支え、直前まで解散公演の舞台に立っていた根岸季衣や加藤健一の名が、その中になかったことだろう。

加藤健一に関して言えば、理由ははっきりしている。彼が十二月に自分の芝居を控えていたからである。

加藤は八〇年十一月の『蒲田行進曲』初演で、銀ちゃん役を演じているが、その稽古に入る直前の八月、『審判』という一人芝居によって「加藤健一事務所」を旗揚げしている。

『つか正伝』執筆時のインタビューで、加藤がその時の思いを「僕の中では、自分はずっと『つかこうへい事務所』の外部の人間だったから」と語ったのに驚き、「〝口立て〟は楽しいんだけど、活字から感情を起こす作業をやってないと、役者としてダメになるんじゃないかって気持ちもあって」という言葉にどこか納得させられたことは、拙著の中ですでに書いた。

その加藤が毎回戯曲や共演者を選び、芝居を上演する「加藤健一事務所」は、八一年に三公演、八二年にも「紀伊國屋ホール」などで三公演を打っており、加藤自身の『蒲田行進曲』出演を挟んで、十二月三日からは新たな芝居の上演が決まっていた。

つかこうへいに引きずられることなく、その後四十年以上続くことになる演劇人としての独自のステップを、その頃、着実に踏み始めていた加藤にとって、当然ながら『つか版・忠臣蔵』への参加は、はなから無理だったわけである。

しかし根岸季衣の場合は、彼女のスケジュールの問題ではなかったはずだ。

結局、松坂慶子の出演が決まったために、つかが根岸の起用を諦めたというのが真相だろう。それはつまり、つかの根岸への最大限の気遣いだったような気がする。

『蒲田行進曲』なる芝居は、つかこうへいが根岸季衣のために作った作品と言っていい。つかの中では、「ヤス」でも「銀ちゃん」でもなく、あくまでも「小夏」が物語の主人公なのだ。

そんな『蒲田行進曲』の初演から、翌年の再演、そしてこの年の劇団解散公演まで、「銀ちゃん」を加藤健一と風間杜夫が交互に、「ヤス」は柄本明から平田満へ、相手役があれこれ変わる中で、ただ一人の「小夏」として、その舞台を背負い続けて来たのが根岸だった。

だが映画では、風間、平田とのトリオで、それを松坂慶子が演じ、世間的には『蒲田～』の「小夏」と言えば松坂――と認識されるようになってしまっている。そのことを、つかは根岸に対してどこか申し訳なく思っていたのではないだろうか。

『つか版・忠臣蔵』に根岸をキャスティングするとしても、松坂が演じる「志乃」以上の役にならないことはわかっている。だからこそ、つかは根岸には声をかけなかったのだろう。

根岸自身はそんなことにこだわることなく、どんな小さな役であっても、「劇団つかこうへい事務所」としての最後の時間を、仲間と共に過ごしたかったかもしれない。そんなヤツだ。

しかし根岸にとって、『蒲田行進曲』のフィナーレ――つまりそこまですべて稽古着姿で通してきた彼女が、早替わりによって純白の燕尾服で現れ、華やかに踊る姿を、千穐楽の緞帳が消していったあの瞬間こそが、「つか芝居」との別れになったことは、むしろ幸せだったのではないか。そんな風に僕は思う。

今、振り返ってみると、『つか版・忠臣蔵』という作品自体が、不遜な言い方になるかもしれないが、解散公演の「打ち上げ」の延長といった、単なるイベントに過ぎなかったような気がしてならないからだ。

波瀾の撮影開始

さて、ひとまず順風満帆に本番を迎えるはずだった『つか版・忠臣蔵』だが、その撮影初日に事件は起きた。

近松門左衛門役の沖雅也が姿を現さなかったのだ。

「番手」と呼ばれる各シーンの撮影順がどうだったかは、まるで記憶にない。しかし僕は最初から出番があり、始発に近い電車でテレビ東京に向かったことは確かだ。撮影開始は九時だったと思う。「時代劇」は衣装の装着やカツラを含めてのメイクに時間がかかるため、その二時間以上前には局入りして準備に入り、本番に臨んだはずだ。

撮影が進み、シーンごとにスタジオと控室を往復する中で、プロデューサーの古田明を筆頭にスタッフたちの様子がおかしいことに気づく。慌ただしく行き来し、何やら深刻そうなやりとりが交わされているのだ。

沖雅也が予定時刻を大幅に過ぎても到着しない――。

そんな情報が僕の耳にも入って来た。まだ携帯電話などない時代である。本人や所属事務所の人間と簡単に連絡など取ることも出来ず、局内が騒然としているのがわかった。

ひとまず「番手」を変更して、出演者が揃っているシーンから先に撮り始めたが、当初のスケジュール通りに局入りしてくる俳優たちを急かしたところで、そんなシーンには限りがある。一旦撮影は中断となった。それが昼過ぎではなかったか。

同時に強張った表情の古田から発表があった。

「……沖さんが急病で入院しました」

このとき、つかが『つか版・忠臣蔵』の収録現場に来ていたかどうか、僕の記憶は定かではない。ただすぐに代役を立て、撮影を続行することが決まったのが、彼の指示によるものだったことは間違いない。もしかしたら、つかは連絡を受け、急遽テレビ東京に駆けつけたのではなかったか。

こういったアクシデントに直面した時、逆に高揚し、驚くほどの開き直りと、はったりじみた打開策をみせてくれるのが、つかこうへいである。

しかしその代役を誰にするのか――。

すぐに新しい俳優を呼べるはずもなく、どう考えても、今いる出演者の中から選ぶしかない。

さいわい、つか流の〝口立て〟でのリハーサルによって、僕ら劇団員たちなら皆（まぁ酒井敏也や高野嗣郎は別として）、沖雅也が演じる近松門左衛門の台詞はほぼ入っている。近松との芝居場がいくつもある宝井其角の風間杜夫は不可能としても、つかの中では、誰かが二役を演じれば何とかなるという思いがあったのだと思う。

とは言っても、大石内蔵助の平田満も、吉良上野介の石丸謙二郎も、その役回りからして、別場面で近松として登場するには無理がある。大高源吾の僕に至っては、前述したように、もともと二役であり、そうしないためにかなり強引な設定を持ち込んだということもある。

そんな中で柳沢吉保の萩原流行なら、僕らと比べれば出演シーンも少なく、相手役はどの場面も多門伝八郎だけだ。物語上でも近松との関わりは全くない。

必然的に沖の代役は、萩原が吉保との二役で務めることになった。

撮影は多少の遅れが生じただけで、何事もなかったように再開され、当初のスケジュール通り、三日ですべて終了した。

しかし沖雅也の不在が、ドラマ作品としての『つか版・忠臣蔵』の出来ばえに大きく影響してしまったことは否めない。それに関しては後述する。

撮影二日目の朝早く、僕と平田、高野の三人は高輪の泉岳寺にいた。

「やっぱり四十七士の墓に、演《や》らせてもらうってちゃんと報告しとかないから、こういう事態が起こるんじゃないか」

前日の撮影終了後、そんなことを言い出したのは平田だった。同意した僕たちは局に入る前に泉岳寺に向かい、自分が演じる相手の墓碑に手を合わせたのだ。タクシーを飛ばせば、テレビ東京までは十分もかからない。

今思い返せば笑い話だが、そのときはそれなりに真剣だった。沖の急病という不吉なアクシデントに、僕らも動揺していたのだ。

しかしその急病というのが、実は我々の案じたようなものではなく、沖の精神的な不調であることを知るのに、そう時間はかからなかった。

あれほど意欲的に、そして楽しげにリハーサルをこなしていた沖だったが、もともと躁《そう》鬱《うつ》という病を抱えており、実は相当なプレッシャーも感じていたらしい。そして本番を迎えようとした朝、それに耐えきれなくなったというのだ。

僕が聞いたのは、車をテレビ東京とは逆方向に走らせ、東名高速をかなり先まで行ったところで、事務所の社長の日景忠男氏に連絡をよこしたというものだった。のちにそれはマスコミにも漏れ、記事になったような気もする。

ただ、つかはこの事件によって、沖雅也という俳優にいっそう興味を持ったようだ。例によって〝オレが何とかしてやる〟が、首をもたげたのだ。

以降、日景氏も含めた沖との付き合いは次第に深くなっていく。そしてそれが七か月後、世間を騒がせた更なる事件に繋がることになるのだが……。

四十年ぶりの鑑賞

最終日、『つか版・忠臣蔵』のスタジオ収録は、浅野内匠頭と吉良上野介による松の廊下のシーンを最後に、すべてが終了した。日付はとうに変わり、三時を回っていたはずだ。つかと我々の仕事はここまでで、あとはプロのスタッフたちがテレビドラマとして作り上げてくれるのを待つだけだった。

十二月三十一日のオンエア前には、どこかの時点で試写のようなものが行われたはずだが、よく憶えていない。どんな感想をもったかもさっぱり記憶にない。ＤＶＤに残るオンエア映像を今、四十年ぶりに観なおすと、それもいたしかたなかったように思う。

当時は気づかなかったが、トータルに脚本を点検する目で観た場合、やはり映像作品、とくにテレビとなると、かなり難のある出来であったことは否めないのだ。

僕と酒井による、浅野内匠頭の切腹シーンが安っぽいコントにしか見えず、おまけにそれが尺（時間）を食いすぎていることへの危惧は、前述したとおりだ。だがその程度のものは、たいした傷になっていない。

大きかったのは、この物語のテーマとも言うべき、其角と志乃、其角と近松による、いくつかの二人芝居の部分がことごとく長いということだ。

前述したことの繰り返しになるが、作品のテーマにかかわる場面では、相対する者同士が、何度もダメ押しするかのように台詞を重ねていくのが、つかの芝居である。

舞台であれば、それが観客の心を揺さぶり、大きな満足感まで与えてくれる。だがここでは、それがことごとく物語の進行を止め、観ている側が早々に飽きてしまうのだ。簡単に席を離れたり、チャンネルを変えてしまえるテレビにとっては、致命的ではなかったか。

おまけに風間と松坂の場面が、スタジオフロアにただ板が敷かれ、周りは暗いだけのセットだったり、其角を演じる風間や、近松の萩原が両方ともカツラもつけず地毛のままだったり、そんなつか芝居の雰囲気を再現しようとあえて狙った部分がまた、テレビという媒体では、視聴者の拒否反応を生んでしまったような気がする。

『つか版・忠臣蔵』チラシ

そして冷静に鑑賞した上で、何よりつらいのは、結局、萩原流行の二役ということになってしまう。どうしても画面上での違和感が拭えないのだ。

一人の俳優がふたつのキャラクター

で何度も登場する上、演技の質がほとんど変わらず、「おいおい、こいつ、またこっちにも出てくるのかよ」と、観客は鼻についてしまうのである。

実は、もともとの萩原の役である柳沢吉保は、多門伝八郎と絡むだけで、この作品においてあまり有効性を持っていない。

原作小説での吉保は、自分にホモセクシャルな思いを寄せ、強引に関係を求める伝八郎から逃れるため、浅野家再興を諦めるしかなく、結果、赤穂の浪士たちは討ち入りを決断せざるを得なくなるという仕掛けになっている。（つかこうへいの同性愛への作家的興味には特別なものがあり、それについては後述する）

しかし、このドラマ化ではそこがまるで曖昧になり、ひたすら男色関係を迫る野人のような伝八郎と、錯乱しながらそれを拒否する吉保のドタバタが、オチャラケとでもいうべきわざとらしい芝居で、しつこく繰り返されるだけなのだ。

実際それは、もともと萩原の出番を何とか増やしてやろうとの、つかの思いから作られた場面であり、萩原が近松門左衛門というメインの役を演ずるのなら、必要なくなったはずである。

これが舞台であれば、つかは躊躇なく柳沢吉保そのものの存在を消し去り、登場場面を全編カットしただろう。その分、上演時間が短くなるだけの話だ。

だがしっかり放送枠が決まっているテレビドラマの場合、それは出来ない。すでに出来上がっているセットや、準備された小道具や衣装を今さら反故にするわけにもいかない。

柳沢吉保は登場させねばならず、萩原流行は二役を演ずるしかなかったのである。

ただ、沖雅也の突然の降板により、その代役を急遽、萩原が務めることになったというニュースは、ドラマのオンエア直前、いくつかのスポーツ紙の芸能欄で写真付きの大きな記事となった。番組宣伝のために、局サイドが提供したのだろう。

身も蓋もない言い方になるが、芸能界とは不思議なところで、その作品や演技への評価うんぬんより、どんな形でも名前が世に出ることに意味がある。

こうしてとりあえず話題となったことで、それがその後の萩原の俳優としての仕事へと繋がっていくのだから、彼にだけは、その経歴の中でこのドラマが価値あるものとなったと言えるかもしれない。

本来、つかこうへいと我々にとってひとつの記念碑となるべき作品に、ここに来てイチャモンをつけているようで、はなはだ心苦しい。

ただ『つか版・忠臣蔵』への僕なりの評価は、これほどの年月が経ち、自分が今の仕事の場にいるから出来るものだ。

本項を書くに当たって、改めて残された映像を確かめなければ、劇団以外の俳優たちとこなしたリハーサルや、本番での事件も含めて、記憶の中に思い出深い作品として残っているだけだったろう。余計なことをしてしまった気もする。

しかしこのドラマが、つかこうへいのもと、テレビ東京という会社、多くの俳優、スタッフが一丸となって意気高く取り組んだ作品だったことは、紛れもない事実であり、今になって、つかこうへいの歴史として書き残す価値はやはりあると思う。

たぶん世の人々が、このドラマを今改めて観ることはまずないだろう。

ただ、〝つか版〟の『忠臣蔵』とはいかなるものだったか――それを知りたいという方には、ドラマの原作となった小説をぜひ読んでもらいたい。

僕などが語るのはおこがましいが、つかが残した多くの小説の中、とりわけ長編に限って言えば、これほど出来のよい、つかこうへいらしい作品はそう多くないと思う。

その発表は一九八二年であっても、七七年、つかが二十九歳の時に書かれた戯曲をもとにしているだけに、恐れ知らずにその才能を発揮していた時代のつかこうへいが構築する〝劇世界〟が、見事にそこにあるのだ。

宝井其角が芝居作者としての野心から、赤穂の浪士たちの討ち入りを仕立てようと大衆を巻き込み、煽られた大衆の熱狂が逆にまた其角を後押しして、四十七士をさらに追い込んでいく――この構図こそがまさしく〝つかこうへいの世界〟である。

これは例えば昭和の初期に、この国が戦争へと突き進んでいくときの、新聞をはじめとするマスコミと大衆の姿そのものだ。さらに言えば、今の世のネット、ＳＮＳ上でのそれとも、まさに重なるのではないか。

若き日のつかは、社会とは、人間とはそういうものだと、どこか見切っていたのだろう。そんなつかこうへいの視点の確かさを、僕はこの『つか版・忠臣蔵』という小説から、思い知らされるのである。

そして何よりも、こうして描かれる状況はすべて、ある男の一途にして報われぬ恋心から生まれたとする物語の芯に、ひとつの時代、若者たちを熱狂させた〝つか芝居〟の真髄を見るのだ。

そんな作品の映像化をもって、決して成功とは言い難くとも、つかこうへいが自らの劇団の最後の演目としたことに、やはり意味はあったのだろう。それだけは間違いない気がする。

ともあれ、一九八二年暮れの〝討ち入り〟をもって、我ら「劇団つかこうへい事務所」はその歴史に幕を閉じたのだった。

解散後の関係

劇団解散後、渋谷のビルにあった事務所はその年いっぱいで引き払われた。ほぼ三年間、僕はつかの原稿仕事の手伝いのため、他の劇団員とは少し違う形でそこに通ったが、その日課からも解放されたわけだ。

年明けから、つかは自由が丘の自宅マンション近くに借りた一室を個人事務所とし、秘書として渋谷時代から江美《えみ》由子《よしこ》だけが残った。劇団の事務長役だった岩間《いわま》多佳子《たかこ》は、新たに「岩間事務所」を起こし、つかの仕事を補助すると共に、僕と酒井敏也を抱えた俳優事務所としての活動を始めることになった。酒井はつかの運転手も続けていた。

そんな形はすべてつかが決め、僕がこの先もまた、執筆のアシスタントを務めることも、すでに了解事項だった。このメンバーに関しては、それまでの役割とあまり変わりはなかったということだ。

ひとつ大きく違うのは、この先ずっと舞台公演の予定がないことだった。そして僕とつかの関係性のようなものも、少しずつ変わってきていた。

これまでは表面的ではあっても、どこか大先生に付き従う書生といった立場に近かったのが、ある種の上下関係は保たれた上で、仕事を依頼され、私的にもかなり親密な付き合いのある後輩とでも言うべき存在になったような気がする。

劇団内で芝居に使ってもらう役者――という括りが解けたせいもあるだろう。僕はこの頃から、つかに対しての軽口、冗談めかした批判や皮肉を、平気で口に出来るようになっていく。

平田満、石丸謙二郎、高野嗣郎、萩原流行の四名は、つか事務所でマネージメントを担当していた南都志子が八二年の春に独立して事務所を起こし、そこの所属となっていたから、つかと日常的に付き合いがある元劇団員は、ほぼ僕だけと言ってよかった。

その〝付き合い〟の最たるものが麻雀だった。

とにかくよほどの事情がない限り、毎週土曜と日曜は欠かさず自由が丘の雀荘に呼ばれた。昼過ぎから夜まで打ち、終わると、近くの店でしこたま酒を飲む。そこではいつも通り、何事をもこき下ろす、つかのバカ話が繰り広げられる。途中、つかの転居で場所は新宿に変わったが、そんなつかとの「日常」はそれから四、五年は続いたろうか。

僕以外の不動の面子《めんつ》は、フジテレビのディレクター髙橋和男と李家《りのいえ》芳文。八〇年のドラマ『弟よ』で出会った二人である。僕の知る限り、つかが仕事やその立場と一切関係なく、純粋な「友人」として触れ合ったのは、生涯に亘って彼らだけだったように思う。

他には同じフジテレビの山田良明、根岸季衣の旦那であり、つかの盟友とも言うべき作詞家の大津あきら、そして風間杜夫なども、スケジュールが空けば、しばしばメンバーに加わった。

今思えば、芝居の稽古や公演という、絶えず人に囲まれている時間を失ったつかにとって、麻雀はあくまでも皆と集まるための名目に過ぎず、こうした仲間たちと酒を飲みながら、テンション高くあれこれ語ってみせる場が、ただ欲しかっただけのような気がする。

人一倍〝さびしがり屋〟のつかにとって、自分が「つかこうへい」でいるために、必要な世界だったのだ。

僕にとっても、役者として罵声を浴びたり、理不尽な要求を突き付けられることもなく、つかが髙橋や李家と楽しげにやり合う中に加わるのは、劇団時代からはとても想像の出来ない、心地よい時間だった。

ひとつ忘れられない思い出がある。

八三年の秋、つかに髙橋を通して、彼の上司であるフジテレビの中村敏夫からある依頼があった。中村は髙橋も関わったドラマ、『北の国から』を立ち上げたプロデューサーだが、彼の地元、宮崎で青年会議所主催の講演会をやってくれないかというのだ。

それに対するつかの返答に、僕は呆れた。

「髙橋さんとリーちゃん（李家）が一緒に行くなら、受けてもいいぞ」

作家一人ではなく、秘書役が同行することなど普通にあるだろう。僕も劇団時代、つかの講演会にはスーツ姿で何度も連れていかれた。

しかし単なる遊び仲間、それも二人が付いて行くとなると、招く側はどう思っただろう。

しかし、よほどつかこうへいの来訪を待ち望んでいたのか、その要求は受け入れられることになる。ところが図に乗ったつかは、さらに大津あきらの同行まで認めさせたのだ。もちろん交通費も宿泊費も向こう持ちだ。

そして最後には僕にも声がかかった。

「せっかくだから、長谷川も来い！」

それも僕だけはすべて自費ということだった。

どれだけ関係が変わろうと、つかからの指示や要求を拒否する選択は、僕にはない。その日、僕は俳優としてドラマの仕事があったのだが、三鷹のスタジオで撮影を終えてから、あわてて羽田に向かい、最終近くの便で宮崎を目指した。

到着したのは、とうに講演会など終わり、主催者による接待の宴席が設けられた頃だった。携帯電話もない時代にどうやってその場に行きついたかは、まるで記憶がない。憶えているのは、なぜ自分が突然やってきたかを、講演会に関わる誰かに必死で説明したことだけだ。自分が元つか劇団の俳優であり、大分県の中津でロケがあったついでに、つかが宮崎にいると聞いていたので、訪ねて来たのだと――。ちょうど撮影中のドラマが「福沢諭吉」だったこともあり、そんな嘘をひねり出したのである。

李家によると、僕が姿を現したのは、皆が宴席に着き、乾杯を終えてすぐだったという。なんとつかは僕の顔を見るなり、「じゃあ行くか」と立ち上がった。そのまま唖然とする主催側の二十人ほどを残し、僕らを連れ、さっさとその店をあとにした。よくもまぁそんなことがと、普通なら思うだろう。だが僕はさほど驚きもしなかった。これがつかこうへいなのだ。

縁もゆかりもない見ず知らずの人間たちに「先生」と持ち上げられ、それなりに気を遣いながら酒を飲むことが、つかは苦痛でならなかった。そのために皆を招集したのである。

そこから僕らは宿泊先のホテルに向かい、朝方まで麻雀をやり、午前中の飛行機で東京に戻った。そしてそのまま自由が丘をめざし、いつもの雀荘で再び麻雀を始め、終わってからは、頻繁に通っていた「羽生」という鮨屋に寄って、またとことん酒を飲んだ。すべてつかの主導で、そんな流れになったのだ。

このあと僕が自分の芝居を始めたり、髙橋が映画『熱海殺人事件』を監督したりする八六年あたりまで、麻雀を介したこうしたバカは何度か繰り返された。

それは僕とつかこうへいの関係の中で、今までにない柔らかな距離感を保った、とりわけ楽しい記憶の多い、ある種、特別な時代だったような気がする。

日本アカデミー賞の夜

さて、話は劇団解散時に戻る。一九八三年、自らの演劇活動に前年で区切りをつけ、小説の執筆に邁進するはずだったつかだが、結局、自らが表明してみせた、筆一本の作家生活という形にはならなかった。舞台からは離れても、映像関係の仕事が次々と舞い込んだからだ。

岩間多佳子の記憶では、僕は一月五日から、都立大近くの岩間のマンションで、つかの新しい原稿仕事を開始したという。そこは渋谷に移る前までの「つかこうへい事務所」が置かれていた場所だった。自由が丘まではひと駅。つかの自宅には歩いても行ける距離である。

何日かに一度、これまで通り、つかによる内容の指示を確認しながら、平日は岩間の部屋で原稿用紙を拡げるのが、新たな僕の日課となった。

与えられた仕事は『スタントマン物語』という小説で、元々は映画原作として松竹から依頼されたものだ。

カースタントのアクション事務所を経営する男と、その弟子として訓練に励む若いスタントマン、そして家政婦としてやって来てスタントという仕事に興味を持つようになる女、その三角関係を描くラブストーリーと言っていいだろう。

その三人には、千葉真一、真田広之、志穂美悦子が想定されているとのことで、前年の『蒲田行進曲』の大ヒットに気をよくした松竹が、かなり前のめりで、つか作品の映画化を望んでいるのがわかった。

僕はいくつかのアクションクラブの取材などにも行かされ、スタントを仕事とする人たちから、あれこれ話を聞いたりした。

つかも作家専念の第一作として気合が入っており、執筆は順調に進んだ。

しかし原作となる小説が書き上がり、それが脚本の形となっても、結局このとき、その映画化は見送られてしまった。理由はわからない。まぁ映画の世界ではよくある話だ。

小説『スタントマン物語』は角川書店の「野性時代」六月号に掲載されたあと、十一月にカドカワノベルズで単行本となり、ここで『この愛の物語』とタイトルが変わっている。

そして八七年に、つかの脚本によって、そのタイトルでようやく映画化されるのだが、キャストは、中村雅俊、近藤真彦、藤谷美和子というものだった。

第六回日本アカデミー賞の授賞式が行われたのは、たしかその小説の完成間近ではなかったか。『蒲田行進曲』が主な最優秀賞を総なめにしたそれを、僕は自分の部屋のテレビで一人観ていた。

　つかの脚本賞受賞はテレビ中継前に終わっていて、番組ではその場面の紹介映像が流れただけだったと思う。つかは「そんな場所に俺は行かねぇ」と息巻いていたのだが、代理でトロフィーを受け取ったのが、着物姿の生駒直子だったことに僕は驚いた。そこで彼女はこう紹介された。

「つかこうへいさんの婚約者」

　もちろんそれは、僕もすでに知っている事実だった。

八〇年、酒井敏也と共に最後の劇団員となった生駒だったが、十一月の『蒲田行進曲』初演では銀ちゃんの若い恋人、翌年四月の『ヒモのはなし』では田中邦衛演じるヒモと前妻の間の一人娘と、それぞれ重要な役を演じた。しかし以降、二度の『蒲田』の再演では舞台に立つことがなく、その場面自体も無くなってしまった。

　そうすることのつかの思いのようなものは、僕も薄々感じていたから、結果、ふたりが一緒になると知っても、ごく自然な流れとして受け止めた。しかしまさかこんな派手な場を使って、それを公にするとは。

「つかさん、やるなぁ……」思わずそうつぶやいていた。

　このあたりから、僕はテレビの前で妙に高揚し始めている自分に気づく。そしてその不思議な昂ぶりは、風間杜夫の助演男優賞受賞でピークに達し、平田満の主演男優賞で爆発した。主演女優賞、監督賞、作品賞など、もうおまけのようなものだった。

何だか居ても立ってもいられなくなり、電話に手を伸ばした。かけたのが平田のところで、妻となっていた劇団仲間の井上加奈子に祝福の言葉を伝えたのは、まぁ普通のことだろう。ところがなんと、僕は風間家へのダイヤルまで回していたのだ。

風間の家には何度か遊びに行き、その連絡のため電話でやりとりしたことはある。しかしそれ以外、僕から何かの用で直接電話したことなどなかった。おまけに本人はおらず、出るのが奥さんであることはわかっている。なのに気持ちは抑えられず、それをしないわけにはいかなかった。

風間夫人は僕からの電話に途惑ったようだった。僕は一方的に「おめでとうございます」と告げ、「本当によかった」とひたすら繰り返し、受話器を置いたと思う。

今でも風間はこのときの話をする。

「帰宅して、女房から聞いたときには驚いた。長谷川ってそういうことするヤツじゃないもんな。でもそれだから、わざわざ電話してくれたことは、心底嬉しかった」

いやそのとき、心底嬉しかったのは僕の方だ。風間と平田が大きなステイタスを手に入れ、これで一流の俳優として世に認知されていくだろうことを、ひたすら喜び、胸がいっぱいになっていた。

ようやく僕は気づいた。劇団仲間とか共演者以前に、自分はただただ二人の圧倒的なファンだったのだ。結局これまでも、その芝居を誰よりも近いところで観ていることがひたすら楽しく、その場にいられることに満足していただけなのだ。

当然ながら、そこにはつかこうへいが同時に存在していなければならないのだが……。


この日本アカデミー賞がきっかけになったわけでもないだろうが、つかはこの年の五月までに、ふたつのテレビドラマを手がけている。

ＴＢＳの『蒲田行進曲』と、ＮＨＫの『かけおち’83』である。

『蒲田〜』のほうは、ＴＢＳの大物プロデューサー、大山勝美がつかのもとに話を持ち込んできたという。「小夏」を大原麗子で、というのが、企画の始まりだったらしく、そこからつかの強い要望によって、「ヤス」が柄本明、「銀ちゃん」が沖雅也という布陣になる。

柄本は舞台の『蒲田行進曲』で初演、再演とヤスを演じたのだから、その配役に不思議はない。しかし沖についてはやはり『つか版・忠臣蔵』での出会いと、本番当日の〝事件〟が、つかを動かしたのだと思う。

一方、『かけおち』はつかの初期の短編小説で、それをもとに新たな脚本が生まれ、ドラマになったわけだが、原作からは大きく膨らみ、かなり趣の違う作品となった。主演は大竹しのぶ。相手役を僕が務めた。

そしてその関係に絡む男として、ここでもまた沖雅也がキャスティングされる。この時期の、沖に対するつかの思いがわかるはずだ。

二つのドラマはほぼ同時期に、前後してリハーサル、撮影が行われた。

ただ『蒲田行進曲』に関して、僕はほとんど蚊帳の外で、ＴＢＳのスタジオを一、二度、覗きに行った程度だ。

しかし『かけおち’83』のほうは、それを撮ったＮＨＫのディレクター、松岡孝治と僕との個人的な関係の中で生まれたもので、僕はその企画の段階から深く関わった。そもそもそれは、つかこうへいとは全く関係ないところで始まり、僕が俳優として出演することなどまるで想定にない、別のドラマだった。

第3章

映像に残るつか芝居——『かけおち'83』

稽古場での大竹しのぶ

三十三年ぶりのオンエア

二〇一六年十月九日、日曜の午後。普段テレビはほぼニュースとスポーツ中継しか観ない僕が、『NHKアーカイブス　あのひとが選ぶあの番組』というタイトルにチャンネルを合わせたのは、事前にNHKから連絡を受けていたからだと思う。その放送の中で、落語家の春風亭昇太氏が思い出に残る番組として、一九八三年のドラマ作品『かけおち’83』を取り上げるというのだ。

登場した昇太氏は、この三十三年も前のドラマがよほど強く印象にあるらしく、

「衝撃的だったですね。こういうこともできるんだ、というか、やっていいんだテレビって」

と、声を弾ませ、そこから八三年の夏、五夜連続で放送された『かけおち’83』の第一話が始まった。

当時、NHKでは『朝の連続テレビ小説』と並ぶ形で、夜十時前後に『銀河テレビ小説』という一話二十分、月~金の連続ドラマ枠が長く続いていて、『かけおち’83』もそのひとつだった。ただし本来はどれも二十話から三十話完結であるのに、これは〝夏期特集〟なる特別枠として、一週間だけの放送だった。

その第一話がフルで流れ、カメラはスタジオに戻る。昇太氏の顔はさらに輝いていた。

「もうたまらないですね。懐かしいですね。シーンが変わるたびに『あっ、これこれ！』って思いながら観てたんですけど」

その言葉に、司会の森田美由紀アナウンサーが「何の説明もなく、とんでもない展開に巻き込まれていく感じですよね」と返し、「このあとどんどんすごくなるんですよ」との昇太氏の振りで、さらに残り四話がダイジェストで紹介された。

僕は第一話を含め、もう観ることなどないと思っていたその映像に、昇太氏と同じように胸躍らせていた。負けじと「あっ、これこれ！」だった。

実は、当時買って間もない家庭用ビデオでこのドラマ全編を録画したテープを、ずっと持ってはいた。しかしそれが「ベータ」であるため、何年か前に思い切って処分してしまったのだ。

テレビの前で、忘れていたことが次々とよみがえった。

何より驚いたのはそのタイトルである。単に『かけおち’83』だとばかり思っていたのが、正しくは『つかこうへいのかけおち’83』なのだ。番組オープニングで、しっかり「つかこうへいの」というピンクのタイトルロゴが画面いっぱいに浮かび、カットが変わると、主演の大竹しのぶのアップの横に「かけおち’83」と続くのである。

その上で、「出演」の前に、「作・つかこうへい」と真っ先にクレジットされるのだが、それはまぁわかる。新聞のテレビ番組表の中でも「脚本〇〇〇〇」だの「監督××××」

だのがトップで表記されることなど、普通にあるだろう。

しかしその作品のタイトル自体に、原作者であり脚本を書いた「つかこうへいの」と名前が入るのである。NHKがいかにそれを前面に押し出そうとしたか、つまり「つかこうへい」という名がこの時期、世間的にどれほどのインパクトを持っていたかが、よくわかると思う。

さて、用意された映像をすべて観終わった春風亭昇太氏の感想である。

「いやぁ、いいなぁー。ちょっとたまらないですね。やっぱり斬新ですよね、本当に。ドラマの中で演劇を、生の舞台をやってる感じがね。自由な感じがたまらないですね」

このドラマが〝演劇的〟だ——などという意識は、つかこうへいの中にはなかったはずだ。ただ描かれているのは確実に、劇場を埋め尽くす観客たちが熱狂した「つかこうへいの世界」であり、テレビドラマとして「斬新」だったことは間違いない。つかがやりたいことをやり、それがうまく映像化された数少ない例だと思う。

まだ前座での修業時代だった昇太氏は、『かけおち'83』に接したとき、悔しさのようなものを感じたという。基本である古典落語を言われたようにやるしかなく、どこか窮屈に感じていた自分にとって、テレビドラマの枠に捉われない自由な表現が、何より素敵に思えたのだと。

「だから落語はこういうものだとか、そういうことを決めてしまってはいけないんだなと。いろんな考えを自分がやっていかないと、古くなってしまうなということを思っていましたね」

誰も覚えてなどいないだろうと決めつけていた『かけおち’83』が、今、知らぬ者のない春風亭昇太という落語家に、それほどの影響を与えたことを知り、僕はうれしくてならなかった。

それは別に、自分がこの作品にメインの役どころで出演しているからではない。繰り返すようだが、映像化されたいくつもの「つかこうへい作品」を客観的な目で見たとき、珍しく成功しているのが、『かけおち’83』であると、僕がずっと思ってきたからだ。

現在の仕事を続ける中で、僕はその仲間たちによくこんな能書きを垂れてきた。

「つかさんの映像作品で観る価値があるのは、映画では『蒲田行進曲』、テレビでは『かけおち’83』だけだろうな。まぁ『かけおち』の方はもう、観ることは無理だけどね」

こうして改めて書いてみると、いやはやなんと偉そうな言いぐさだろうか。

おまけに、『つかこうへい正伝　１９６８－１９８２』でも説明したように、映画版の『蒲田行進曲』はほとんど深作欣二監督のもので、つかこうへいの中に、自分の描きたかったものと微妙に違う作品であるとの思いは確実にあった。

つまりそれを考えれば、タイトルに謳う通り〝つかこうへいの〟映像作品の中では、唯一『かけおち’83』だけが成功例であると、それに関わった人間としてひけらかしているようなものだ。実に鼻持ちならない言葉だと自分でも思う。

だが正直なところ、テレビ化、映画化された多くのつか作品に、僕がその都度、どこか不満を感じていたのは事実なのだ。

それがなぜかと考えた時、昇太氏の「ドラマの中で演劇を、生の舞台をやってる感じがね」という感想が、ひとつの答えになっているような気がする。

いや、これをストレートに受け取れというのではない。実はこれまでも何度か繰り返してきたが、つかこうへいの場合、舞台なら通用しただろうものが、映像作品という形ではことごとく観客を途惑わせてしまうのが常であり、脚本としてのテンポやリズムの強弱も含めて、しっくりいかないことの方が多い。

『つか正伝』の中でも、僕はこう書いた。

――つかこうへいという人は、映像脚本が決して得意ではなかった。ひとつひとつの場面のイメージが膨らみすぎ、収拾がつかなくなってしまうことが多いのだ。情感の赴くままに押し進めることが出来る〝口立て〟による芝居作りと違って、大小のシーンのつながりがストーリーに意味を持たせ、ある種、数学的な計算や仕掛けを必要とするシナリオというものが、その性に合わないということだろう――

それどころか、物語の設定そのものが「舞台だったら面白いのかもしれないけどね」と、切り捨てられてしまうようなこともよくあった。

要するに、昇太氏の言葉の中で大事なのは、あくまでも「生の舞台をやってる〝感じ〟」なのだ。だからこそ観客にそれを拒否感なく受け入れさせ、とことん楽しませてしまうことが、『かけおち’83』の場合は出来たのである。

テレビの中で、当代の人気落語家が、それを証言してくれたというわけだ。

このドラマは、ひとつの時代、空前の〝ブーム〟を巻き起こした「つか芝居」のある部分、「つかワールド」とでも言うべきものを、映像作品という形でかろうじて今に伝えている――との、いかにも手前味噌と受け取られかねない僕の評価が、決して間違いではなかったと。

何年か前のＮＨＫの番組をあえて紹介し、春風亭昇太氏の発言を長々と引用したのは、そんな理由からだ。

そうは言っても、今回〝つかこうへいの〟『かけおち’83』というドラマを取り上げるにあたって、いくら僕が「客観的な目で」と意地になったところで、その関わりから考えて、やはりあれこれ割り引いて読んでもらった方がいいかもしれない。それは最初に断っておく。

つかこうへいの映像作品に関しては、ある時期まで、どれも多少なりともタッチはした。しかし、それはたいていどこかの段階においてであり、その成り立ちから完成までの経緯にすべて立ち会ったのは、『かけおち’83』だけなのだから。

脚本依頼

『かけおち'83』の第一回放送は、一九八三年七月二十五日、夜九時四十分からだったが、話はその半年ほど前にさかのぼる。

ＮＨＫのディレクター、松岡孝治からの突然の電話がすべての始まりだった。彼の記憶では、まだかなり寒い季節だったというから、たぶん二月頃だろう。つかとの原稿仕事がちょうど一段落していた時期だったと思う。

松岡は「至急会いたい」とだけ告げ、理由を訊くこともなく、僕たちは渋谷で酒を飲むことになった。

松岡との出会いは、一九八一年四月放送開始の、朝の連続テレビ小説『まんさくの花』というドラマだった。僕はレギュラーとして出演し、半年間、撮影を共にしたのだ。

僕が演じたのは、主人公の少女を取り巻く若者たちの一人で、小さな役だったが、それなりに出番は多かった。ただ漫才師志望という設定のため、その相方役と常に一緒に登場し、それがなんと高野嗣郎なのだ。つか劇団の二人をそんな形で使うというのが、製作側の狙いだったろう。

災難なのは、スタッフや出演者も皆、僕らが同じ劇団のコンビだとわかっていて、どこに行っても必ず二人一組として扱われることだった。

以前の項でも書いたように、俳優としても社会人としても色々と問題の多い高野を、多くの場面でフォローせねばならず、あれこれ神経を遣う毎日で、ある意味、気の重い仕事でもあった。

ディレクターはメインとサブの二人の他、ＡＤを務める若手連中が数人いて、彼らも何週かに一度、演出を任されるというシステムで、その中の一人が松岡だった。年齢は僕より六歳上。つかと同世代である。

今はどうかわからないが、当時のＮＨＫの朝ドラでの、スタッフや出演者たちの関係は驚くほど親密だった。六話分九十分を週ごとに撮り切らねばならず、スタジオという閉鎖された空間に長時間一緒に居るのだから、そうなるのは当然だったかもしれない。

毎週の収録が終わると、決まって様々な形で飲み会のようなものが開かれ、僕のような下っ端にも必ず声がかかった。僕などそれが楽しみで、ＮＨＫに通っているようなものだった。そんな席では、高野とは出来る限り離れるよう、努力した。

半年以上の付き合いで若手ディレクター陣との仲も深まり、中でも松岡とは番組終了後も、彼が住む、若林にあったＮＨＫの局員アパートに何度か遊びに行き、食事をたかったりもした。

そんな松岡と会うのは久し振りだった。

そしてそこで告げられた松岡からの依頼を、僕はすぐには理解できなかった。

銀河テレビ小説の枠で、夏休み特集として一週間五話だけのドラマを作ることになり、そのディレクターに自分が手を挙げたので、何か考えてくれないかというのだ。

僕が松岡と知り合ったのは俳優としてであり、出演して欲しいというのならわからなくもない。しかしドラマの企画を一から考え、脚本まで書いてみないかというのだから、ポカンとしたまま、「どういうこと？」と聞き返したのは当然だろう。

脚本という仕事は、フジテレビでやった『弟よ』や、映画の『蒲田行進曲』などで、つかの手伝いをしていたから、全く経験がないわけではなかった。けれどそんな話は一切外でしたことなどなく、松岡が知るはずもない。僕はまるで他人事のように、あれこれ説明する松岡の言葉をぼんやりと聞いていた。

「何でオレなんかに？」と、あえて訊ねることもなかった。

「いや、長谷川とは飲んでる席なんかで、よく映画やテレビドラマなんかについてあれこれ話をしたんだよ。で、いつも長谷川の言うことに感心してたから、この企画が決まったとき、あいつにやらせてみたらどうかと思ったんだよね」

四十年経ち、改めて確かめた僕への松岡の答えがこれだ。

まるで覚えてはいないが、たぶん僕は毎回、酔いに任せて、知ったような薀蓄をさんざん垂れたのだろう。正直、よくもまぁその程度のことで、僕に白羽の矢を立てたものだと、呆れるしかない。

ただ八三年のその日、「ちょっとＮＨＫらしくない、変わったドラマがやりたいんだ」と語る松岡を前にして、僕がなんだか面白そうだと思い始めていたことは確かだ。

結局「考えてみる」ということになり、それから何度か松岡と会う中で、次第に〝企画〟は具体的な形になって行った。

そこで僕が提案したのは、自分が大ファンである作家、広瀬正の小説のようなのはどうかというものだった。

五回放送の一話一話が、全く同じ状況で始まり、そこで生じた何かささいな要素によって、その後の物語がまるで変わっていくというような話だ。

例えば、喫茶店で会っている男女に、毎回違うアクシデント——ウエイターが運んできたコーヒーをこぼすとか、客が連れてきていたペットの犬が店内を走り回るとか、隣の席の似たようなカップルが喧嘩を始めるとか——が起こることで、そこからの二人の関係に様々違う展開が待っている。ところがラストは全話、まるで同じ結末を迎える。

と、そんな設定を、とうとうと語ってみせた気がする。松岡も了解したはずだ。全く覚えていないが、松岡によると、僕は登場人物やおおまかなストーリーの流れなどを説明する、いわゆるプロットのようなものも書いたという。

松岡はそれを手に、プロデューサーの村上慧のもとに向かった。

「長谷川のこと説明したら、それだったら、つかさんのものをやってもらえばいいじゃないかってことになって……」

数日後に会った松岡は、申し訳なさそうに口を開いた。どうやら僕の案は村上に一蹴されたらしい。だが松岡がそこに触れることはなかった。

村上がプロデューサーとして食いついたのは、僕がつかこうへいのところの人間だということだったのだろう。

どこか謝るかのような松岡だったが、僕の方はいたってすっきりしていた。自分の考えたものが果たしてテレビドラマとして成立するか、はなから疑問だったし、僕がプロデューサーでもたぶん同じような答えを選んだに違いないと、素直に思った。

「何かあるかなぁ……」

松岡は僕の顔色を窺うように言った。

驚くほどすぐに、僕は言葉を返していた。

「……『かけおち』って小説があるんだけど」


『かけおち』は一九七八年、角川書店の文芸誌「野性時代」に『故郷へ』というタイトルで発表され、その後、七九年に出た短編集『いつも心に太陽を』の一作として名を変え、『ヒモのはなし』『ロマンス』とともに、直木賞候補にもなった作品だった。

つかこうへいが早稲田の劇団「暫」時代に知り合い、その後「ＶＡＮ99ホール」への道を繋いだ北吉洋一という男の実体験からヒントを得て、つか一流の物語に仕立て上げた、わずか14ページほどの短編だが、僕はつかの作品の中でテレビドラマにするならそれだなと、なぜかずっと思っていたのだ。

何の波乱もなく、平々凡々と結婚への道を歩んでいる男女が、突然その恥ずかしさに我慢できなくなり、厳粛なる〝かけおち〟を決行することで、自分たちの成婚を華々しく認識させようとする。だが周囲の反応はまるで薄く、期待していたような劇的な展開は一切起こることなく、次第に逆上していく二人に、京都の旅館での日々は重くのしかかってくる――と書いただけで、いかにも初期のつか作品らしく、強引で、捻《ひね》ったテーマであることがわかる。

そんな最初から最後までほぼ旅館の一室だけを舞台とする物語が、テレビドラマという〝サイズ〟になんだか相応しいのではないかと、僕は理由《わけ》もなく考えて来たのである。

「『かけおち』なら何か、形に出来るかもしれない」

たぶんそんなことを松岡に言ったはずだ。

しかし今になって改めてそれを読み返すと、その時代にあえて〝かけおち〟をするという大設定以外は、ほとんど事件らしい事件の起こらないこの原作を、二十分五話のドラマにするために、果たしてどう料理しようとしたのか、身の程知らずだった自分にぞっとする。

だが、そんな僕のさして根拠のない思い付きを、原作を読んだ松岡と村上が納得し、なんとそのまま、ドラマ企画として着地してしまうのである。

今にして思えば、何の実績もないド素人の僕に、ゴールデンタイムのドラマ脚本を任せるという松岡の無謀な発想はともかく、それを受け入れ、ＧＯサインを出した村上の懐の深さ、というより結果を恐れぬ冒険心には敬服するしかない。ＮＨＫ、それも当時だから許されたのだろう。今ならまず考えられないはずだ。

ただあれよあれよと話が進み、半分途惑いながらも、僕が何らかの覚悟を決めたのは確かだ。

しかしそんな思いも、電話してきた松岡のひと言で、いっぺんに萎《しぼ》むことになる。

「まずつかさんに、原作者として許可を取らなきゃならないから」

村上がこれから、つかの了解を得るため連絡を入れるという。

すぐに、やらかしたかもしれないという後悔が湧き上がり、動悸が激しくなった。

つかとは頻繁に会っていたが、今回の件など、当然ながら一切話したことはない。また長谷川が陰でチョロチョロしている――。激怒し、村上による依頼を突っぱねるつかの顔が浮かんだ。

ところが翌日、松岡を通して伝えられたつかの返事は期待（？）に反し、思いがけないものだった。

村上から『かけおち』をドラマ化する提案を受けるなり、つかはあっさり了承したというのだ。

冷静に考えてみれば、当然だったかもしれない。〝利にさとい〟（僕は『つか正伝』の中で、悪い意味ではなく、つかこうへいという人間を形作るひとつの大きな要素がそれであると、繰り返し書いた）つかにとって、天下のＮＨＫから自作のドラマ化の誘いを拒む理由などない。そればかりか、つかの答えはさらに徹底していた。

「つかさんは脚本を自分が書くって言ってる。長谷川は役者として出せばいいんだろうって……」

そんな電話の向こうの松岡の言葉を、僕はむしろホッとして聞いていた。

「つかさん、なんだか喜んでたらしい」

多少困惑気味に報告を終えた松岡だったが、その声はどこか弾んでいた。

つか本人が自作の小説をドラマ化してくれることなど、松岡や村上にとってまるで想定外であり、瓢箪から駒といったところだったろう。ＮＨＫとしても、かなりおいしい話に違いなかった。

「ラッキーじゃない。一番いい形だと思う」

答えながら、僕は心底そう思っていた。いや、自分が役者として参加することなど、そこに含まれてはいない。つかが果たして『かけおち』をどう料理するのか、正直、楽しみでならなかった。

実はこれと似たようなことが、この十五年ほど後にも起きている。

ある制作会社からつかこうへい作品の舞台演出を頼まれ、僕は悩んだ末、その仕事を受けることにした。しかし興行サイドが許諾の交渉をする中で、つかが「だったらオレがやる」と言い出し、結局僕ははずれ、すべてをつか自身が手がけることになったのだ。

僕はすでにつかとはまったく関係ないところで、自分の芝居や映画の仕事をしていたから、普通なら発注元にも、つかに対しても、「それはないのでは」となっておかしくないはずだ。けれどこのときも不快な気持ちなどまるでなく、単純につかがその舞台をどんな形で新たなものにするか、ただ期待している自分がいた。

つかとの長い付き合いの中、聞こえない舌打ちは山ほどしたし、心の中での苦言は、誰より吐いただろう。後年の仕事について、陰であれこれ批判をぶつけたことも少なくない。

なのにこの、時代《とき》を隔てたふたつのケースでの同じ思いは、似たようないくつかの場面でも、ずっと変わることがなかった。それが僕とつかこうへいなのだ。うまく説明はできない。かつての劇団仲間なら、一緒にうなずいてくれるはずだ。

主演女優

さて、つかが『かけおち』をドラマにするにあたって、まっ先にNHKに要求したことがひとつだけあった。主人公の女性を「大竹しのぶ」で——というものだ。

それを松岡から伝えられ、つかのこのドラマに向けての高揚が、手に取るようにわかった。

脚本をどうこうする以前に、演じる女優のイメージがまず飛び出すところが、いかにもつかこうへいだった。しかし大竹しのぶとは一面識もないはずだ。例によってつかの勝手な盛り上がりに、僕はひそかに苦笑し、世代を代表する大人気女優がそんな簡単に受けてくれるはずはないだろうと、話半分にそれを聞いていた。

ところがさほど時間もかからずに、大竹側からあっさりＯＫが出てしまうのである。

さすがＮＨＫ、そういうところはやっぱり強いなぁ……などとわかったような感心のし方で僕は納得したのだが、今になって思うと、やはりその時点で「つかこうへい」という名前が、それだけの力を持っていたということだろう。つか作品への〝参加〟は、当時の俳優たちにとって、誰もが強く惹かれるものがあったのだ。

つかのマンションに呼ばれ、『かけおち』の脚本作りが始まったのは、たしかこうして大竹しのぶのキャスティングが決定してからだったと思う。

不思議なのはそこまで、つかとこのドラマ化に関して言葉を交わした記憶が、全くないことである。最低でも週に一度は会っているのに、つかは決してこの話題に触れようとはしなかった。当然、僕から切り出すこともなく、あらゆる情報は、すべて松岡を通して知らされるだけだった。

いったいそれがなぜだったか、今となっては確かめようもない。このドラマの話がもともと僕と松岡の中で始まり、『かけおち』を原作とすることも僕の提案だったというのはつかの耳に入っていたはずで、それが、やはりどこか面白くなかったからではないかという気がする。

そんな中での突然の電話だった。

「おい、『かけおち』の脚本《ホン》、やるぞ！」

つかは何の前置きもなくそれだけを言い、僕は翌日からつかのもとに通うようになるのだ。

そしていつも通りの〝口立て〟による脚本作りの中で、やはりこのドラマはつかこうへい自身が手がけるしかなかったのだと、つくづく思い知らされることになる。

前述したように、そもそも『かけおち』なる小説は、何ら障害もないままダラダラ三年付き合ってきた若い男女が、平凡すぎる結婚を打開しようと、勢い込んで京都へのかけおちを決行するという、ごく短い作品だ。だが結局、家族や親戚、友人たちの誰からも思い描いたような反応を得られず、二十日ほどで情けなくも旅館をあとにする――と、それだけの話である。

当事者二人の年齢も職業も背景も一切説明されず、日々変わっていく彼らの姿やその思いを、男のひとり語りで描写することに終始する。

ドラマでは、つかは物語をまず、そんな事態に至る経緯から始めた。

大竹しのぶ演じる主人公の女性を、老舗レストランを何軒か経営する北条家の一人娘「セツ子」とし、商売を継ぐために婿養子を迎えることを宿命づけられていると、設定したのだ。

したがってその両親もしっかり登場することになるが、つかが見事だったのは、母もまたセツ子と同じ立場に置き、父を入り婿としたことだ。それによって、セツ子の逃れられない状況が、いっそう露わになるというわけである。

　そしてそんな彼女と付き合い、結婚を間近に控えながらも、いまだ決断できずにいる男が僕の役だった。

「こいつは、おまえのまんまで行くからな」

　つかはそう言って、役名を「康夫」とし、ちょうど僕の年齢、二十九歳の男の人物像を作り始めた。その齢になってまだ定職にも就かずブラブラしている、いわゆるモラトリアム青年というやつだ。将来などまるで考えず、生き方に信念のひとかけらも見えないその造形は、稽古場で絶えず「腰が据わっていない」と罵倒され続けた、まさしくつかが思い描く長谷川康夫そのままだった。

　町工場を営む実家から給料の形でわずかな金を援助してもらいながら、趣味の鉄道写真を雑誌に投稿しているという生活も、つかのもとでヘラヘラ芝居を続けて今に至る、僕と重ならせたようだった。

　おまけに康夫はセツ子と五年も同棲しているのだが、そこがなんと彼女の実家、北条家なのである。婿に入ってくれることを前提に、セツ子の両親もそれを認めているのだ。

　つかこうへいの手によって、原作とはまるで別物になっていくドラマ『かけおち』の脚本原稿は、その途中途中で、もともと僕がつかの原稿仕事をする場だった岩間多佳子の事務所に届けられた。

ＮＨＫから通って来ているディレクターの松岡孝治がそこで読み、感想や意見などを返すというのが、一応の建て前だったが、つかがそんなものを素直に聞くはずもない。はなからそれは、初めて仕事する松岡の力量を確かめるための作業だということが、僕にはわかっていた。

そして松岡は松岡で、そんなつかの目論見をうまくかわすかのような回答を寄こし、それによって、つかは逆に彼を認めたようだった。

こうして『かけおち』の脚本作りが進む中、さらにつかは原作に大きな変更を加える。セツ子が康夫に〝かけおち〟を迫る理由が、明確に観客に伝えられたのだ。それはまったく原作にないピースだった。

登場させたのは、北条家の商売上のしがらみで、セツ子が見合いせざるをえなくなった三十過ぎの男である。

若くして年商数十億という貿易会社を経営する彼は、セツ子の高校時代に彼女を知り、陰からじっと見守りながら、密かに想いを寄せて来た男という設定だ。女性と付き合ったこともなく、事業に命を懸け、その人間性も、社会的地位や資産も、康夫とは対極にある存在として、つかは描く。

その男の出現にセツ子は舞い上がり、両親も次第に揺れていき、康夫と彼らとの関係に微妙な亀裂が入り始める。ただし、男が婿養子に入ることなど絶対に不可能で、それゆえセツ子との結婚など決して許されない。

そこでセツ子が男への想いを振り払うため、ひねり出した手段が〝かけおち〟だった――と、この要素が、様変わりした『かけおち』という物語の芯となるのである。

そんなふうにして、つかから次々と飛び出すアイデアに、僕は舌を巻くしかなかった。つかならではのドラマツルギーが湯水のように溢れ出てくる場面には、芝居の稽古場でも原稿仕事でも、何度も出くわしてきたが、全く足踏みなく、高いテンションのまま〝創作〟が続くのは、そうあることではない。

どうやらそれをさせているのは、「大竹しのぶ」というキーワードだということに僕は気づいていた。これまで一度として接点を持つことのなかったこの女優を使うことへのつかの思い入れには、想像以上のものがあった。

いったんそうなると、躊躇なく入れ込むのがつかこうへいである。だがその分、思い通りの結果を得られなかった場合、とたんやる気を失い、冷たく切り捨てるのも早い。

僕はつかの過剰な期待が裏切られることにならなければいいがと、密かに案じていた。

そして、ドラマがいよいよ脚本の形になり、印刷台本となるとき、つかはそのタイトルにも手を加える。『かけおち'83』としたのだ。

大竹しのぶ登場

そんな『かけおち’83』の台本第一稿が完成してから、リハーサル開始までに、キャスティングはほぼ決定していた。

大竹と僕の他、つかはかつての劇団の中から、平田満、酒井敏也、萩原流行を呼び寄せた。その他、セツ子の両親に北村和夫と松下砂稚子《さちこ》、京都の旅館の仲居に中原早苗という布陣だった。

北村と松下はつかと縁のある「文学座」の重鎮だし、中原は『蒲田行進曲』の深作欣二監督夫人であるから、これもつかの希望だったと、僕はずっと思っていた。

だが今になって松岡に確認すると、選んだのはすべて彼で、三人共、その前に仕事をしたことがあり、皆、適役と思い、決めたのだという。この配役にはつかも無条件で喜んだと、松岡は嬉しげに教えてくれた。

ＮＨＫでのリハーサルが行われたのは、七月二十五日から五夜連続でのオンエアのふた月ほど前、四月末から五月にかけてではなかったか。そのあたりの記憶ははっきりしない。

このリハーサルもまた『つか版・忠臣蔵』のときと同じく、我々の劇団での芝居作りそのままに、つかの〝口立て〟によって、台本にはない台詞や、新しい場面などが次々と生まれていくというのが前提だったが、それはさらに徹底していて、舞台公演の稽古そのままに、ひと月近く続いたはずだ。

僕らは連日、渋谷にあるＮＨＫ放送センター内のリハーサル室に通い、ジャージに着替え、稽古に臨むことになる。

普通のテレビドラマではまず考えられないそんな形が許されたのは、前述したように、やはり当時の「つかこうへい」という名前の力であり、プロデューサーの村上慧を始めとするＮＨＫサイドの、その時代にあった、制約に捉われない自由な番組作りのおかげだったろう。

そしていよいよリハーサル初日、だだっ広いＮＨＫのリハーサル室に、出演者たちが顔を揃えた。

例によって本読みなどない。

「大竹、出てみろ。長谷川もだ」

そんないつも通りのつかの声で稽古は始まった。

ここでもまた、たぶんこの日が初対面だったろう大竹しのぶに対し、第一声から「大竹！」と呼び捨てでだ。

そして演出席の前に立った大竹しのぶに、つかから〝口立て〟で台詞が与えられ、彼女がそれを繰り返していくのを、相手役として横で見たとき、僕は決して大げさではなく、度肝を抜かれた。

たぶんその場にいる平田なども、同じ気持ちだったろう。

正直、つかの〝口立て〟にはそう簡単に対応はできないと、僕らは密かに思っていたところがある。とくにそれまで別の形で演技というものを身に付けてきた役者にとっては、たいてい途惑うことの方が多いのだ。事実、かつて我々の稽古場に現れた何人かの有名俳優たちが、つか流の〝口立て〟を受けたとき、言葉は悪いが「でくのぼう」のように見えてしまう姿に、しばしば出くわしてきた。

だからこのときも、二十五歳のトップ女優のお手並み拝見、などというどこか上からの気持ちが、正直あった。そして腰を抜かしたのである。

これまで何度も書いてきたように、つかこうへいの〝口立て〟というのは、その台詞の絶対的な正しい「音」をつかから与えられ、役者がそれを返していく作業による芝居作りである。しかししつこく繰り返すが、ただつかの吐く台詞を、オウム返しになぞるだけでは成立しない。つかが伝えようとする意味、何を面白がっているのかを瞬時に理解しなければ、つかの欲する言葉にはならないのだ。

我々の劇団解散後、しばらく経ってつかが芝居を再開し、新しい役者たちを使い始めたとき、僕が感じたのはいつもそれだった。つかが対外的にどれだけ彼らをほめてみせようが、どうしてもその芝居が、単なるつかの口真似にしか見えず、つかがその台詞にこめた狙いが少しはわかるがゆえに、何か納得できないものがあったのだ。（またいつもの鼻持ちならない本家意識か、と言われるだろうが）

大竹しのぶに〝口立て〟で演出するつかこうへい

しかしこのとき、初体験の〝口立て〟に反応する大竹しのぶの中に、そんな部分は微塵もなかった。

そこにいるのは、まさしくつかの欲する「セツ子」であり、その台詞はつかから与えられたとたん、彼女自身の血の通った言葉となって返ってきた。

僕らを魅了したのは、決して今の大竹しのぶに対して誰もが抱く、いわゆる「演技力」とか「存在感」といったものではなかったと思う。あるのはただ、「セツ子＝大竹しのぶ」という等身大の姿であり、それこそが、究極のあて書きと言っていい、つかの〝口立て〟にとって、理想の形だった。

憶えているのは、このときの大竹の芝居が、世間の評する「うまさ」や「達者さ」とはほど遠く、その台詞はどこか舌っ足らずで、たどたどしくさえ思えたことだ。

当時の僕は相手役を務めながら、これが大竹しのぶそのもので、そんなところがまたセツ子にハマっていると、無邪気に喜んでいたが、今にして思えば、実はそこもすべて、彼女の綿密な役作りのひとつであり、スーパー女優のしたたかさだったような気もする。

そしてそういったものを全く感じさせず、その作品に関わるすべての人間たちを惹き込み、この子のためにいいものに仕上げようと頑張らせてしまう力こそが、女優という生き物には何より必要とされるのだ。それは、自分が今の仕事をするようになってから、何度も感じてきたことだ。

ＮＨＫのリハーサル室で、そんな大竹しのぶに誰よりも惹き込まれたのは、やはりつかこうへいだったろう。

〝口立て〟での大竹の第一声から、つかの顔が輝くのがわかった。芝居が続くうち、自分の確信に間違いはなかったと、彼女のキャスティングを心から喜び、満足したらしいことが、その表情からわかりやすく伝わってきた。

大竹が台詞を発するたびに、「フォッフォッフォッ」と喉の奥から低く笑い声を漏らし、その芝居を見つめるつかに、僕はちょうどその八年前のある姿を思いだしていた。

一九七五年の夏、早稲田の学内にあった劇団「暫」の稽古場だった。

その日、つかは稽古の舞台に立つ風間杜夫と初めて出会い、風間の芝居にそっくり同じ笑いを漏らしながら、どこか舌なめずりするような目で彼を見ていたのだ。

それとまるで重なるかのような、ＮＨＫのリハーサル室でのつかの表情に、僕はこのドラマの成功が約束されたような気になっていた。

このときの稽古で何より思い出に残っているのは、我々が十年来、稽古場で浴びせられてきた、つかによる罵声やねちっこいいたぶりが、一切影を潜め、ただただ機嫌よく、張りのあるその声が、毎日リハーサル室に響き渡ったことだ。

そうさせたのは『かけおち』という物語を引っ張るヒロイン、セツ子を託された大竹しのぶの存在であったことは間違いない。彼女との出会いによって、稽古場でのつかは、開始当初からひたすらトップギア状態が続き（それはなかなかあることではない）、彼女に芝居を付けていく作業を心から楽しんでいた。

　連日リハーサルが進む中、セツ子の新しい台詞が大量に生まれ、一つ一つのシーンも膨らんでいった。


　つかが「俺の芝居は」と語るとき、そのあとに続くのは、「役者によって作らされる」であり、「その役者が持っている言葉以上の台詞なんて生まれてこない」であり、「俺の哲学と役者の持つ哲学が共鳴し合って初めて出来上がる」といったものであることは、何度か書いてきたが、このときの大竹しのぶとの芝居作りは、まさにその言葉を実証していた。


　それはつかの芝居を長く支え、〝伝説〟となる空前のブームを共に駆け抜けた、平田満や三浦洋一、風間杜夫、根岸季衣らとの関係さえ、思わせるものだった。

『かけおち'83』の中には、そんなつかと大竹の共同作業ともいうべき〝口立て〟だからこそ生まれた「名台詞」がいくつもある。

　中でも物語終盤、かけおち先の京都の旅館の一室で大竹が言い放つひと言は、とりわけ印象深い。

　それまで、可愛くわがままなお嬢さんとして、どこか純で幼げなキャラクターを前面に出していたセツ子は、うらぶれた旅館で過ごすうち、思い通りにならない〝成果〟にすっかり荒《すさ》んでしまい、完全にオバハン化してしまう。そして、それを咎める相方の康夫に向かって、わざとらしく鼻にかけた、すれっからし口調で、こう開き直るのだ。

「ホンナ《女》、変へ《え》たらぁ？」

その場面の芝居を〝口立て〟で作っていく中、つかからその台詞が飛び出し、間髪いれずに、つかの狙い以上の小バカにしたトーンで大竹がそれを反復したとたん、リハーサル室は爆笑に包まれた。

これこそまさに、つかの言う「俺の芝居」を象徴する瞬間、つまり〝口立て〟による芝居作りの醍醐味であり、ほぼ十年、何度も同じような場面に立ち会ってきた僕は、久しぶりに湧き上がるワクワク感が、嬉しくてならなかった。

（ちなみにこの「女、変えたら？」というフレーズは、つかもよほど気に入ったらしく、一九八五年に自らが構成演出した「松坂慶子コンサート」のタイトルにもなっている）

『かけおち’83』のリハーサルが、同じような形をとった『つか版・忠臣蔵』ではどこか再現しきれなかった、かつての劇団での稽古に近いものになったのは、参加している俳優たちの数がはるかに少ないこともあったが、何より〝口立て〟稽古の中で、こんな風に皆を巻き込んでの高揚が頻繁に起こったからである。

つかこうへいにもどこかそんな感覚がよみがえったのだろう、解散前の一年ほどは珍しくなっていた、稽古終了後に役者たちを引き連れて飲みに行くというルーティンが、ここに来て復活するのだ。

つかはこのドラマに呼び寄せていた、僕と平田満、萩原流行、酒井敏也らを連れ、NHKから渋谷の街に繰り出し、最後にはカラオケというコースが週に何度か繰り返された。そこにはすぐ、大竹しのぶまでも加わるようになり、僕らは大竹が気持ちよさそうに振り付きで歌う「松田聖子」や「中島みゆき」に皆で喝采し、つかも心底うれしそうな笑みで、繰り返し彼女にマイクを預けた。

大竹は大竹で、歌の合間に繰り広げられる、例によって皮肉や揶揄が満載の「つか節」に屈託なく笑い転げ、僕らはそんな大竹が見たいがために、つかを煽るような言葉をさらに投げたりするのだった。

説明するのは難しいが、そこにあったのはまさに、いつも通りの「つか劇団」といった感覚に近く、いつしか『かけおち’83』というドラマが、つかや僕らの中で、確実に「テレビの仕事」以上のものになっていたような気がする。

そんなカラオケでの熱唱が、つかを触発したわけではないだろうが、『かけおち’83』には、大竹しのぶ演じるセツ子が突然、誰もが知る曲を情感たっぷりに歌うある場面が生まれ、それはこのドラマの中でも出色の〝つかワールド〟溢れるシーンとなる。

また翌年、再びNHKでドラマ化される、大竹しのぶ主演のつかこうへい作品『嫁ぐ日’84』（原作は『寝盗られ宗介』）が、「ミュージカル」と銘打たれたり、一九八七年に、フジテレビの子供番組「ひらけ！ポンキッキ」の中で次々と発表された、つかこうへい作詞の童謡『こころくん　こころさん』『かまっておんど』『たなあげおんど』の三曲ともが、

「唄・大竹しのぶ」だったりするのは、すべてこのときのカラオケがきっかけだったと、僕は勝手に思っている。

沖雅也ふたたび

では、大竹しのぶと共に、つかこうへい流「創作」を初めて経験する、北村和夫、松下砂稚子、中原早苗らのベテラン俳優陣はどんな面持ちで、リハーサルに臨んだか。

彼らが演じるのはどれも原作には全く登場しない役であり、最初の脚本段階でも細かく書き込まれているわけではなかった。したがってつかの〝口立て〟により、みるみる自分のキャラクターや物語での役割が鮮明になっていく稽古は、とりわけ新鮮だったに違いない。

それぞれのスケジュールもあり、稽古のすべてに居合わせたわけではなく、もちろんカラオケに参加することもなかったが、いわばこの「劇団」において、三人三様の存在感を示したのは確かだ。

俳優という仕事が、台本を渡され、その決められた台詞の中で役作りを考えていくものとして、彼らは経験を積んで来たはずだ。ところがここでは、次々と新しい台詞が与えられ、設定までもが変わってしまう。

しかもそれは、俳優と役柄との境界を融かし、演ずる人間そのものを重ねていく、究極のあて書き（何度も繰り返すが）作業なのだから、役者にとってこれほどの快感はない。彼らが皆、自らの出番を迎えると、観ているこちらが拍手したくなるようなテンションでつかの前に立ち、その〝口立て〟に楽しげに身を委ねたのは当然だったろう。

そういった快感をすでに体験している沖雅也が、リハーサル室に姿を現したのは、皆よりかなり遅れ、稽古開始後、かなりの日数が経ってからだった。

演じるのは、物語のキーとなるセツ子の見合い相手、会社社長役である。

それまで、その代役は萩原流行が務めていた。ゆえに〝口立て〟の中で、役名も「萩原」となったため、どうやら彼は自分がそれを演じるものだと、思っていたようだ。

しかしつかの腹づもりは、脚本作りの中で、僕にはわかっていた。沖のキャスティングを、つかはなから譲るつもりがなく、ＮＨＫも了解していた。

『つか版・忠臣蔵』を撮影当日に降板した、この俳優に対するつかのこだわりは、何か特別なものがあったのだろう。

沖が参加してきたのは、彼がＴＢＳのドラマ『蒲田行進曲』（番組タイトルには「決定版！」とのキャプションが付いている）の撮影を終えてからだったと思う。ただそのあたりの記憶は曖昧である。

この年、つかこうへいの手掛けたふたつのテレビドラマ、『蒲田行進曲』と『かけおち'83』のリハーサルや収録が、ほぼ春の同時期だったことは確かなのだが、そのあとさきが

『かけおち '83』稽古場にて。左より沖雅也、つか、筆者（奥）、大竹しのぶ

はっきりしないのだ。

今回これを書くために、両方のドラマに出演した酒井敏也に訊ねても、「そんな四十年も前のこと、覚えてませんよ。だいたい僕、どちらもたいした役じゃなかったし」と開き直るだけで、まるで頼りにならない。

しかし僕の中で、どうしてもＮＨＫがＴＢＳの後だったように思えるのは、沖雅也に向けてつかこうへいが形作っていった、「萩原」なるキャラクターによってなのだ。

リハーサルのベースとなった最初の脚本では、萩原はセツ子に陰から思いを寄せながらも、ひたすら仕事に邁進し、若くして年商数十億の商社を経営するまでになったという背景は語られても、その人間性のようなものは色濃く描かれてはいなかった。

それをつかは、沖の登場を待っていたかのように、滑稽なほど一途で、ひたすら不器用な男とし、次々と台詞を与えていったのだ。


そんな〝口立て〟での稽古はまず、セツ子との見合いの場から始まった。萩原は彼女に対し、その高校時代からずっと見守って来たことを告白し、「あなたは！　あのときと変わりませんか?!　あなたは！　あの日のままですか?!」と、絶叫するのである。

まさにリアルとはほど遠い、芝居がかった台詞の上、どこか一本調子で、これまで沖が培ってきた〝二枚目スター俳優〟の演技とは、かけ離れたものだった。これによって萩原という登場人物は、年がいもなく純粋すぎる男として、セツ子とその両親にドラマ上で好印象を与えることになるのだが、何よりも予想外の沖雅也を見せられた視聴者のインパクトは、強烈だったのではないか。

そして『かけおち’83』の中での沖は、この場面のみならず、すべての出番で、そんな熱い台詞だけを吐き続けるのである。

とにかくつかは徹底していた。セツ子の家に押しかけ、雨の中、「好きな女ひとり、奪うことも出来なくて、何のために私はいったい働いて来たんだ！」と吠えさせてみたり、かけおち先の旅館への電話で、セツ子に対し、カナダへ旅立つことを告げ（このあたりの脈絡のなさは、いかにもつかこうへいらしい）、「成田発二〇時三〇分。一緒に行ってくれますね！　行ってくれますね！」と懇願させてみたりと、萩原という男の造形を最初から最後まで、頑なにそれだけで押し通したのだ。

なぜそんなことになったか。それは沖が『蒲田行進曲』で「銀ちゃん」を演じた直後だったからであると、僕には思えてならない。

銀ちゃんを託した沖の芝居に、何かを見切ったがゆえに、つかの中で『かけおち’83』の萩原として使うときの形が明確になり、ただただ一途で不器用な男としたのだと――。

銀ちゃんという役は、その振幅の激しいキャラクターが縦横無尽に行って来いし、最終的には痛々しいほどの愛すべき存在として、浮かび上がって来なければならない。そこに必要なのは、ある種の軽妙さに裏打ちされた、強弱ある多彩な演技パターンである。

つまりそれをやらせてみての判断から、『かけおち’83』では沖雅也に向けて、真逆とも言うべき「萩原」が生まれたのではないか。これぞまさに、「その役者を魅力的に見せることにかけては天才的」と、風間杜夫をして言わしめた、つかこうへいの面目躍如といったところで、俳優、沖雅也への、作家、演出家としての愛情がなせる業だったと、僕は思う。

結果として、登場場面は数えるほどでも、とことん戯画化された沖＝萩原の存在感は際立っていて、このドラマの成功を約束させる大きな力となったことは間違いない。

映像としての「つか芝居」

さて、一九八三年のＮＨＫドラマ『かけおち’83』について、あれこれ書き連ねて来たが、僕の評価が高すぎることに鼻白む読者は多いに違いない。

つかこうへいの映像化された作品の中、観るべきものはこれに尽きる、とまで言い切るのだから、他の作品に携わった方々なら、なおさらだろう。

それでも僕がこの『かけおち’83』にこだわるのは、一九七〇年代から八〇年代の初めにかけて、ひとつの〝伝説〟となるブームを巻き起こし、演劇界を席巻した「つかこうへい芝居」とはいかなるものだったかを、かろうじて映像作品として今に伝えてくれるのが、この作品であるとの思いが、ここに来て、いっそう強くなっているからだ。

本章の頭で、春風亭昇太氏がこのドラマを紹介した二〇一六年のＮＨＫの番組によって、三十数年ぶりにその一部を観ることが出来たと書いた。

だが実は現在、僕の手元には『かけおち'83』二十分五話分の、完パケと呼ばれるオンエア用映像をダビングしたＤＶＤがある。思いがけず手に入ったものだが、それに何度も目を通し、僕は一観客としても、また現在の仕事に身を置く人間としても、正直、その面白さに驚いた。そしてこの作品への、自分がどこか忘れてしまっていた評価に、今さらながら自信を持ったのだ。その上で、原稿に手をつけたわけである。

おのれがメインの役どころで出演していることが自慢で、それを知ってもらいたいだけだろうと思われるかもしれない。いや、四十年も経っているのだ。そんな気持ちはさらさらない。あくまでも客観的な評価だと信じて、書き進めることにする。

つかこうへいの芝居というのはほぼどれも、自らが「四畳半芝居」と照れてみせたように、基本、狭い状況設定の中での、一対一のやりとりが中心となる。

『初級革命講座飛龍伝』、『ストリッパー物語』（＝『ヒモのはなし』）、『いつも心に太陽を』、『蒲田行進曲』、『寝盗られ宗介』と、主な作品を並べてみても、すべてが、アパートの一室や小さな劇場の楽屋といった閉ざされた空間での、登場人物たちの二人芝居がドラマの核なのだ。そこから長い一人台詞が始まることも多い。

そしていくつかのそんな芝居の、繋ぎともいうべきシーンとして、「劇場の舞台」だったり、「国体のプール」だったり、「撮影所」だったりが挟まり、中休み的な〝演劇的高揚〟を生むというのがパターンである。
『初級革命講座飛龍伝』に至ってはそれもなく、三人の登場人物による、三様の二人芝居と、それぞれの一人語りだけで芝居が進む。（つまりのちの『飛龍伝』とはまったく別の作品である）

代表作というべき『熱海殺人事件』でも、登場人物は出ずっぱりの四人だけで、「四畳半芝居」とまではいかないが、取調室という閉鎖された空間での芝居であることに変わりはない。ドラマのテーマとも言うべき事件の再現シーンだけは、イメージを熱海海岸に飛ばすが、そこでもやはり、犯人大山金太郎と被害者山口アイ子の二人芝居が延々と続くことになる。

逆に言えば、『サロメ』や『広島に原爆を落とす日』などの〝劇的世界〟が大きく広がった作品は、決して成功とは言えなかった。

つまり当時の「つか芝居」がいかなるものだったか伝えるには、そのよりどころとなった、そんな「サイズ感」こそが重要なのだ。それが映像作品となると、どうしてもそこが広がり過ぎ、いわゆる「つかこうへい調」が浮いてしまい、逆に観客への強い違和感となってしまうことが多い。

しっかりその「つかこうへい調」の本質だけつかみとり、あとはひとつの人情話として自分なりに料理した上で、映像的なダイナミズムを重ねて名作に仕立てた、深作欣二監督の『蒲田行進曲』などは、かなり特殊な例だろう。

いやはや前置きが長くなってしまった。

ようするに、『かけおち'83』は、その「サイズ感」を全編保つことで、つかの舞台（我々の時代の）に近い作品となったのだと、僕は思う。

しかしそれは、僕がテレビドラマにふさわしいと感じた、旅館の一室での男女二人のやりとりだけで物語が進むという、原作小説の「サイズ感」では説明しきれない。

つかが新たにテレビドラマとして作り上げた連続五話のうち、その旅館部分は最終の二話分でしかないのだ。三話までは、セツ子と康夫、セツ子の両親を含めた関係描写と、萩原の登場により、ふたりがかけおちを決行するまでの経緯が細かく描かれるのである。

そしてその様々な場面でのホームドラマ的なタッチもまた、つかこうへい作品に相応しい「サイズ感」に溢れている。

さらにそこに、前述した〝演劇的高揚〟を狙うシーン（春風亭昇太氏が「生の舞台を観ている感じ」と評した部分か）が、これまたテレビ的な「サイズ感」の中で、しっかり登場するのだ。

『かけおち'83』連続五話の中では、とりわけ第三話に、そんなつかこうへい的演劇世界が網羅されている。

それはまず、沖雅也演じる萩原の「僕はあなたを奪ってみせます！」という雨の中での絶叫から始まり、場面はセツ子と康夫が同棲する部屋へと移る。

ここでの五分を超える二人のやりとりは、まさにつかが舞台で観せる「四畳半芝居」そのままと言っていい。猛烈なテンポで間断なく繰り広げられる会話の中で、大竹しのぶのセツ子は、甘え、なじり、拗ね、怒り、すがり、憤慨し、と、奔放に表情を変えながら、あらゆる手管を使って康夫を巻き込んでいく。

「萩原さんから逃れるために、私を奪って」というのがセツ子の論であり、「私をしっかりと抱きしめて！」が「ねぇ、逃げて！」となってしまうのだ。

そして康夫が呆れながらも、「じゃぁ逃げる。逃げればいいんだろ」と渋々同調するやいなや、セツ子の発する言葉が「私たち、『かけおち』ね！」なのだ。

さらに何の脈絡もなく「バンバン幸せになって、皆を見返してやりましょ！」と続くのは、思い込みが論理を超えてしまう、〝つかワールド〟ならではのなりゆきである。

「……じゃあ、かけおちしよう」と仕方なく応じる康夫は、「明日、朝一の新幹線でガーッとかけおちしよう！」と乗っかるのだが、すかさず「ダメよ、新幹線なんてカメよ！」と打ち消されてしまう。

この「カメよ！」には少し説明がいる。

実はその前の会話の中で、康夫に対してセツ子が「カメ！」と怒鳴りつける場面があるのだ。それはつかが〝口立て〟の中で、大竹に「コケ！」と台詞をつけたとき、彼女はそれが聞き取れなかったらしく、瞬時の反応で「カメ！」と言い放ってしまったからだ。稽古場にドッと笑いが起き、面白がったつかによって、すぐ採用となったのである。

そのためここでも、セツ子は「ダメよ」からの繋がりで「カメよ！」と吐き捨てることになる。それだけではない。「カメ？」と途惑う康夫に対し、セツ子はうっとりとした表情で、「ウサギよ」とつぶやき、「ウサギの引っ張った夜汽車よ。夜汽車に乗って、京都に行くのよ！」と決め付けてしまうのだ。

　これまた、〝口立て〟で台詞が生まれていくからこその、いかにも〝つか芝居〟らしい展開である。

　いや、こう書いただけでは、ただバカバカしく、くだらないと思われるだろう。しかし、つかに与えられた台詞のトーンとそのテンポで、大竹しのぶが縦横に演じてみせる姿を、観客として実際に目にすれば、何の疑問もなくそれを楽しんでしまうはずだ。それによって、セツ子に翻弄される康夫も、より浮かび上がるというわけだ。

　このあと二人は、タクシーで東京駅に向かい、大垣行きの夜行列車に飛び乗ることになるのだが、このあたりから、普通のテレビドラマを超えた演劇的タッチは絶頂となる。

　ここで大きかったのは、ディレクターの松岡孝治による演出である。映像ならではのシーン割りで、遊びに溢れる場面を次々に観せていくのだ。

　例えば、セツ子と康夫の乗るタクシーでは、ラジオから当時大人気だったＤＪ、小林克也の声が流れるのだが、それがまず伏線となっている。列車の中で二人が「かけおち」を打ち明ける見知らぬ乗客として、ヘッドフォンをつけ、マイクを持って突然登場する男が、その小林克也本人なのだ。

リハーサルでは、セツ子と康夫が出会う乗客は何でもない人物で、二人が『昭和枯れすすき』という演歌のデュエット曲をただ歌ってみせるだけだった。松岡はあえてそこに洋楽バリバリの小林克也を持ってきて、場面を膨らませたのである。

小林は英語交じりでセツ子たちとやり取りしたあと、二人が歌うことになる『昭和枯れすすき』を唐突に紹介するのだが、まず同じ年にヒットした洋楽を得意の口調で並べてみせ、その演歌のタイトルを二人から引っ張り出す。

まさしく『ベストヒットＵＳＡ』が、つかこうへいが舞台で観せる、彼流の観客サービスに重なる瞬間だったと思う。

松岡はさほど熱心につかの芝居を観て来たわけではないと言うが、よくぞそれをやってのけたと、四十年経って、僕はあらためて感心するのだ。

それだけではない。そこに至る芝居で、「歌う改札」を自称する車掌が車両に現れ、康夫を中心に乗客たちも巻き込み、これも演歌のヒット曲『帰ってこいよ』を熱唱するのだが、つかが作ったそんな場面に、松岡が起用したのは「東京ヴォードヴィルショー」の花王おさむだった。

さらに乗客役にも「ヴォードヴィル」の若手たち（のちに「ワハハ本舗」の座長となる佐藤正宏の顔もある）を呼び、まさに演劇臭プンプンのシーンとしたのだ。これもまた、つかがイメージするその場面の役割を、しっかり具現化したと言えるだろう。

そしてこの第三話のラストには、前述した、セツ子がある曲を歌うシーンがいよいよ登場する。

夜明け前、終点の大垣駅のホームに降り立った二人は、京都への乗り換え電車を待つことになる。セツ子の欲する温かい牛乳を買いに走り出した康夫を、セツ子は「やっちゃん」と呼び止め、拳銃を向けるマネをすると、「バーン！」と声を放つ。呻きながら腹を押さえて身体を折る康夫。一方の手をセツ子の方に伸ばしながら苦しむ。

ここで流れるのが『今日の日はさようなら』である。

セツ子はそれを切なく歌い上げる――と、書いたところで、やはりわけがわからないだろう。

つまりこんな遊びをいつも二人はしているということなのだが、ドラマ上でそんな説明は一切ない。ただ萩原と康夫、二人への思いに揺れる中で、セツ子にこみ上げてくる情感のようなものは、その歌と共に、なぜか観る者の

『かけおち '83』のセツ子（大竹しのぶ）と康夫（筆者）

心を摑んでしまうのだ。

セツ子は最後に拳銃を両手で持ち直す格好をしてみせ、とどめの銃弾を発射する。膝から崩れ落ち、こと切れる康夫。と次の瞬間、何事もなかったように立ち上がって駆け出す。ふと足を止め振り返り、一瞬不安げにセツ子を見つめる。が、すぐ笑顔になり、行ってしまう。

セツ子は涙をこらえるかのような表情で、じっと見送る。

その後、踵を返すと、ホームの公衆電話で、萩原へのダイヤルを回すのだ。

前項で僕は、ここがこのドラマの中でも出色の〝つかワールド〟溢れるシーンだと断言したが、わかってもらえただろうか。

結局それを説明する言葉を僕は持たない。これこそがつかこうへいの芝居で、観てもらえばわかるとしか、言いようがない。

さらに、このときの薄明かりに浮かび上がる駅のホームは、あたかも舞台美術のようなセットだ。映像的なリアルなものとはかけ離れていて、ある種、イメージの世界に近い。オールスタジオ収録を逆手に取った発想で、よりつかの狙いにマッチしたものとなったのだ。

今ならテレビでも映画でも、この場面を撮るならば、間違いなくどこか実際の駅のホームを使ってのロケーションとなるだろう。それをこんな形にし、違和感なく見せたのは、松岡の演出もあるが、何より、美術、撮影、照明などのＮＨＫ技術陣の力だったと思う。

まさに「つかこうへいの舞台を観ている感じ」を伝える象徴的なシーンである。

そしてこれこそ、つかの他の映像化作品との違いが明確に出ている部分と言っていいだろう。

と、その録画映像を確認しながら、またそう書いてしまう自分がいる。

やはり少し、ほめすぎだろうか……。

成功の理由

映像化されたつかこうへい作品の中で、とりわけ成功したものが『かけおち’83』である――との、この作品への独りよがりな思い入れをしつこく書いてきた。

何よりそれが、大竹しのぶを筆頭とするキャスティングの勝利だったということも繰り返したが、忘れてはならないのは、沖雅也演ずる萩原の運転手、松田として登場する平田満だろう。

このドラマの中で松田の出番はそう多くない。

セツ子と萩原の見合いの場の駐車場で康夫と知り合い、彼を自分と同じように、北条家に雇われている運転手と思い込んで連絡先を交換するという設定で、その後も絡むのは電話も含め、康夫とだけである。萩原のセツ子への切なる思いを伝えたり、セツ子に付き合っている男がいるらしいとの噂を確かめたりして、康夫を動揺させるのだ。

つか芝居の申し子とも言うべき存在であり、映画『蒲田行進曲』のヤス役で日本アカデミー賞最優秀主演男優賞に輝いたばかりの平田は、本来ならこの作品でも、大竹しのぶの相手役を務めるのにふさわしい立場だったろう。NHKもそれを望んでいたかもしれない。そんな平田がどこかコメディリリーフ的な役回りとして、物語の要所要所にチラリと登場してみせるだけなのだから、今思えばかなり贅沢なキャスティングで、そんなところもまた、このドラマの成功に繋がったのだと僕は思う。

そしてもうひとつ、大きな要素がある。それはNHKサイド、つまりプロデューサーの村上慧、ディレクターの松岡孝治が、臆することなくつかこうへいのドラマ作りに注文を出したことだ。これは僕の知る限り、つかが携わったいくつかの映像作品の中では、極めて珍しいケースだったはずだ。

実際、それまでもそしてこの後も、たいていの作品で、プロデューサーや監督、演出家などが、つかの思いつくままの芝居作りに圧倒され（彼がリハーサルを手がけた場合はとくに）、そこから生まれる脚本を無条件に受け入れてしまうばかりで、自らの意見をぶつけるようなことは、ほぼなかったのではないか。

でなければ逆に、監督などがつかからの作品への働きかけをうとましく思い、自分たちなりに脚本を変更し、つかこうへいの描こうとする世界とはズレが生じてしまった映画などもあった。

どちらにせよ不幸なことで、つかの映像化作品の多くが、僕などには今ひとつ納得できないものになってしまったのは、そんなところに理由のひとつがあるような気がする。『かけおち’83』ではリハーサルを経る中で、撮影段階の「決定稿」に至るまで、改訂された台本が何稿か新しく印刷された。松岡によると、この手のテレビドラマでは異例のことだったという。

もちろんそれは、つかが〝口立て〟稽古によって、脚本に様々な形で手を加えていくからだったが、そんなつかの進めるドラマの展開を、村上や松岡たちがやすやすと納得せず、途中途中で幾度か変更を求めたためでもあった。

そしてそんな彼らからの要求があると、つかはいらだちを見せることもなくじっと考え、ほとんど受け入れてみせた。それはちょうど、映画『蒲田行進曲』の初稿に対し、監督の深作欣二から要望や提案をこまかく書き連ねた手紙が届いたとき、すべてそのままに脚本を書き直したのとよく似ていた。

いかにも傲慢で、他人の意見を聞く耳など持たないように思われがちのつかだが、相手の力量を認め、自分にはないものがあると判断したときの対応は、驚くほど素直でいさぎよい。そしてそうなったとき、さらなる力を発揮するのがつかこうへいだった。

『かけおち’83』のリハーサルに時折、休暇日が入ったのは、村上や松岡からの要望に応えるため、つかがしばしば時間を必要としたからだ。

僕はまったく覚えていないのだが、松岡の記憶では、彼らからつかへの何らかの注文が生じたとき、いわゆるメッセンジャー役を僕が務めたという。

「長谷川がいてくれたおかげで、ほんと助かった。つかさんの神経を逆撫ですることなく、僕らの思いをうまく伝えてくれたからね。その上で稽古が再開すると、〝口立て〟の中で、こちらの意に沿うように、長谷川自身が台詞を足してくれたりもしたし」

　僕にとっては特別そんな意識などなかったはずだ。我々劇団での〝口立て〟稽古ではあたりまえの形が、それを知らない松岡らにはそう見えたのかもしれない。

「とくにドラマのラストは、つかさんの当初の脚本《ホン》がどうしても納得いかなくて、どうなるものかと、村上さんと二人でかなり心配したんだけど、結果、こちらの期待以上のものになったからね」

　確かにドラマの最終章、結末について、彼らはなかなか首を縦に振らなかった。リハーサルは最後に来て中断し、数日の休みが取られた。その間、つかは脚本を練り直すことになる。

　そして物語の決着としてひっぱり出して来たのが、『かけおち』の載る短編集『いつも心に太陽を』の中の一篇、『断絶』だった。つかが小説として初めて書き下ろし、一九七六年の「野性時代」三月号に発表された作品である。

　不倫関係にある男女がガス心中を決行しようとして巻き起こるドタバタを描いたものだが、設定をそのまま、セツ子と康夫の旅館の部屋に合体させたのだ。

　セツ子の萩原への想いをいよいよ実感させられた康夫は、自ら身を引くことを決め、彼女を萩原に迎えに来てもらうよう運転手の松田に電話し、その決意表明としてガス栓をひねってみせるのである。「来てくれないと、セツ子死ぬよ！」と。
この展開の突拍子のなさもまた、いかにもつかこうへいらしい。

そして、そんな結末に至るまでの『かけおち'83』第五話は、まさしく「生の舞台を観ている感じ」が、ストレートな意味で凝縮された回となった。

エピローグとしての、セツ子が出産直後の病院場面を除けば、なんと一話二十分のほぼすべてが、旅館の一室でのワンシーンなのだ。出ずっぱりの大竹しのぶのもとに、僕や板前を演じる酒井敏也が出入りすることで物語が進む流れは、「舞台」そのものと言っていい。

何よりそれを決定づけるのが、ここでの画面の構図である。

当時のスタジオドラマというのは、セットが芝居の場を取り囲む三方、つまり画面上の正面と両サイドしか組まれていないのが普通だった。従ってすべてのカットは、そのセットのない面から数台のカメラで、「寄り」「引き」のサイズやアングルを変えて撮影されるのだ。

それはまさに、客席から舞台を観る感覚に重なる。第三話での、セツ子によってかけおちの決行が強要される北条家の部屋の場面が、ちょうど同じような形だった。しかしせいぜい五分ほどのシーンに過ぎない。この第五話に至ってはまったくシーン変わりすることなく、全編それが続くのだ。その〝観劇感〟はなおさらだったろう。

舞台というのは、必ず観客の一定の視点の中に、人なり物なりが「来る」ことで話が展開していく。逆に言えば映像作品の場合は、シーンを割ることによって「行く」ことが可能であり、その視点自体を変化させることもできるのだ。

だがここでは一切それがなく、セツ子の待つ旅館の一室だけでドラマは進行していく。おまけにそれを撮るカメラは、スタジオドラマでの制約を逆手に取るかのように、あたかも舞台中継を思わせる、客席からの視点である。しかも繰り広げられるのは、いかにもつかこうへいらしい、小劇場での芝居と言っていい。

村上や松岡たちの要求につかが応え、そこからひねり出したつかの「狙い」を、それぞれが共有できたからこそ生まれた、『かけおち’83』の最終話だった。

収録自体もどこかそれを意識するかのように、ワンシーンすべてカットがかかることのない、舞台の本番さながらの一発撮りだったはずだ。

中でも象徴的なのは、物語の決着へと繋がる、劇中五分に及ぶ大竹しのぶによる一人語りである。

荒れ放題の部屋に残されたセツ子は、敷きっぱなしの布団の上で、「家は欲しい……愛は欲しい……私もいい加減な女だよね」とつぶやき、萩原と出会ってからの思い出を語り始める。といっても、萩原の不器用さ武骨さ、要領の悪さをマネし、それをつか流の皮肉の利いた言い回しでバカにするのだ。

「……『セツ子さん、お料理なされますか』『ええ一応は』……見れ見れこの口（つかはここで『見ろ』ではなく、あえて『見れ』と言わせる）、女の口からはウソしか出ねえってことが、あいつにはわかんねぇんだよ。『萩原さん、背が高いですね』って言ったとたん、背伸びしてやがんの。バーカ、高すぎるって言ったんだよ！」

そしてこのときのセツ子の目からは、大粒の涙があふれ、ポロポロとこぼれ落ちていく。その辛辣な言葉とは裏腹に、いや、それまでのセツ子には決して似合わないすれっからしを装った口調だからこそ、萩原への愛が切なく伝わるという仕掛けである。これぞまさに、『ストリッパー物語』の明美、『蒲田行進曲』の小夏、『寝盗られ宗介』の座長の女房などと重なる、つかこうへいお得意のヒロイン描写だ。

ふつう映像作品では、登場人物のそれを聞く相手がいない単なるモノローグは、なかなか難しいものがある。心の声をあえて発してみせることが、いかにも説明的で、画面越しの観客にはウソ臭く思えてしまうのである。

だがここでのセツ子の台詞は、「生の舞台を観ている感じ」ゆえに、つかがその芝居で多用する客席に向けての長い語りかけとして、違和感なく成立している。

台詞の中、大竹が布団の上に座り、立ち上がり、絶叫するに至っても、観客は受け入れることが出来るのだ。

おまけにこの長台詞で、カメラは一台だけのアップによって大竹しのぶを撮り、五分間ワンカットで追い続ける。途中、一瞬フォーカス（ピント）が甘くなったりするのだが、ディレクターの松岡はカットをかけなかった。あえてその「ライブ感」のようなものを大事にしたのである。

僕を呼び出したあの日、「ちょっとＮＨＫらしくない、変わったドラマがやりたいんだ」と語った松岡の思いは、確実に形になったわけだ。

つかの結婚と『かけおち’83』

一九七〇年代から八〇年代にかけ、ほぼ十年と少し、僕は若きつかこうへいの舞台や映像作品、また小説やエッセイなど活字の仕事を間近で見てきたが、それぞれの場面での好不調は、やはりあった。

というより、つかの場合はその作品に向かう「ノリ」や「テンション」のようなものが、かなりわかりやすく結果に出てしまうのだ。小説などでは、途中嫌気がさし、ほっぽり出してしまうことも少なくなかった。（たいてい何年か後には形になるのだが――）

そんな意味で、『かけおち’83』というドラマに臨んだときのつかの調子は、たぶん飛び抜けてよく、何よりそれが作品の出来に繋がったのだと、僕は今になって思う。

そして時期を考えると、つかのこのドラマに対する「やる気」のベースに、生駒直子との結婚があったような気がしてならない。まぁ、勝手な思い込みと笑われるかもしれないが……。

つかこうへいと生駒直子の結婚式は、一九八三年の四月二十四日、つかの誕生日に行われた。僕の記憶は少々曖昧だったので、直子本人に確認している。

昼過ぎにカトリック神田教会で挙式し、そこから芝の東京プリンスホテルに場所を移して、夜が披露宴だったと思う。

東プリ最大の宴会場に数百人の参列者が集う大パーティーだったが、そんな一日限りのイベントにかけるつかの意気込みは、並々ならぬものがあった。そう言い切れるのは、そこでの司会を僕が務めたからだ。

役目を言い渡されたのはごく早い時期で、準備を進めるつかとの打ち合わせは長い期間に及んだ。

開会の挨拶に始まり、司会者としての自己紹介、以下、会を進行する台詞などが、すべてつかから〝口立て〟で伝えられ、そこに僕がさらに細かく言葉を足していくという連日の準備作業は、あたかも芝居の稽古場そのままだった。違うのは、他に誰もいない一対一の関係で行われたことだ。

結局、大判の用紙に印刷された進行台本は、プログラムの項目や紹介する人物が列記される中、司会の台詞が一言一句まで書き込まれた、二十数ページもの分厚い束となった。

媒酌人は当時角川書店の専務、角川歴彦氏夫妻だったが、その他、主賓や祝辞を貰う方々の人選に、つかはかなり頭を悩ませた。当然、数は限られているし、その順列にも意味がある。依頼するギリギリまで、文字通り葛藤が続いた。

つかこうへいという人の、ある意味したたかと言っていい、他者との関係性を慮った律儀すぎる気遣いに、僕はこのとき、改めて感心させられたものだった。

そしてその顔ぶれが何とか決まると、つかは各人を紹介する言葉を自らで細かく作っていった。そこにはどれも、つかの芝居台詞を思わせるフレーズが散りばめられ、その人物をしっかり持ち上げながらも、必ずどこかチャカし、参列者の笑いを呼ぶように企まれていた。

とにかく集まった客すべてを喜ばせ、足を運んだことを後悔させない——そんな意気込みは、まさに芝居の公演と同じだった。

僕は何度も自主稽古を繰り返した上で、初日にして千穐楽を迎え、かなり緊張しながら、呆れるほど高い壇上に据えられたマイクの前に立った。『蒲田行進曲』のフィナーレのために仕立てた黒のタキシードが当日の衣裳（？）だった。

インカムを付けてフロアを飛び回り、進行に目を光らせるのは、つか劇団の重鎮とも言うべき舞台美術家の石井強司《つよし》だったし、照明や音響のブースに陣取り、きっかけを待つのは服部基《はっとりもとい》や山本能久《よしひさ》などの常連スタッフたち、そして男優たちは皆、僕と同じタキシード姿でフロアに散り、出番（？）に備えていた。

彼らが待っているのは、花嫁である直子のお色直し登場のとき、その手を取ってエスコートする役目だった。ひとりひとりバトンタッチして受け渡しながら、会場内を巡って

1　招待客入場

１８：００

本日はようこそいらっしゃいました。ただ今より、つかこうへい、生駒直子結婚披露パーティーを始めさせていただきます。

私、役にはなかなかめぐまれませんが、結婚式となるとなぜか重宝がられる長谷川康夫でございます。

よほどおめでたく見えるのか、本日も司会をやらせていただきます。が、かなり芝居はできます。まあ一見軽そうな感じで、大事なところもまかせきれないのではないかと思いますが。

このような結婚式や打ち上げで、司会などばかりやっていても、人間なんの自慢にもならないとは思いますが、これも修業のうちと思い、頑張りたいと思います。

では、いよいよ新郎新婦の入場でございますが、新郎、今日だけは地味にさりげなくやりたいと強く申しておりましたが、人間、そう性格というのは変わるものではございません。期待にたがわず、もう、やらかしております。さっそく入場のためのお色直しに入っております。その間を利用いたしまして、本日のオープニングナンバーは、本年度紀伊国屋演劇賞受賞、舞台ひとすじ、テレビはいかん、七色のボイス、信念の男、加藤健一の『マイウェイ』でお楽しみ下さい。

ただ今、新婦のお色直しができましたようで、これより装いも新たに入場してまいります。皆様、手拍子でお迎え下さい。

まず最初のエスコート役は、

石丸謙二郎。顔をしっかりきめております。

そして新婦の手は

田中邦衛に渡されます。俳優座公演、ヒモのはなしで新婦とは親子役を演じました。

平田満。昨年度、映画賞を総なめにいたしました、賞男。

そして新婦の手は

沖雅也。昨年のつか版忠臣蔵ではアクシデントのため、出演を断念いたしましたが、今年はＴＢＳテレビ「蒲田行進曲」での銀ちゃん役がきまっております。

高野し郎。俳優業とともに今年は、新劇誌などにおいて評論活動にも手をそめております。

萩原流行。この男のおかげでつか事務所の女性客の数が２割アップしたと言われております。

加藤健一。何も言うことはありません。

風間杜夫。今、この男の記事が載らなければ、日本の週刊誌の売り上げが１０万部違うと言われております。

三浦洋一。熱海殺人事件の木村伝兵衛をはじめ、数々の名舞台を残しております。

つかの〝口立て〟をもとに筆者が作成した結婚式台本。開会の挨拶（左）と、お色直し登場時のエスコート役を紹介する場面（右）

新婦をお披露目し、待ち受ける新郎のもとに送り届けるのだ。

　根岸季衣と大津あきらの披露宴のときに始まったこの形は、我々の劇団員の結婚式では定番となっており、僕の進言で、つかもそれを呑んだのである。

　当日は開宴前に皆で集まり、直子とペアを組む順番や、場内を歩くそれぞれのコースを決めるためのリハーサルまで行った。久しぶりに姿を見せた三浦洋一も劇団の一員という形で参加し、苦笑しながら、段取りを指示する僕に従った。僕自身もその場面には司会席から降り、エスコート役に加わることになっていた。

　こうして、つかこうへい「構成演出」による自身の披露宴は、その思惑どおり大盛況に終わり、観客たち（？）も皆、充分満足するものとなった。


　ここで僕の勝手な思い込みを続けさせてもらうならば、これほど派手で大掛かりな、それも私的なことでの催しなど、本来つかこうへいの美学に反するはずだ。

　なのにあえてそれをやってのけたのもまた、つからしいどこか頑なな気遣いからだったのではないか。つまりそれは生駒家へ向けてのものだ。

　まだ二十歳そこそこの一人娘を、十五も齢の離れた自分が奪うように妻にすることへの、その両親に対する、つかこうへい流の言葉を使えば「落し前」であるように、僕には思えてならないのだ。だからこそ、新しい舞台作品を世に送り出すときに等しい、あの「テンション」だったのだと――。

そしてこの結婚の時期と重なったことが、『かけおち’83』にとっても幸いしたというのが、僕の結論だ。それはつかの精神的高揚という意味だけではない。

思い出してもらいたい。

原作となった短編小説『かけおち』は、平凡な男女がその結婚を劇的なもの、つまり大きな障害を乗り越えた形にするため、わざわざ「かけおち」を決行するが、誰からも相手にされないという、つか流の悲喜劇だ。旅館の一室だけが舞台であり、二人の生い立ちや現在の立場、それぞれの家庭環境などには一切触れることがない。

それをドラマ脚本とするとき、つかはヒロインを生駒家ならぬ北条家の一人娘とし、そんな彼女が背負う「結婚」という逃れられない儀式を、最大のテーマとしたのだ。従ってその両親たちの姿も、物語のひとつの軸として描かれる。

この脚本の執筆と結婚式を準備していた時期は、ほぼ同じである。ドラマのリハーサルも、式を終え、つかがハワイでの長い新婚旅行から帰って来てすぐだったと思う。『かけおち’83』という作品に、生駒直子との結婚がいかなる影響を与えたか、少しはわかってもらえるはずだ。

つかはその後、東京都北区滝野川の直子の実家を改築し、生駒家に同居することになる。「つかこうへい事務所」もその一角に置き、僕もしばしば通った。

そんな形を選んだつかを、『かけおち’83』の康夫とどこか重ねてしまうのは、やはり僕の思い込みが過ぎるだろうか。

唯一の違和感

さて、つかこうへいによるＮＨＫのドラマ、『かけおち’83』に関する話を終えるにあたって、この作品への不満をひとつだけ書いておきたい。

僕がどうしても引っかかるのは、オープニングのタイトルバックとなる、大竹しのぶのダンスなのだ。

いや、それ自体に何か問題があるわけではない。

ここで大竹は『スタンドバイミー』という洋楽に合わせ、スーツ姿の男性二人を従えて踊る。振付を任されたのは萩原流行だった。当初から稽古に呼ばれて沖の代役を務めながら、ドラマの中では康夫の弟としてワンシーン登場するだけの彼に、つかはその役目を与えることで、ここでもまた「落し前」をつけたのである。

もちろんこのタイトルバックもすべてつかのアイデアで、このとき大竹に着せたのは黒いレオタードだった。

つまりそれは『つか版・忠臣蔵』での、松坂慶子によるオープニングシーンと完全に被るのだ。わずかに違うのは、大竹のレオタードがミニスカートボディコン風であるのと、松坂の場合はそのときバックで踊った石丸謙二郎と萩原流行がほぼ映らないことだけだ。

そもそも彼ら二人を従えてのダンスシーン自体が、『蒲田行進曲』の舞台での根岸季衣による場面の焼き直しだし、さらに言えば、その始まりは『ストリッパー物語』＝『ヒモのはなし』で根岸が男と絡む（相手役は公演ごとに替わったが）ダンスだった。

つかはこの形がよほど気に入っているらしく、こうして何度も同じパターンを使ってみせた。

しかし別々のドラマのオープニングに、わずか半年の間隔でそっくりのシーンが繰り返されるなど、やはりルール違反だろう。ＮＨＫサイドはたぶん『つか版・忠臣蔵』のことに気づいていなかったのではないか。とにかくつかの方はまるで無頓着だった。

つかこうへいにはそういうところがある。いったん何かで評判を得ると、ためらうことなく平気で多用するのだ。

ひとつ例を挙げるなら、つかの結婚披露宴での僕らの衣装ではないが、男たちのタキシードだろう。

前述したように、『蒲田行進曲』のカーテンコールでは、それまでの「四畳半芝居」をすべて稽古着で押し通した小夏役の根岸季衣が、純白の燕尾服姿で現れるのだが、それを迎えるのは、全員、これも打って変わった黒いタキシードに身を包んだ、芝居の登場人物たちなのだ。

その瞬間の悲鳴すら漏れるほどの客席の高揚は、今でもはっきり思い出すことが出来る。

そんな場面を思いつき、すぐさま全員にタキシードを新調させたつかに、僕らは心底、敬服したものだ。

だからこそ後期、つかが何かというと黒のタキシードの男たちを登場させて、舞台のアクセントとし、それがいかにもつか芝居の象徴であるかのように思われていることに、僕にはどうしても受け入れがたいものがあった。

おまけに今でも、つか作品となると、宣伝用のチラシなどで出演者たちがタキシード姿を見せることが定番になっているようで、正直、それにはかなり引っかかっている。

そもそもつかが役者に黒いタキシードを着せたのは、『熱海殺人事件』での三浦洋一が最初だった。それはそのときまだ二十一歳だった三浦に、部長刑事・木村伝兵衛を託すためであり、髪をオールバックにさせたのも、クリストファー・リーのドラキュラ伯爵をイメージさせるかのようなスタイルを狙ったからである。

タキシードには大きな意味があったのだ。

だから木村伝兵衛役が風間杜夫にチェンジしたときも、その衣装はタキシードなどではなく、濃紺の別珍のスーツに蝶ネクタイというものだった。

『蒲田行進曲』のエンディングも含めて、それほど大事だったはずのアイテムを、軽々しく使っては欲しくなかったと、ずっと思い続けている僕は、『かけおち’83』と『つか版・忠臣蔵』のオープニングに関しても、どこか同じようなものを感じてしまうのだ。

タキシード、レオタード問題は、この程度にして、『かけおち’83』に話を戻そう。

物語の終焉は、前述したとおり、セツ子の萩原に向けた長いモノローグを聞いてしまった康夫が、自ら身を引く決意をすることで始まる。

萩原がセツ子にぶつけた「好きな女一人、ものにできないで、いったいなんだったんだ！」や「僕はあなたを奪ってみせますから！」という言葉を、康夫は懸命にマネしてみせると、「……オレ、こういうこと言ってやれなかったもんな」と心から詫び、萩原にセツ子を迎えに来てもらうよう、運転手の松田に電話する中で、ガス栓をひねる。

ところがセツ子の方は、そんないかにも康夫らしいフラついた優しさを見せられたとき、ようやく心の揺れに終止符を打つのだ。

彼女はこの最終話の幕開きでビールを飲むときに使った栓抜きを、視力検査よろしく片目に当てると、その先に見える文字を読み上げるかのように、声を発する。

「こ・の・お・と・こ・で・す・ま・す」（この男で済ます）

そしてその回が始まってから初めて、敷きっ放しの布団から離れ立ち上がると、「イエーイ！」と親指を立て、カメラに向けポーズをとってみせる。

つまり客席、いや画面越しの視聴者へのそんな宣言によって、ドラマを締めくくるのである。そしてここからはすべてエピローグと言っていい。

セツ子は、充満するガスで意識が朦朧とした康夫に向かい、「なあにこれぐらいのガスで。深呼吸しなさい、深呼吸。私なんかこれ全部吸って、東京帰ったら吐き出して、シチューの一人分や二人分作るわよ」と、老舗レストランの跡取り娘としての覚悟を伝え、

「萩原さん、迎えに来るんじゃないのか」と息も絶え絶えに訊ねる康夫に、「忘れたわ！　過去の男は」と言い放つのだ。

　こうして文字にすると、やはりまた、ただバカバカしいだけのやりとりに思えるかもしれない。だが現実にセツ子の台詞として聞けば、胸が熱くなりさえする切ないシーンとなるから不思議だ。これこそがつかこうへいの芝居であると、また繰り返しておく。

　ドラマの最終シーンは、セツ子の出産直後の病院だが、その場面がここに置かれることで、子供は京都の旅館で授かったらしいことが暗示されている。そして娘を抱いたセツ子と、康夫の加わった北条家全員のお宮参り写真が、エンドマーク代わりとなる。この子の将来に再び繰り返されるだろうドラマを予言し、物語は幕を降ろすのだ。

『かけおち'83』は七月のオンエア後、芸術祭に出品されることになり、九十分一話に短縮され、秋には土曜のゴールデンタイムで放映された。

　連続ドラマでは二十分五話だったから、トータルで十分は短くなったが、各話のオープニングやエンディングはダブっているから、さほどの短縮ではなかったように思う。

　つかはドラマの収録が終わるなり、すぐさまこの作品の小説化に取り組んだ。タイトルを『青春かけおち篇』として「野性時代」七月号に掲載され、間を置かずに単行本にもなった。

　その執筆は、当然僕も手伝ったはずだが、まるで記憶から抜け落ちている。どうやら

『かけおち’83』のリハーサルから収録へと続いた興奮から、醒めきれずにいたからかもしれない。

つかは翌年、ＮＨＫで村上慧のプロデュースのもと、再び大竹しのぶと組み、自作の舞台『寝盗られ宗介』を『嫁ぐ日’84』としてドラマ化している。

しかしやはり物語の「サイズ感」が、登場人物たちを舞台の何倍にも増やしたことも含め、テレビドラマにはそぐわなかったような気がする。

また『かけおち’83』は、八七年に『青春かけおち篇』として映画化された。ヒロインはもちろん大竹しのぶだったが、康夫の実家や彼のトラウマなどが描かれたり、最後のガス放出のシーンでは、登場人物たち総出演の大ドタバタとなり、ついには爆発して、全員入院するという結末まで迎える。こうなるとやはり映画を意識して拡げすぎた世界が、観客の途惑いを生んでしまったように思えてならない。

映画での「康夫」は風間杜夫が演じた。当然ながら、役者としての力量も魅力も僕なんかとは比べものにならず、まさに心惹かれる演技だった。

ただ、これはあくまで客観的な感想として書くのだが、当時人気絶頂だった風間の見映えやその存在感ゆえに、セツ子の中での、萩原（映画では早乙女という名になっている）と出会ってからのどうしようもない心の揺れが、どうにも見えづらくなってくるのだ。

早乙女役の俳優と風間との比較となると、誰が見てもセツ子が選ぶのは「康夫」の方だろうと思えてしまうのである。

つまり万人が認める二枚目スター沖雅也と僕を並べたとき、無条件に伝わり、説明の必要なく物語を進めることの出来たファクターが消えているため、セツ子の最終的な決着に、つかが狙ったどこか奇妙なカタルシスが生まれてこないのだ。

風間から「何を偉そうに」と罵倒されるのを覚悟で、あえてそのことは書いておきたい。俳優としての僕と風間を比較してどうこう言うつもりはさらさらない。現在、映像の仕事に若干携わる者としての、あくまで個人的な感想だと繰り返しておく。

四十年ほど前に、たかだか五夜放映されただけのドラマのことを、長々と書いてしまった。拙著『つかこうへい正伝　１９６８－１９８２』でも、つかのひとつの仕事をこれほど細かく説明したものはなかったはずだ。

もちろん僕自身が深く関わった作品だということもある。ただ、映画としてリメイクされたために、オリジナルのドラマの方がどこか忘れられてしまっていることが大きいかもしれない。まだ記憶のあるうちに記録として残しておきたいと、書き進めるうち、どんどん増えていってしまったのだ。

今、この『かけおち'83』を連続ドラマとして完全な形で観ることが出来る人間は、まずいないだろう。

一瞬一瞬で消えてしまい、その場にいた人間の記憶の中だけに残っているからこそ、舞台というものの価値がある――そんな意味で、これもまたこの作品の「生の舞台を観ている感じ」に繋がるということかもしれない。

あの日、つかの〝口立て〟のもと長いリハーサルを共にし、『かけおち'83』というドラマを作り上げたメインの出演者たちも、すでにその半数以上がこの世を去り、今も俳優として仕事を続けているのは、大竹しのぶ、平田満、酒井敏也の三人だけだ。

時間を戻すことは出来ないが、まだ大女優でも大御所でもなく、ただただスーパーだったあの頃の大竹しのぶには、正直、もう一度会ってみたい気がする。

第4章

新たな時代へ

「風間杜夫ファースト・コンサート」（長谷川康夫演出）での風間杜夫

事件

この項もまた一九八三年の話になる。

沖雅也の「事件」である。

実はこれを取り上げるかどうか、かなり迷った。

当時なら何ごともなく使えた〝表現〟が、今ではかなり難しい部分もあるし、僕なりの考えが、果たしてつかの思いを正しく伝えるものになるか、どこか自信がないからだ。

しかしながら、ほぼ半年少々に過ぎなかった、沖雅也、そして日景忠男との付き合いと、何よりその結末が、つかの人生の中で重い一ページとなったことだけは間違いない。

それがわかるのは、この件に関して、つかが何かを語ったという記憶が僕には全くないからだ。

普通なら自分の身の回りに起きたどんなことでも、逆説的な揶揄や皮肉で辛辣に笑い飛ばしてみせる（それが憚られるような場合なら、なおさら）のが、つかこうへいである。なのに、その事件によって今までにない形で「つかこうへい」の名がマスコミを賑わせたときも、そしてそのあとも、つかが僕らの前で、沖雅也に関して口にすることは決してなかった。

つまりそれが、つかにどれほど衝撃を与え、心揺るがす出来事であったか……。この時代のつかを語るなら、やはり避けて通るわけにはいかないだろう。

一九八三年六月二十八日。早朝の電話は劇団仲間の女優、岡本麗からだった。

「沖さんが自殺した」

すぐには言葉が出なかった。

新宿京王プラザホテル四十七階のバルコニーから沖雅也が飛び降りたと、岡本は慌ただしく情報だけを伝え、電話を切った。僕は彼女に言われるがままに、あわててテレビをつけた。各局のワイドショーがいっせいにそのニュースを伝えていたように思う。

なぜ電話の主が岡本だったのか。それは彼女が僕らかつての劇団仲間と共に、沖と日景氏が暮らす南青山のマンションを何度か訪ねたことがあり、とりわけ楽しい記憶として残っていたからだったろう。

他のメンバーも同じだったはずで、電話は次々とかかって来た。

きっかけは、西麻布の有名中華料理店での会食だった。

それが『つか版・忠臣蔵』での突然の降板騒ぎを詫びるためだったか、テレビ版『蒲田行進曲』と『かけおち’83』という、二作続けてのつか作品への出演の礼だったか、時期ははっきり憶えていない。とにかく日景氏がそのどちらかの名目で、つかと共に我々劇団の面々を招待してくれたのである。

そしてその日、沖を含めた十人ほどの豪勢な食事会が終わるなり、皆でそのまま沖と日景氏の暮らすマンションに押しかけることになった。例によって、つかの強引な提案によるものだ。

　店から歩いて行ける距離にある高級マンションを訪ねた僕らは、日景氏の趣味なのだろう、家具も置物もすべて黒と金で統一された広いリビングに目を見張り、巨大なダブルベッドが置かれた寝室や様々な化粧瓶が並ぶ浴室まで、その色調が行きわたっていることに感心する。「偵察して来い！」とのつかのひと言で、嬉しそうに案内する日景氏に連れられ、見て回ったのだ。

　そしてそんなインテリア以上に、僕らは沖雅也のはしゃぎ振りに驚かされることになる。我々を迎え入れた彼は、それまで見せたことのないテンションと明るさで、酒を酌み交わしながらの皆の会話を引っ張った。

　このとき僕は、沖と誕生日が同じで、ちょうど彼の一歳下になることを知る。それが沖には嬉しかったようで、わざわざ隣に来て、皆に向かってガッチリ肩を組んでみせた。

　石丸謙二郎とは同じ大分の出身ということで、酔った二人は楽しげに方言でやり取りし、しまいには競い合うように音をたてて屁をするというワザまで披露した。笑いの中での沖の暴走は留《とど》まるところを知らなかった。

　同じマンションの別フロアに、当時一世を風靡した二人組の女性アイドル歌手（その頃すでに解散していたが）の片割れが住んでいるという話題になり、またしても「ちょっと呼んで来い！」というつかの呆れたひと言で、石丸と二人、すぐに連れ立って出ていき、しばらくして「ピンポンしたけどいなかった」と残念そうに戻って来たとき、盛り上がりは最高潮に達した。

僕には、沖が石丸と消えたあとの日景氏の言葉が忘れられない。

「あんなに楽しそうな沖は見たことないわ」

笑顔でしみじみそう言ったのだ。

これはあくまでも僕の想像にすぎないが、沖にとって心底「仲間」と思えるような存在は、一人東京に出てきて以来、ほぼなかったのではないか。このときの彼は僕らを、一緒につかこうへいのもとに集まった「仲間」と受け止め、その中にいる喜びから、そんな無防備な振る舞いをみせたような気がしてならない。

日景家のマンションでの同じような集いは何度かあり、退散する時の決まりのパターンは、「長谷川、おまえ泊まってけ！」とのつかのかけ声で、僕だけが玄関内に取り残され、開けようとするドアを外から皆が押さえつけるというものだった。

慌てる僕の背中で見送りに立つ、沖と日景氏の何の屈託もない楽しげな笑いは、今でも懐かしく思い出される。

もしかしたら、あの部屋で沖雅也が僕らに見せた姿は、当時は躁鬱病と呼ばれた彼の病、今で言う双極性障害による、ひとつの状態のなせる業だったかもしれない。

しかしたとえある部分それがあったとしても、やはり彼が本来持っているどこか少年のような純な明るさや剽軽《ひょうきん》さを、とことん心を許した「仲間」に対し、何も構えることなくさらけ出したものだったと、僕は信じたい。

つかこうへいと沖雅也の出会いがテレビ東京の『つか版・忠臣蔵』であることは、すでに書いたとおりだ。

沖にとってそれは、精神的な不調によってしばらく休んでいた俳優業の復帰第一作となるはずだった。

リハーサル室に現れた沖を、つかが一目で気に入ったのは、すぐにわかった。

これはなかなか知られていないが、つかこうへいという人は演技云々にかかわらず、長身で見栄えのいい、いわゆるスター然とした「二枚目」というやつを無条件で認めるところがある。自分の子飼いの役者たちにはいなかったそんなタイプが、別の意味で好みなのだ。

その系譜が僕の中では登場順に、西岡徳馬、沖雅也、阿部寛ということになるだろうか。

それゆえに沖の『つか版・忠臣蔵』への出演を素直に喜んだつかだったが、リハーサルを重ねる中でその目は、沖に付き添う所属事務所社長の日景忠男氏へと向けられていく。

彼のセクシャリティによって醸し出される際立った存在感が、つかの興味を引きつけ、離さなくしたのである。

つかこうへいの作品の中で、いわゆる「ホモ」や「オカマ」の悲哀といったドラマが、何らかの形で描かれることは少なくない。

初めてそれが登場するのは、一九七七年十一月に「三浦洋一ひとり会」として上演された『女形《おやま》』という芝居だろう。

主人公の父を、かつて同性の愛人を殺した過去を持つドサ回りの旅役者とし、そんな哀しい「オカマ」を牟田《むた》悌三《ていぞう》が演じたこの芝居で、つかが創作したのが、「剃刀契《かみそりちぎ》り」というものだ。

それは男同士の同性愛者が、互いに剃刀を交換することで永遠の愛を誓い合う儀式であり、もし一方に不義や裏切りがあった場合、もう一方はその剃刀で相手の喉笛をかき切るとの意味が込められている。

この設定をつかはえらく気に入ったようで、『女形』の上演直後に戯曲として発表した『つか版・忠臣蔵』の中でも、物語の重要な要素としてすぐに使っている。

なんと松の廊下における刃傷沙汰は、吉良上野介と浅野内匠頭との「男色関係」がすべての発端であり、二人が交わした「剃刀契り」により生じたものなのだ。

つまり内匠頭に弄ばれたと知った上野介が、約束の剃刀で誓いを果たそうとしたことで、逆に内匠頭が刀を抜いてしまうのである。

しかしこの戯曲をもとにした八二年発表の小説やそのドラマ化では、その設定はきれいになくなる。ただし「男色関係」の要素は、登場する二人の幕臣、柳沢吉保と多門伝八郎の間にしっかり残っており、伝八郎の歪んだ一方的な愛が、ひたすら逃げようとする吉保を追い詰め、それが赤穂浪士の討ち入り劇を生む遠因であるという、物語の仕掛けとなっているのだ。

さらに時間を戻せば、一九七八年六月に「西武劇場」で上演された『サロメ』での脚本作りに苦労したつかは、ここでもその「男色」のドラマを劇中に仕込む。サロメの義父ヘロデ王と、彼が首を刎《は》ねる預言者ヨカナーンの間に、ホモセクシャルな関係を匂わせ、そこには最終的にキリストまでが絡んでくるという筋書きで、『つか版・サロメ』を作り上げようとしたのだ。ただそれは結果として成功したとは言い難い。

そしてその芝居の直後、つかが書き始めるのが、翌七九年の「野性時代」三月号に掲載され、のちに直木賞候補（『かけおち』『ヒモのはなし』を含む）ともなる短編小説『ロマンス』である。

和歌山国体を舞台に、高校男子水泳１５００メートル自由形のライバル同士の淡い恋愛関係を描いたこの小説は、ここからつかの作品歴の中で、極めて重要な役割を果たすことになる。

これを土台にした舞台が、ちょうど小説発表と時期を同じくして、「西武劇場」において『いつも心に太陽を』のタイトルで世に出るのだ。

風間杜夫と平田満という、つか芝居の二枚看板を主人公とするこの舞台は、小説の後日談として、大学以降の二人の同棲生活とその別れが描かれたもので、両人の掛け合いによって繰り広げられる男同士の純なラブストーリーは、爆発的な動員を呼び、一九八〇年に行われたつか芝居の人気投票では『熱海殺人事件』や『ストリッパー物語』など数々の作品を抑え、ダントツの一位となっている。

そしてこの芝居の中にも、またもや「剃刀契り」が登場する。風間の恩師で今はゲイバーのママと化した石丸謙二郎によって、『女形』での父親の語りがそのまま繰り返されるのである。

『いつも心に太陽を』は劇団解散まで何度も再演され、その後一九八七年には、小説『ロマンス』と『いつも心に太陽を』を合体させ、さらに主人公たちの中年になった姿までを追う長編小説『青春・父さんの恋物語』（のちに『ロマンス』と改題）に結実するのだから、つかにとっていかに大事な作品だったかがわかると思う。

「ホモセクシャル」なる愛の形に、つかはそれだけ強い思い入れがあったのである。

「虐げられる者」へのエール

「ぼくはいつも〝虐げる側〟と〝虐げられる側〟を書いてきたから……」（扇田昭彦『日本の現代演劇』岩波新書）

そう語るつかにとっての「オカマ」たちは、どこか虐げられる側としての存在だったのだろう。つかがそこに踏み込んだのは、彼らがまだ「日陰者」の形で生きねばならなかった時代だからこそで、そんな彼らに対するつからしい逆説に満ちた無条件な愛は、『いつも心に太陽を』を始めとする多くの作品の中に溢れている。

『いつも心に太陽を』の初演時は、ちょうど自らのセクシャリティを売り物とする者たちが、テレビなどで活躍し始めた頃だった。つかはそれに対し「営業ガマ」だの「マスコミホモ」といった言葉で嫌悪してみせたが、それとて、今で言うセクシャルマイノリティの大多数がやはりまだ「虐げられる存在」であった時代の、彼らに対する逆説的なエールだったような気がする。

一九八五年頃だったか、構想中の『青春・父さんの恋物語』の取材という名目で、つかと二人、東京を皮切りに、名古屋、大阪、博多と、数日かけゲイバーめぐりをしたことがある。

そこで働く彼らに対し、必ずつかは楽しそうに、根掘り葉掘りその生い立ちや今の生活などを訊ねた。そしてどこに行っても、逆に偏見のないつかの優しさがわかるのか、皆、心を許し、決して営業用ではない胸の内を素直に、そして真剣に語ってくれるのだった。少なくとも僕にはそう感じられた。

そんなつかがテレビ東京の『つか版・忠臣蔵』で出会った日景氏に対し、特別な感情を持ったのは当然だった。それと相まって沖雅也に向けての芝居作りにも力が入っていった。

それが本番当日、沖は姿を現さなかったのだから、つかの失望は大きかったはずだ。ところがその内実を知ることで、つかの二人に対するシンパシーはますます強くなっていくのである。

『いつも心に太陽を』（1979年、紀伊國屋ホール）より、平田満（左）と風間杜夫（右）

沖の突然の降板は、公には自宅で倒れたためとされたが、実際は車に乗って姿をくらましたからで、それが沖の持つ精神的な病によるものだと、僕はつかから聞かされた。

わざわざ入院先に見舞いに行ったつかは、そこですべてを打ち明けられたらしい。沖と日景氏が戸籍上の親子であることも、このとき知ったようだ。

こんなとき必ず「俺にまかせろ」となるのがつかこうへいであることは、前述したはずだ。

それからというもの、二人との交流は密になり、自作のテレビドラマへの沖の立て続けの起用に繋がるのである。

そしてそんな中で、いわゆる性的には「ストレート」でありながら、日景氏を心底、父のように慕い、当時まだ世間的には理解され難い「関係」を築いた、沖雅也という男のある種、けなげな思いに、いっそう肩入れしたくなったのではないか。

僕が最後に沖と会ったのは、その自死を知るちょうど一週間前だった。

つかのマンションに呼ばれ、ＴＢＳのドラマ『蒲田行進曲』の前編を一緒に観たのだ。僕の記憶では、そこにいたのは他に日景氏だけだったように思う。

今回この項を書くにあたってあれこれ調べるうち、ある俳優がそのときのことをテレビの対談番組で話していたと知り、少々驚いた。どうやらのちに僕から聞いた話が、彼の個人的な思い込みによって増幅され、あたかも自分で見たかのごとく、まことしやかに語られたようなのだ。

その日つかはテレビのオンエアで、完成した『蒲田行進曲』を初めて見た。もちろん僕らも同じだった。

そしてドラマが進むうち、つかの機嫌がどんどん悪くなっていくのに気づいた。その理由は僕もなんとなくわかっていた。

『蒲田行進曲』で描かれなければならないのは、小夏、銀ちゃん、ヤスという三人の複雑な「愛」の形である。ある種異様な関係性の中でも、三人それぞれが互い同士をどこか無条件に愛おしく思っているのだ。舞台にも映画にも間違いなくそれがあった。

ところがこのドラマ版では、三人が競うように自分の主張をするばかりで、ただ我儘な連中にしか見えず、互いへの愛のようなものが一切感じられないのだ。

すべて観終わったつかは、自らの苛立ちをぶつけるものが欲しかったのだろう、目の前の沖に向かい、ドラマ中の「銀ちゃん」の演技に対してあれこれ注文をつけ始めた。

僕などには慣れっこで、その口調もいつもほど厳しいものではなかったが、それまでどの現場でも、つかによってひたすら気持ち良く芝居させてもらっていた沖には、かなり途惑いがあったかもしれない。

しかしこの洗礼は、つかの中で沖との関係が一段階進んだことを意味する。

ひとつ書いておきたいのだが、女優は別として、つかがマスコミ向けにある俳優を褒めちぎったとき、それはまず信用しない方がいい。芝居の宣伝も含め、何らかの意図があるのだ。その力量を認め、絶対的に信用している役者に対しては、あえて文句をつけてみせるのがつかこうへいである。平田満や風間杜夫を対外的にも本人に向けても、持ち上げてみせたことなど一度でもあったろうか。

つまりこの日、沖雅也はようやくつかによって、自分の作品に必要な俳優として認められたということなのだ。

沖自身がそれを理解したかどうかはわからない。それでもその夜、僕らが帰り支度を始める頃にはつかの機嫌も直り、ごく普通に別れたはずだから、某俳優が決めつけたように、この一件が直接、沖の自殺に繋がったなどとは、僕にはどうしても思えない。

もちろん沖には双極性障害という病があり、それを考えれば全く関係ないとは言い切れないだろう。彼は最期の場所となる京王プラザホテルに、なぜか「つかこうへい」の名でチェックインし、遺書の中でもそれを詫びている。つかとの関係が、そのとき彼が選んだ道へのファクターのひとつにはなったかもしれない。

そしてそれがマスコミの知るところとなり、つかは渦中の人となるわけだが、それに対してもやはり、つかが僕らに対していつもの減らず口を叩くようなことはなかった。

ただ、ある週刊誌がそれを茶化すかのような記事を書いたことに対してだけは、つかならではの厳しい突っ込みで、憤然とケツをまくってみせた。

つかの中では、沖の死はあくまでも彼の「病」によるものであって、例えば進行する癌のせいで命を落としたのと変わらず、結局自分が何かしてやれることはなかったと割り切ろうとしたのではないか。そうすることで、やりきれない心の痛みに踏ん切りをつけたのだと、僕は思う。

つかと共に南青山のマンションを訪ねたのは、沖が命を絶った数日後だった。何度も皆で集まり馬鹿騒ぎをした広いリビングには祭壇が設《しつら》えられ、写真と骨壺が置かれていた。

正座し手を合わせる僕の横で、日景氏が泣きながらかけてくれた言葉は、今でも忘れられない。

「最後のお友達だったわねぇ」

青山斎場での葬儀はそれからしばらく経ってからだったと思う。つかは自ら葬儀委員長を買って出た。

多くの著名人が席を埋める中、僕は日景氏によってほぼ最前列に座らされ、弔辞を読むつかの背中を見ていた。その膝がいつも通り小刻みに震えているのに気づいたのは、たぶん僕だけだったろう。つかが何を語ったかはまったく覚えていない。

ただその思いは、しっかり活字として残っている。

同じ年「月刊カドカワ」に連載された『つか版・女大学』である。『つか版・腹黒日記』『腹黒日記パート2』から続くこのシリーズは、日記形式とはいえ登場する人物名以外ほぼ全編フィクションであり、戯画化された「つかこうへい」による「つか節」満載の人気作だが、六月十四日（この日付自体がすでに嘘である）の項で、沖雅也のことを取り上げているのだ。

「他愛もないテレビタレントの他愛もない自殺騒ぎがあった。」

と、つかは書き始める。

「テレビタレントなどというやからはたいていはゲスであるが、こいつはちったあまともだったらしく、四十七階から飛び降りやがった。きっと怖かっただろうに。」

いかにもつからしい露悪的な表現だが、続く文章も含め、そこには沖への思いがこもっている。

「二枚目で、街歩いててひっかけられ、そのままテレビに出されちゃったもんだから、演技なんてのを知らず、オレがちっとばっかり教えてやると感激して尊敬し、遺書にオレの名前まで残しやがんの。まぁ乗りかかった舟だし、まわり見回してステイタスのある奴といったらオレくらいのもんだから、葬儀委員長を引き受けてやることにした。」

　ここから数ページにわたり、つかは辛辣な「オカマ論」を繰り広げ、自らが巻き込まれた今回の騒動に対しカラんでみせる。

　しかし最後の最後、まったくトーンが変わり、照れることなく、この「日記」すべての中でただ一度の本音を吐いて、締めくくるのである。

　それは「つかこうへい」を演じ続けた彼の中にある、普段は決して見せようとはしない、真摯な思いだったろう。

　正直に言うと、今回こうして長々と書いて来たのは、実はそれをどうしても残しておきたいがためである。心して読んでもらいたい。

　これがつかこうへいなのだ……と。

> 　皆様方、だれもが醜く生きのびようとするこの時代、ひとりの人間が自ら命を絶つに至るには、よほどの覚悟があったと思われます。私は、それを勇気ある行動として、いまは安らかな眠りを祈りとうございます。
>
> 　名を残された私はそれを業と思い、いつの日にか彼の人間としての悲しみ、存在としての哀しみを描きとうございます。たとえその過去がどのようなものであれ、私は

彼を友としてもったことを誇りと思っております。

新展開

そんな「沖雅也事件」の騒動も収まった一九八三年の夏から八四年にかけては、つかこうへいにとって、珍しく動きの少ない静かな時期だったように思う。

八二年いっぱいで劇団を解散し、演劇の世界から足を洗う理由を、「作家に専念するため」と言い切ったつかだが、目指したはずの〝書斎仕事〟は、この間、「月刊カドカワ」での連載『つか版・女大学』と、その続編『つか版・男の冠婚葬祭入門』、そして「野性時代」に発表した小説『ハゲデブ殺人事件』だけだ。

八三年十一月号までの『女大学』と、翌年三月号から始まる『男の冠婚葬祭入門』は、自らの日記の形をとった（すべてフィクションだが）エッセイだし、ふたつの連載の狭間に書かれた『ハゲデブ殺人事件』は、七九年の『ジャイアンツは負けない』に続く「つか田こうへいシリーズ」の第二弾である。

つまりどれも、主人公は戯画化されたつかこうへい自身で、登場するのも大半がかつての劇団員たちなど実在の人物という、同じ趣向の作品なのだ。

つかがこの時期の仕事をそれだけで押し切ったのは、たぶん作業として楽だったからだろう。つかの心中には、まだ沖雅也の件が影を落とし、どこか引きずるものがあったがために、言葉は悪いが、それでお茶を濁したような気がしてならない。

　この期間、僕は時折、原稿のチェックを頼まれる程度で、つかの執筆にはほとんど関わっていない。『ハゲデブ殺人事件』が、そのタイトルのもととなったキャラクター「高野嗣郎」を「つか田こうへい」の相手役とする物語だったため、その時期のアシスタントを本人が務めたのは当然だったろう。僕が『かけおち’83』以降、俳優の仕事がいくつか続き、ベタで時間が取れなかったせいもある。

　それでも、つかとの週に一、二度の麻雀はずっと続いていたし、取材と称した短い旅行のようなものにもたびたび同行させられたから、頻繁に顔は合わせていた。

　つかが少し元気を取り戻したのは、八四年の夏も近づいた頃だ。この年、唯一の活字以外の仕事として、ＮＨＫで九十分のスペシャルドラマのリハーサルが始まったのだ。

　前年の『かけおち’83』の成功（?）に気をよくしたのだろう、つかとＮＨＫのプロデューサー村上慧は、同じ大竹しのぶ主演での新たな作品を、その放送後すぐに企画していた。

　一年の間を置き、つかはそれを自らの舞台『寝盗られ宗介』のドラマ化と決め、タイトルも『嫁ぐ日’84』とした。

　大衆演劇一座の座長と、籍の入っていない女房とのねじれた愛情関係を描くこの芝居は、劇団時代のつかの新作としては最後に世に出たもので、座長を石丸謙二郎（再演では平田満とのダブルキャスト）、女房を岡本麗が演じている。

　ドラマでは、つかはそれを萩原流行と大竹しのぶとした上で、すでに小説化されていた『寝盗られ宗介』を原作とする形で脚本にし、登場人物たちも生じるエピソードも、舞台版からは大幅に増えている。

　しかし、タイトルにあえて「ミュージカル」と謳ったことも含め、前にも述べた「サイズ感」のようなものを拡げすぎたせいで、舞台では成立する「つかこうへい的世界」が、テレビという枠の中ではどうにも浮いてしまったような気がする。

　まぁ、これはあくまでも僕の個人的な感想に過ぎず、つか自身は『かけおち’83』のときと同じく、大竹しのぶや大勢の新しい俳優たちを相手に〝口立て〟で芝居を作ってゆく、長期間にわたる稽古を心底楽しんでいるようだった。かつての劇団の中では石丸や高野にも声がかかっていた。

　僕はそのリハーサルに二度ほど呼ばれたが、水を得た魚のように生き生きしたつかの姿を久しぶりに見て、やはり芝居の稽古場こそが、何よりつかこうへいに相応しい場所なのだと、改めて思ったものだ。

　ただし僕はこのドラマには出演どころか、まるで関わっていない。なぜならその時点で、俳優という仕事に、すでに見切りをつけていたからだ。

　例によって長い前置きになってしまった。ここからはそのあたりの経緯を書こうと思う。

おいおい、読みたいのは「つかこうへいの話」であって、おまえのことなんかどうでもいい――との声は覚悟の上だ。拙著『つかこうへい正伝』を世に出した折も、これはつかこうへいをダシにした著者の青春記に過ぎず、書名に偽りありだと、多くの読者から叩かれた。

そうは言っても、すべてがつかこうへいとの関係の中で生じた出来事なのだからと、開き直るのは、それ以来、慣れている。今回も同じ言葉を返した上で、聞こえてくるため息は無視して続けよう。

僕が役者を辞めるきっかけとなったのは、ちょうど一九八三年の暮れあたりだろうか、同じ時期に重なったふたつの依頼だった。どちらも僕には初めて経験する類《たぐい》の仕事である。

ひとつは、テレビ東京の不破敏之からのものだ。不破は翌年の四月から新しい企画を立ち上げることになり、月～金の午前中に帯で放送されるその若者向け生番組の構成を、週に一度やってみないかというのだ。

ドラマ『つか版・忠臣蔵』が、つかと不破との長い関係の中で生まれ、我々「劇団つかこうへい事務所」としての最後の活動となったように、僕らは不破とどこか劇団の一員のような形で接してきた。

そんな不破がなぜか僕に白羽の矢を立てたのである。

「結構いろんなことが出来そうだから、どうせなら気心の知れたヤツと、面白おかしくやりたいと思って。長谷川なら向いてそうな気がしたし」

経験など二の次ということだったのだろう。そんな誘いに、僕は深く考えもせず乗った。仕事としてどうこうではなく、ただ単純に不破と肩を組んでのその仕事が面白そうに思えた。

番組タイトルも『おもしろプレヌーン』。オンエアは午前十時三十分からの一時間半。今なら「情報バラエティ」とでもいおうか。曜日ごとにテーマが決められていて、僕が不破と担当するのは、「グルメの日」と銘打ち、「食」に関する話題を様々な形で取り上げる、確か火曜日だったと思う。

他の曜日の司会者はそれぞれ、明石家さんま、所ジョージ、コント赤信号など、すでに売れっ子のお笑いタレントたちだったが、我々の回は、当時雑誌「ポパイ」の表紙などで人気を博したモデルの木村東吉と、まだ十八歳になったばかりの女優、村上里佳子が決まっているとのことだった。その他の出演者として、吉本興業の新人で野沢直子という名もあった。たぶん彼女にとって、初めてのレギュラー番組ではなかったか。

不破と共に、あちこちに笑いを散りばめたプログラム構成を考えていく作業は、思った以上に楽しいものだった。僕は番組開始に向け、俳優の仕事と並行して、それを続けた。

かつて「シティボーイズ」の結成当時、しばらくの間、彼らのコント作りやライブ活動などを裏方として手伝った頃を思い出し、似たような高揚があった。あれも、つかのもとで役者や原稿仕事をやりながらの活動だった。

そういえば一九七九年、『初級革命講座飛龍伝』の本番直前、つかを激怒させ僕が役を降ろされたのは、「シティボーイズ」を不破に紹介し、夕方の情報番組に出演させてもらったせいだった。つかにそれを知られたことで、地雷を踏んだのだ。そんな記憶もよみがえった。

思いついた様々なコーナーに合わせ、レギュラー出演者を決めていく中で、大竹まことの名が真っ先に挙がったのは、順当な流れだったかもしれない。まだ世間的にはそれほど〝売れている〟存在ではなかった大竹だが、長いアルバイト経験で包丁の腕があり、それを披露するコントの持ちネタもあったことから、スタジオでの調理コーナーをメインに、番組をかき回す役目を任せることにした。

それだけではない。毎週一本の名作映画を取り上げ、その中の料理を紹介するというコーナーでは、タキシード姿の高野嗣郎を「映画評論家」として登場させ、得意の蘊蓄を語らせた。

そしてもう一人、クイズショーのコーナーにキャスティングしたのも、やはり身内だった。酒井敏也である。

レギュラー回答者席に座る酒井は、今と変わらぬ自然体のトボけたキャラクターで（違うのはまだ豊富にあった髪だけだ）、高いテンションの野沢直子と毎回絡み、こちらが欲したパートを見事にこなしてくれた。

高野も酒井もそんな形でのテレビ出演は、人生の中でただ一度のことだったろう。二人は毎週、意気揚々とスタジオに現れた。

僕としても、テレビ番組の構成など初めてのずぶの素人が、不破のおかげもあって、こんな風に好き放題出来たのだから、楽しくないはずがなかった。

当時は、司会の進行台詞から、場面場面の出演者やゲストのやりとりまで、細かく書き込まれた印刷台本が、毎週、出演者やスタッフに渡された。そのため前日までにかなりの分量の原稿を仕上げねばならず。おまけに紹介する飲食店の取材やロケなどにも参加する。そして放送当日はスタジオでオンエアを見守り、終了後は次週の打ち合わせ。

そんな構成作家という仕事を続ける中、僕は俳優業もそれなりにこなしていたのだが、次第にそっちへの意欲のようなものが薄くなっていくのが、自分でもわかった。

そして番組が始まってひと月ほど経った頃だろうか、俳優という肩書を捨てることを決意するのだ。

風間杜夫コンサート

さて、僕が役者を辞めるに至る、その引き金となったものが、不破敏之によって引き込まれた構成作家の仕事の他に、もうひとつある。

風間杜夫のコンサートである。その演出を頼まれたのだ。

風間は一九八三年の夏、映画『蒲田行進曲』以降の爆発的な人気により、初めて個人でのシングルレコード及びオリジナルアルバムなるものを世に出していた。

プロデュースと全作詞は「劇団つかこうへい事務所」の音楽監督ともいうべき大津あきら。劇団の看板女優だった根岸季衣の夫であり、この頃すでに作詞家としていくつものヒットを飛ばし、確固たる地位を築いていた。

発売元のレコード会社が、松坂慶子、風間杜夫、平田満の歌う『蒲田行進曲』（映画の主題歌でもある）を手がけた日本コロムビア。担当ディレクターも同じ柳生稔《やぎゅうみのる》。

つまり完全につかこうへいラインでの歌手活動開始と言えるだろう。

音楽界とはまるで縁のない一俳優の初アルバムには、玉置浩二、鈴木キサブロー、荒木一郎など錚々たるメンバーが作曲で参加し、なんとオリコン初登場四位だったというから、風間の人気がこの時点でどれほどのものだったかがわかる。

そして十月。ＴＢＳで始まった連続ドラマによって、その人気はさらに沸騰する。言わずと知れた『スチュワーデス物語』である。

風間はその挿入歌まで担当し、それがカップリングされた二枚目のシングルを出したあと、新たなアルバム制作に入る。大津あきら以下、陣容も同じだった。

そんな中、企画されたのが、三月末から四月にかけてのコンサートだ。東京、名古屋、大阪の大ホールでの、いわゆるツアーというやつである。今の人気なら成功は約束されている。現実にチケットは発売と同時に完売し、東京と大阪は、急遽一日ずつスケジュールが増えた。周りの人間たちの意気は揚がった。

そしてその構成と演出を誰に託すかとなったとき、風間自身と、彼の所属する事務所「現代制作舎」の社長、豊田紀雄の頭に浮かんだのが、僕だったという。大津あきらの推薦もあったと聞く。

ここでもまた、そんな経験など一度もない僕の名がなぜ挙がったのか、依頼を受けても、正直「何でオレに？」だった。

「いちばん文句をつけそうなヤツを取り込んでおけば、あれこれスムーズに運んで、こっちも気持ちよくやれると思ってさ。知ってるヤツが傍にいてくれると、コンサートやるなんて照れ臭さも、少しは和らぐだろうし」

風間はそんなことを言って笑ったと思う。

確かに風間の歌手活動について、僕は何度か茶化すような言葉をかけてはいた。しかし演劇の世界とはまるで次元の違う「人気スター」となっていく彼を、一ファンとして素直に応援していたのも事実だ。

『スチュワーデス物語』に関しても、風間には当初あれこれ思うところがあったようだが、僕はこの作品を初回に観てすぐ、自分でもよくわからない高揚で「これは行った！」とこぶしを握った。なぜか〝何かが起こる〟というものを感じたのだ。そのことはすぐ風間にも伝えたし、今にして思えば、僕の予感のようなものは間違っていなかったわけである。

つかこうへいもまた、僕と近いものがあったのではないか。この時期の風間の派手な活躍ぶりを、つかは飲んでいる席でも、例の日記風エッセイの中でも、「風間がよ」と半分からかってみせたが、内心は「もっとやれ」とあおりながら、無条件に楽しみ、喜んでいるのがわかった。

そして結局僕は、「風間杜夫ファースト・コンサート」の構成演出を引き受けることになる。

これもまた深い考えもなく、どこかワクワクするものを感じたからだ。

まず心に決めたのは、歌とトークだけのいわゆる「コンサート」だと思ってやってくる観客たちを、びっくりさせてやろうということだった。

ツアー初日の三月二十九日は、『スチュワーデス物語』最終回の翌々日である。ドラマに熱狂した多くの女性ファンが、生の「教官」に会うために興奮して押し寄せるだろう。そんな彼女らを幕開けで裏切り、さらにまだ大勢いるはずの「つか芝居」での風間杜夫ファンを別の意味で驚かす。

そこで持って来たのが『広島に原爆を落とす日』だった。一九七九年夏に上演されたこの芝居は、作品としての出来はともかく、「風間杜夫スペシャル」とキャプションが付いたように、南海の孤島に幽閉された混血の海軍将校、「ディープ山崎」を演じた風間杜夫の魅力だけは、ふんだんに込められた舞台だ。

彼がそこで発した膨大な台詞を再構成し、若い観客用の遊びの部分などを足した上で、一人芝居に仕立て、その中に本人が自ら歌う曲が次々と入っていく――と、ステージの前半はそんな形で行くことにした。風間の二枚のLPを繰り返し聞き、芝居の流れの中にどの曲をはめ込んでいくか考え、僕は台本を書いた。

　音楽の入れ方のようなものは、つかのもとで叩きこまれている。似たような感覚で、さほど苦労はなかったはずだ。台詞もまた、もともと風間へのあて書きであるから、あれこれ直すのも難しくはなかった。

風間杜夫ファースト・コンサート「ディスターブ・ユー」ポスター

　ただ『広島に原爆を落とす日』をコンサートの中で再現することに、果たしてつかの了解をきちんと取ったか、そのあたりの記憶はまるでない。

　本来なら著作権の問題など色々あるだろうに、僕の中ではつかの芝居の一部を使うことなど、別になんでもないと思っていた。たぶんそういった段取りは、このコンサートに「コーディネート」という立場で参加していた菅野《すげの》重郎《しげろう》が行ったのではないか。

「VAN99ホール」からの流れで、その責任者だった山口健が起こした会社に所属し、そこからの出向によって「劇団つかこうへい事務所」の制作を長く務めた菅野は、ジャズのコンサートなども手がけていたし、何より大津あきらのマネージャーだったから、このプロジェクトに加わるのに不思議はなかった。そんな菅野にはこのとき、演出家デビューとなる僕の面倒を見るという役割もあった。

　こうして皆が僕を立て、ある意味自由にやらせてくれたことには、今でも感謝している。


　スタッフやミュージシャンたちも決まり、リハーサルが始まったのは三月に入ってからだったと思う。つかの〝口立て〟を真似て、風間に台詞を渡しながら、バンドにきっかけを与え、大音量の生演奏でイントロから歌へと繋げていく作業は、思った以上に僕を高揚させた。高校時代に、他は全員のちにプロになった連中とバンドを組んでいたこともあり、音楽的な知識は多少あったため、スムーズにことは運んだと思う。

　ちょうどこの期間も、僕は俳優業が重なっていたが、掛け持ちが可能だったのは、それが風間杜夫主演の映画だったからだ。深作欣二監督の『上海バンスキング』に、風間や宇崎竜童をリーダーとするバンドのギター弾きとして出演していて、当然ながら風間とは撮影に取られるスケジュールが同じだったのだ。

　コンサートのメイキングビデオの撮影チームが、リハーサルに姿を現したのはそんなさ中だ。新進の映画監督だった長崎俊一が率いるクルーは、連日、風間を追い、『上海バンスキング』が撮影されている大船の松竹撮影所にまで現れた。

そのビデオクルーを仕切っていたのが、のちに映画プロデューサーとなり、僕も何本か仕事を共にする佐倉寛二郎だったことは、三十年近く経って本人から聞いて知るのだが、このときの記憶を彼は笑いながら語ってくれた。コンサートのリハーサルで声を張り上げ、偉そうに指示を飛ばしていた男が、翌日の大船のスタジオでは、なんと風間杜夫のバックでしれっとギターを弾いている姿を見て、ビデオクルー一同、唖然としたというのだ。

実のところ、そんな彼らに近い思いは、正直、僕自身の中にもあった。どこか似たような現場を真逆の立場で自分が行って来いするのが、どうにもこそばゆいような、しっくりこないような、不思議な感覚だった。

自分が俳優という仕事に踏ん切りをつけるという気持ちにまでは、まだ至っていなかったが……。

ただ、コンサートの演出という初めての仕事は、自分で言うのもなんだが、それなりに満足のいくものとなった。

まず開演前の客入れ段階で、会場には楽屋からの中継という形で声が流れ始める。コンサートなど恥ずかしくて嫌だと駄々をこねる風間を、かつての仲間たちが説得し、なんとかステージに送り出そうとするバカバカしいやりとりだ。そんな五分ほどの芝居を書き、劇団時代の役柄そのままに、平田満、石丸謙二郎、萩原流行、そして僕も参加し、録音したのである。

その音声ドラマの中で、おだてられた風間は徐々に増長していき、逆に皆が呆れたところで、舞台監督の「本番行きます！」の声。暗転していく客席。それとシンクロして遠くから飛行機のエンジン音が聞こえ始め、次第に大きくなってくる。

客席を埋める誰もが『スチュワーデス物語』をイメージし、期待に胸を膨らませた頃、エンジン音は頭上を覆う。次の瞬間、大音響の爆発音と共に客席に閃光が走り、幕が上がる。硝煙の中、舞台中央には映画『蒲田行進曲』を思わせる巨大な階段がゆっくり降下してくる。今度は客が「銀ちゃん？」と思ったとき、その最上段に立っているのは、なんと第二次世界大戦当時のドイツ軍将校を思わせるカーキ色のコートに身を包み、サングラスをかけた風間杜夫。

つか芝居で多用したその咆哮と共に、一曲目のイントロが入る――。

どうだろう。観客を裏切るという狙いはわかってもらえるだろうか。

そしてそこから約四十分、『広島に原爆を落とす日』のエッセンスを詰め込んだ一人芝居に合わせ、何曲もの歌が披露されるのである。

客席の女性たちは見たことのない風間杜夫に、圧倒されたには違いない。しかし残念ながらほぼついていけず、大半がポカンとして舞台を観ているようだった。まぁ僕としてはしてやったりである。喜んでくれるはずの「つか芝居」ファンも多少は居たと思うが、まったく目立たなかった。

ラストは銃撃に見舞われて風間が倒れ、この第一部は終了。バンドの演奏と、舞台上のスクリーンに映し出される風間の日常スナップで繋いだのち、ようやく普通のコンサートらしい第二部が始まる。

ここでの曲の間に挟まる風間のトーク部分も、ステージごと相談しながら、〝口立て〟で作ったが、観客たちはやっと緊張が解けたのか、歌や語りに素直に反応し始め、客席は沸きに沸いた。

大阪の「フェスティバルホール」からホテルに向かう車の後部座席に風間と二人で乗っていて、若い女の子で埋まった数台のタクシーに追われ、窓から身を乗り出した彼女たちが嬌声と共に手を振り続ける姿に、呆然と目をやるしかなかったのもいい思い出である。それは、劇団時代のファンたちとは、まさに次元の違う〝熱狂〟ぶりだった。

いずれにせよ、大きな劇場での初めての「舞台演出」らしきものは、僕にとって実に貴重な体験だった。大津や菅野、何より風間本人が、そんな僕の仕事を認めてくれたことがうれしかった。いくつもコンサートを手がけて来た、このツアーのプロモーターから、「長谷川さん、向いてるんじゃないですか?」と最終日に言われ、正直、小鼻を膨らませたりもした。

そしてこのあとすぐ、不破と準備してきた番組も始まり、そんな中で僕は、俳優を辞め、裏方の仕事に専念することを決意するのである。

誰に相談したわけでもない。うじうじ悩むこともなかった。不思議なくらい、あっさり出した結論だった。

東京に出て来てからのおのれの人生を振り返った時、僕はこれをやりたいと自ら手を挙げたことなど一度として無い。絶えず誰かに求められたり頼まれたりしたものをこなすだけで、どうにか生きてきた。

自分から何かを決め行動に移したのは、十九歳でつかの芝居に初めて出会い、翌日その稽古場に向かったときと、そこから始まった俳優という立場に別れを告げたこのときだけかもしれない。

考えれば、風間や不破との関係はつかこうへいの存在がなければ生まれていないのだから、結局その二度とも、つかによって動かされたということになってしまう。

そんな自分の決断を、つかにどんな形で報告したかは、はっきり憶えていない。たぶん「おう、そうか」のひと言で終わったような気がする。

俳優業のマネージャーである岩間多佳子や、今後世話になるだろう菅野重郎を筆頭に、周りにもそれをボチボチ伝えていったが、少々悔しかったのは、誰一人として、僕が役者を辞めることを「もったいない」と言ってくれる者がなかったことだ。皆、「いいじゃないか」と肯定的な意見ばかりで、正直なところ、いささかめげもした。まぁおかげで、その程度の俳優だったのだと、最後の踏ん切りをつけることが出来たとも言えるのだが……。

裏方としてのやりがい

こうして不破敏之と風間杜夫から依頼された二つの仕事が、一九八四年からの自分の新しい方向へのきっかけとなったわけだが、ある意味どちらも、そこから始まったものが、今現在、僕のいる場所までずっと繋がっていて、そのおかげで、僕は今の肩書を名乗れていると言っていいだろう。

テレビ東京の不破との番組は、思ったような視聴率が取れなかったらしく、タイトルを含め、司会者や内容、時間帯なども何度か変えながら、一年半で終了した。

続いて不破は新しい企画を立ち上げることになり、再び僕に声がかかる。今度はゴールデンタイムの旅番組ということだった。生のバラエティとはまるで毛色の違う仕事だ。またあれこれ相談しながら八六年春から始めたその『いい旅・夢気分』は、不破と共に月一本のスケジュールで担当し、風間杜夫や平田満などの出演回も作った。そして番組自体はその後、テレビ東京の看板長寿番組となっていくが、僕はほぼ一年であっさり離れてしまう。

新年度から毎週一時間の単発ドラマ枠がスタートするため、不破がその部門に移ったからである。そこで僕はまた初めて、テレビドラマの脚本というものを自分の仕事として任されるのだ。それはのちに曜日が変わって二時間のサスペンスドラマ枠となり、シリーズものを受け持ったりする中、三十数年にわたり、かなりの本数を書かせてもらうことになる。

一方、風間杜夫のコンサートは、一回目の翌年、同じ時期に新しいツアーが始まったが、全国十二か所、東京では「ＮＨＫホール」二日間という、さらに大規模なものとなり、演出は再び僕にお鉢が回って来た。

ステージの前半は前回と同じく、一人芝居の中に歌が入る形をとることを決め、ふと思いついたのは、僕が最初に風間杜夫という俳優を目にした舞台、劇団「空間演技」の『倭人伝』だった。幕開けと同時に一人登場した風間がかんしゃく玉を叩きつけながら怒鳴りまくる姿に、当時僕は度肝を抜かれたのだ。

今回はそんな風間で客を驚かせてやろうと、とある工場町に生まれ育った孤独な少年（？）という設定で、緩急の語りをでっち上げた。

後半、素《す》に戻ってからのトーク部分も、風間と全国の都市を回りながら、その地方ごとの観客に合わせたものを本番前に〝口立て〟で作るのだが、風間の軽妙なしゃべりによってどこの会場でも沸き起こる爆笑を、客席の後ろから確かめるのが、毎回の楽しみとなった。

そしてちょうどこの頃、僕は別のコンサートを頼まれることになる。話を持って来たのは、かつて早稲田の劇団「暫」で共に過ごした市村朝一《いちむらともかず》である。

その時代のことは『つかこうへい正伝』で詳しく書いたが、市村もまた、初めて観たつかこうへいの芝居に腰を抜かし、自分の劇団を畳んでまで「暫」に参加してきた男だ。入れ替わるようにつかが離れて行ったため、以降の劇団運営を手がけるはめになり、結局四年ほどで芝居からは足を洗い、それからは東宝芸能という大手の会社で俳優のマネージャーとして働いていた。

そんな市村の担当する新人女優がレコードデビューし、夏には全国ツアーが決まっているので、それを僕に任せたいというのだ。

「斉藤由貴」という名を聞いて、テレビのコマーシャルで見た少女の顔が浮かんだ。

「普通のアイドル歌手のコンサートにはしたくないんで、去年の風間さんのようなものをやってもらいたい」

市村が言ったのは、最初にそれだった。前年の風間のコンサートは当然観ており、中身も克明に覚えていた。

「夏のツアーが決まった時、あれだ！　と思ったんだ」

僕が俳優を辞めて裏方に回ることを、まず報告した一人であり、悔しいことに、誰より「おまえはそっちの方がいい」と言い切ったのが市村である。今回の風間のコンサートにも、キャニオンレコードで斉藤由貴を担当するディレクター、長岡和弘をわざわざ連れて来てその舞台を観せ、僕に演出を頼むことに賛成してもらったという。

　僕はどこか途惑いながらも、まだ高校を出たばかりの女の子を演出家として相手にするという、またまた初めての経験をすることになる。

　そしてそこで僕は、僕があて書きした一人芝居のような語りを自分の歌で繋いでいく、斉藤由貴という少女から、芽生えたばかりの女優としてのオーラのようなものを浴びせられ、完全に舌を巻くのである。

　そんな関係は、二年目の全国ツアー、デビュー十周年、三十周年、三十五周年のコンサートと続くことになる。

　それだけではない。僕が書いた初めての二時間ドラマも、初めての商業演劇も、主演は彼女だった。その芝居では、つか劇団の仲間だった三浦洋一と平田満にも出てもらっている。僕にとっては、三浦洋一とのただ一度の「仕事」である。そういえば、初めて自分の脚本《ホン》を演出したテレビドラマも風間杜夫と斉藤由貴の共演だった。

　メールのやりとりを題材とする朗読劇のようなものを、七瀬なつみとの二人芝居で、再演、再々演と三年に亘って続けたこともある。

　こうして斉藤由貴は、僕が今の仕事を続けてきた中で、とりわけ意味を持つ存在となるわけだが、当然それはどれも、市村朝一という人間が関わっている。言ってみれば彼女との縁も、もともとつかこうへいから繋がってきたものなのだ。

そんな斉藤由貴との初仕事となった八五年のコンサートツアーでは、今の僕がある中で、ひとつの大きな出会いがある。

このときも当然ながら、ライブビデオの撮影が行われたが、その責任者としてキャニオンレコードの映像部門からやって来たのが、小滝祥平《こたきしょうへい》なる男だった。

こういった場合、ステージを演出する側と、それをカメラで収録しようとする側は、たいていどこかで小さな衝突を起こすことになる。

とくに今回は、ライブの高揚感で客を煽るようなものと違い、ある意味、舞台作品とでもいえるものを目指している。ステージ上に手持ちカメラが入ることなど問題外だし、客席にセッティングされたカメラのレール移動すら、僕とすれば遠慮してもらいたかった。

そういったことを伝えようとしたとき、小滝はあっさり「当然ですよねぇ」と言い放ったのだ。「演出の邪魔しちゃ、終わりですから」と。そして「私も北海道なんです」と、何食わぬ顔で僕と同郷であることに話を持っていった。

別に調子がいいというのではなく、とにかくその反射神経は見事で、僕はすぐにこの男を信用した。市村に訊くと、キャニオン社内でもその有能さは際立っているという。

そのとき僕が何を思ったか。「ああ、つかさんが好きそうだなぁ。こんなヤツがそばにいれば、重宝がるだろうなぁ」と、嘘ではなく、そんな思いがふと頭をよぎったのだ。

翌年のセカンドツアーでも一緒になった小滝だったが、次に再会するのは、その七年ほど後になる。それもまた、やはり斉藤由貴がらみだった。

小滝はこのときすでに独立して会社を起こし、映画プロデューサーの道を歩み始めていた。

斉藤由貴に関しては、ドラマ仕立ての音楽ビデオといったようなものを、市川準を始めとする有名映像作家たちと組んで、何作か手がけていたし、山田邦子とのダブル主演で映画のヒットも飛ばしていた。それらにはもちろん、市村も関わっており、二人が言ってきたのは、新作ビデオの脚本と演出を僕に任せたいということだった。

思いをうまく伝えられない女性の、恋人との出会いと別れを描いたドラマを考え、作品としてどうにか完成させた頃、その流れで新たな依頼が小滝から入る。それは準備中の映画の脚本作りだった。いちおう形にはなっているが、どうもうまく行っていないという。

結局頼まれるままに、基本となる設定だけは使い、全編新しく書き直したのが、僕の初めての映画脚本『エンジェル・僕の歌は君の歌』である。

それから三十年、小滝祥平との仕事は途切れることなく続いている。

おそらく今、個人で活動する日本の映画プロデューサーの中で、彼ほど多くの劇場用映画を手がけた者はいないはずだ。作品歴はすでに四十本以上になるだろう。

その中で、僕の名が「脚本」（ごくわずか「監督」も）としてクレジットされたものも、二十作を超えている。クレジットがなくとも、何らかの形で手伝った作品も多い。思えばこの三十年は、ずっと小滝との映画が僕の仕事の中心だった。

そして繰り返すようだが、その縁もまた、結局突き詰めると、つかこうへいに行きついてしまう。

『つかこうへい正伝』でも、人生を形作る出会いは、すべて必然としか言いようがないと書いた。

正しいかどうかわからない。ただ、そう信じたい自分がいる。

そのくせ、この人生がすべてつかこうへいと出会ったことによって決まってしまったとは、心のどこかで認めたくない自分もいるのだ。

おまけにこの齢になって、もし役者をあのまま続けていれば、どんな人生になっていただろうなどと、つい考えてしまうことも、恥ずかしながら白状しておく。いやはや、強引につかこうへいに結び付けながら、筆を進めたが、結局僕個人の思い出話にすぎず、こんなものについて来てくれた読者などいるだろうか。

まぁ僕としては、どこか成り行きまかせで生きてきた自分の過去を、初めて筋道立てて振り返り文字に残したことで、大きな意味があったと勝手に思っているのだが、他人には何の興味もないだろうなぁ……。

『二代目はクリスチャン』

つかこうへいが五年暮らした自由が丘を離れ、東京北区の滝野川に住まいを移したのは、一九八四年も終わろうとする頃だったと思う。

　妻である直子の実家を改築し、彼女の両親と同居を始めたのだ。その一角に、入り口を別とする広いスペースを設け、自由が丘のマンション近くにあった事務所もそこに移ることになる。

　転居の時期に関しては記憶が曖昧なのだが、同じ時期、僕は「ホットドッグ・プレス」という若者向け雑誌で、八五年の新年一号からテレビ評のようなものを始めていて、今それを読み返すと、連載二回目に「滝野川の先生の家に年始の挨拶に行った」という件《くだり》があり、八四年のうちに越していたことがわかる。

　ここからつかと「北区」との縁が始まる。のちにそれを前面に押し出す形での劇団活動へと繋がり、その主宰者という肩書のまま人生を終えるのだから、これがつかの重要な転機となったのは間違いないのだが、僕はそれよりも、『井戸のある街』という連作小説が生まれたことの方が大きいと思っている。

『井戸のある街』はまさしく滝野川を舞台とし、妻の実家に婿養子として暮らす男が主人公であり、つまりどこかつか自身と重なるのだ。その第一作が八五年の「野性時代」六月号に掲載されたあと、八八年三月号、同十月号、九五年十月号と続編が発表され、それぞれ単行本化、文庫化されている。

『つか正伝』の中で僕は、「つかこうへいの小説家としての本領は初期の短編にある」と書いた。テレビドラマ化された『弟よ』や『かけおち』などでもわかるように、「家族」

をテーマにしたいくつかの作品が持つ独特の味わいこそが、舞台作品やそれを小説化したものとはまた違う、もうひとつの、つかこうへいの世界なのだと――。

　しかし、自らを戯画化し、主人公とした小説や日記風エッセイが人気を博すようになった頃から、そういった短編を手がけることは無くなり、『蒲田行進曲』が直木賞を獲って以降、どこか（言葉は悪いが）あざとい、舞台的な設定と物語性を前面に押し出した作品しか世に出なくなるのだ。

『井戸のある街』はそんなつかがようやく「本領」を取り戻した、初期の短編の香りのする「家族もの」である。とくに第一作にはそれが顕著だ。僕はたまに新しい事務所に呼ばれ、その執筆を手伝うことになったが、出来上がっていく原稿を読むたびに、「つかさん、滝野川に来てよかったなぁ」と、嬉しくなったものだ。

　この滝野川移転を前にして、つかはある仕事を片付けている。『蒲田行進曲』以来二作目となる映画、『二代目はクリスチャン』の脚本である。前後してその小説版にも取り組み、両方ほぼ同時期に完成したはずだ。

　そもそもこの映画の企画は、『蒲田行進曲』で関係が出来た佐藤雅夫ら東映京都撮影所のプロデューサー陣との間で生まれたものらしい。主演が志穂美悦子《しほみえつこ》というのも、その企画の前提だったようだ。

　きっかけは『蒲田行進曲』の中で、ヤスが小夏の出産費用を稼ぐために、様々な映画のスタント場面に出演するといういくつかのシーンに、千葉真一、真田広之、志穂美悦子など、当時ＪＡＣ（ジャパン・アクション・クラブ）の人気俳優たちが、監督の深作欣二との関係から、それぞれゲスト出演したことではなかったか。

前述したが、実は『蒲田行進曲』公開のすぐあと、その三人を主役に想定した映画が松竹サイドで企画されている。つかは『スタントマン物語』のタイトルで原作となる小説を書き、八三年の春、「野性時代」に発表していた。しかしなぜかその時点では映画として成立せず、八七年になってようやく、タイトルを小説出版時の『この愛の物語』として、別キャストで映画化されるのだが、結局『二代目はクリスチャン』の方が先行してしまうのである。

ヤクザの一家を継がなければならなくなる、カトリック教会の修道女を主人公とするこの作品は、女性らしからぬアクションの切れ味と、それとは裏腹な清純さを併せ持つ、志穂美悦子という女優ありきで出発したものだ。

その中身が、学生時代のつかが愛してやまなかった映画、『緋牡丹博徒』シリーズへのオマージュであることは、構想を聞いたときすぐにわかった。となると、その前例とも言える八一年のヒット作『セーラー服と機関銃』に、どこかダブってしまうのではないかと、心配した記憶がある。しかし描かれる人間関係ははるかに込み入っていて、いかにもつからしいクセの強いキャラクターで溢れ、脚本《ホン》が出来上がるうち、不安はすぐに消えた。

『二代目はクリスチャン』の脚本や小説に関して、僕は進行途中の原稿を何度か読まされ、少々手伝った程度で、執筆の助手はほぼ高野嗣郎が務めた。その褒美というわけでもないだろうが、つかが押し込む形で、高野はこの映画に出演することにもなった。他にもつかの頭には、メインの登場人物の一人に、手の内とも言うべき柄本明の名前があり、当然ながらそれも決定していた。

そんな脚本を準備し始めた頃から、つかは志穂美悦子と頻繁に会うようになる。僕もほぼ毎回、その席に付き合わされた。

女優としての志穂美悦子の魅力以上に、ふだんの彼女のいかにも体育会的なサバけたもの言いと、その奥にある、育ちの良さを感じさせる気遣いのようなものは、まさにつか好みだった。志穂美と会うたびに、つかの中で『二代目はクリスチャン』の筋立てがあれこれ膨らんでいくのがわかった。

翌々年に撮影が予定されている映画版の『熱海殺人事件』に、つかが彼女の起用を決めたのも、この頃だったろう。

その時期、志穂美に紹介され、頻繁に通うようになったのが、新宿歌舞伎町にあったカラオケパブ「ペイトンプレイス」である。この店は、つかが八六年に出した小説『青春・父さんの恋物語』（のちに『ロマンス』と改題）の中に、主人公たちが長く通いつめているゲイバーとして実名で登場し、店主の若林ケンやサミーという従業員がほぼ本人のまま、物語の中で重要な役割を果たす。

それだけではない。つかは若林ケンが毎夜十八番《おはこ》として店で歌う、井上陽水の『なぜか上海』という曲をいたく気に入ってしまい、なんと演劇復帰第一作となる、八九年の「演劇集団・円」による『今日子』で、終演後の自作予告編の中、唐突に若林を登場させ、毎ステージそれを披露させたのである。

そしてその後何年か、つかのいくつかの舞台で若林はそういった役割を果たすことになる。

確かに彼の歌唱自体は見事だったし、そのセクシャリティから来る独特の存在感を、つかが面白がったのもわかる。しかしそれが作品の中で何らかの効果をもったかというとかなり疑問であり、言ってみれば、喜び満足しているのは客ではなく、つかだけだったのではないか。『熱海殺人事件』の中、犯人役の加藤健一が『マイウェイ』を朗々と歌いながら客席から登場するのとは、まったく別物ということだ。こういった独りよがりが、つかには時たまある。

話が少しわき道にそれてしまった。ともあれ、そんなつかと「ペイトンプレイス」の関係は、志穂美悦子から始まったもので、つかはその後、事あるごとに人を連れ、そこに足を運ぶようになるのである。

『二代目はクリスチャン』の撮影が、『蒲田行進曲』と同じく京都太秦の東映京都撮影所で始まったのは、八五年の春ごろではなかったか。

そのクランクイン前、僕はつかに連れられ、太秦に向かっている。すでに撮影所入りしている志穂美とのリハーサルを、監督たちに見せるということだった。

『二代目はクリスチャン』の監督が井筒和幸だと聞いたのは、脚本作りの最中だったように思う。一九八一年の『ガキ帝国』で世に出た井筒は、当時まだ若手の有望監督といったところだったろう。もちろんその名は知っていたし、作品もいくつか観ていた。

太秦の撮影所の正門を抜けると、正面に「俳優会館」と呼ばれる四階建ての小さなビルがある。その最上階を埋める板張りの「道場」に、志穂美とプロデューサー陣は待っていた。

井筒ら演出部の一団もやって来て、入り口脇の隅に膝を抱えて座り込み、じっと見つめている。リハーサルと言っても他の役者たちの顔はない。つまり志穂美の相手役はすべて僕が務めるということが、ここに来て初めてわかった。僕は密かにため息をついた。役者を辞めるとつかに報告して、もう一年になるのだ。

劇中のいくつかのシーンをつかが思いつくままに始め、志穂美と僕にいつも通りの〝口立て〟で芝居をつけていく。つまり僕は何役も演じることになる。

つかにしてみれば、『つか版・忠臣蔵』（テレビ東京）、『決定版・蒲田行進曲』（ＴＢＳ）、『かけおち’83』『嫁ぐ日’84』（ＮＨＫ）と続いてきたテレビドラマで味をしめ、脚本を膨らませることも含めた演出的な作業を、井筒らの前でやってみせるつもりだったのだろう。

しかしテレビではディレクターサイドとの緊密な関係の中で、つかが演出することが映像化の前提となっていた。

　また映画の『蒲田行進曲』の場合は、撮影前に監督の深作欣二から脚本に対する詳細で丁寧な質問や提案が送られてきて、つかの方もそれをひとつひとつ呑み込み、すべてを深作に任せると、自分の中で納得していた。

　ところが『二代目はクリスチャン』では、事前の監督との打ち合わせすら一切なかったのではないか。もしかしたらつかと井筒が顔を合わせたのも、このときが初めてだったかもしれない。

　つかの〝口立て〟で、志穂美が楽しそうに主人公の「シスター今日子」を演じていく。僕はその相手を務めながら、離れた所から不愉快そうにつかの姿を睨みつける井筒に気づいていた。そういえば彼がこの場に姿を現したときから、どこかそんな様子は見てとれた。

「ああ、つかさんやってしまったなぁ」と心の中で思った。つかはわかっているのかいないのか、いつものペースで勝手に稽古を続けるだけだ。

　井筒たちが立ち上がり、無言で「道場」を出て行ったのは、稽古にひとつ区切りがついた段階だったろうか。僕の中では、まだ途中だったような気もしている。とにかく最初から最後まで、つかと井筒は言葉ひとつ交わすことはなかったと思う。

　このとき井筒たちの中に助監督として混じっていたのが、阪本順治である。僕はその二十年後、彼が監督を務めた『亡国のイージス』という映画（これも前述した小滝祥平の企画だ）で脚本を担当し、本人からそれを聞かされる。

阪本は多くを語らなかったが、やはり井筒はつかの脚本に注文があったようだ。クランクイン前、演出部での直しがかなり入ったらしい。

何度も書いたが、つかの映像脚本の場合、自分なりのイメージが先行しすぎて、どうしても説明不足なところがある。それを自らによるリハーサルや、『蒲田行進曲』のように監督への信頼によって解消していくのだが、井筒との関係の中では、互いにそこの理解が足りなかったのだろう。

『二代目はクリスチャン』は角川春樹事務所創立十周年記念作品として、その年の九月に全国公開された。東映京都で製作されながら、東宝での配給となったのは、当然ながら角川春樹氏の意向だったはずで、大ヒットした『セーラー服と機関銃』の流れを借りて、やはり同じ映画会社での公開ということになったのではないだろうか。

出来上がった映画に関して、つかが何かと不満を持っていたのは確かだ。公開前にひと悶着あったとも言われているが、実際のところを僕は知らない。ただ角川作品でもあるし、八月には『シナリオ・二代目はクリスチャン』が角川文庫で出てもいるのだから、それほどのことにはならなかったはずだ。

結果、作品としての出来はともかく、映画はそれなりにヒットをしたし、何より、志穂美悦子の女優としての魅力がスクリーンに溢れていることは間違いなく、つかの当初の目的は果たされたということだろう。

第5章

祖国での奮闘――『ソウル版・熱海殺人事件』

『ソウル版・熱海殺人事件』を上演した韓国・文芸会館前のつかこうへい

母のための決断

『二代目はクリスチャン』が公開された一九八五年の九月。つかの姿は日本にはなかった。韓国ソウルで、向こうの俳優たちを使って、芝居の稽古に入っていたのだ。つかが舞台に携わるのは、我々の劇団の解散公演から、ほぼ三年ぶりのことだ。

演目は代表作とも言うべき『熱海殺人事件』。

つかはその顚末のようなものを、一九九〇年に出版した『娘に語る祖国』の中で綴っているが、そこの部分の大まかな事実関係に嘘はないとして、ひとつひとつのエピソードや登場人物の描写のようなものは、例によって「読み物」を意識したフィクションが大半である。

何よりもまず、『娘に語る祖国』では、この韓国行きは娘のみな子が誕生した翌々年となっているのだが、これがすでに事実と違う。みな子が生まれたのは八五年の十二月十四日で、つかが韓国での公演を終え、帰国した直後なのだ。

そんな嘘に、つかの中でどういった狙いがあったかはわからない。「語る」相手である、最愛の「おまえ」を日本に残し、オレは「祖国」で戦ったのだ――と、そんな形で〝物語〟を進めたかったということかもしれない。

「韓国で向こうの役者使って〝熱海〟やるぞ」

つかからそれを聞いたのは、その年の五月頃だった。はっきり記憶にあるわけではない。そう言い切れるのは、これもまた雑誌「ホットドッグ・プレス」のおかげである。というのも、僕はそこで、前述した連載とは別に、つかの韓国公演を追ったルポのようなものを5ページにわたって書いているのだ。この項ではその誌面のコピーが、僕の記憶をあれこれ補ってくれていることを、まず断っておく。

ちなみに記事のタイトルは「演出家つかこうへい　韓国で復活！」。

担当編集者だった原田隆がつけたものだ。

舞台からは手を引いたはずのつかが突然、「祖国」韓国で「復活」すると知ったときは、正直、驚いたし、興味津々だった。しかし「本当ですか！」と目を輝かせたり、「どういういきさつで?」と細かく訊ねたりすることは、僕とつかこうへいの間にはない。いつも通り「はぁ……」と曖昧な返事をするだけだ。

だから上演決定までの経緯など、今でもよくは知らない。ただそんなやりとりがあったのは、つかが初めて韓国を訪れ、帰って来てすぐだったことは間違いない。

つかは『娘に語る祖国』の中で、まず韓国のテレビ局が、自分のドキュメンタリーを撮りたいと言ってきたと書いている。一度目の韓国行きはたぶんそのためだったはずだ。しかし『娘に語る祖国』では以降、まるでそれに触れることはない。唐突に、初めて韓国に行ったのは、はなから芝居の準備をするため、という話になってしまっているのだ。ドキュメンタリーからなぜ芝居の公演になったのか、そんな説明も一切ない。

つかが亡くなって一年後の二〇一一年、韓国のテレビ局MBCが、週一のドキュメンタリー枠で「つかこうへい」を取り上げ、放送している。僕がその番組を観ることが出来たのはつい最近である。かつて文藝春秋社のつかこうへい担当だった明円《みようえん》一郎が、退職後の韓国留学の折に番組のコピーを手に入れ、日本に持ち帰ったものをダビングさせてもらったのだ。

その番組の中では、一九八五年のソウルでの『熱海殺人事件』公演が紹介され、二十五年後の出演者たち四人のインタビューが長々と使われているのだが、その前段として、公演前、つかの生まれて初めての韓国行きの映像が入る。たぶんそれが、つかの言う「韓国のテレビ局から話のあった」ドキュメンタリーの一部なのではないか。

そこには、ソウルの金浦《キンポ》空港に降り立ったつかこうへいとその母、そして妻の直子が映っている。女性二人はチマチョゴリ姿である。そのまま彼らは、たぶんお母さんが暮らすと思われるマンションに向かい、待っていた多くの人に歓迎を受けるのだ。

直子によると、このときの渡韓は、つかがソウルに住むようになった母のために、自分と新妻である直子を親戚たちにお披露目するのが目的だったという。向こうのテレビ局がそれに乗ったというところだろう。

こういった流れの中、どこかで、つかの手による韓国での『熱海殺人事件』公演が決まっていったようだ。つまりすべてのきっかけは、母親のソウル転居だったのではないだろうか。ドキュメンタリー番組への出演を決めたのも、韓国の俳優を使って向こうで自分の芝居を打つのも、後述する「おふくろがソウルで苦労しないように」というつかの言葉で、説明がつく。

我々の劇団解散後、八三年から八五年にかけて、僕がつかと頻繁に旅行を重ねたことはこれまでも書いてきた。同行するメンバーはそのつど違い、二人だけのことも多かったが、どこよりも行ったのが、つかの地元である福岡だった。

とくに八四年頃はその頻度が増えた。今にして思えば、つかは僕には告げることなく、毎回、嘉穂郡の実家に帰っていたようだ。父が亡くなって五年、どうやらその金原家の中で、母の今後について話し合いが持たれていたのだろう。そして次男のつかがすべての面倒を見る形で、お母さんのソウル行きが決まったらしい。その頃、母親のためにソウルでマンションを買うという話を、つかから聞いたような覚えがある。

八五年の九月、つかは一人、二度めの韓国に向かった。すでにソウルで暮らし始めている母と生活を共にしながら、芝居の稽古に向かう日々が始まる。

このとき、少し遅れてつかを追い、公演終了までふた月以上、つかと共にソウルに滞在した人間がいる。小山《こやま》一彦である。

小山はつかとほぼ同年代で、「ＶＩＣ」という映像制作会社の社長だった（現在は会長）。早稲田の学生時代に自ら興した撮影専門会社は、ビデオカメラ中心に業務を拡げて大きくなり、テレビ各局の番組制作を手がけるまでになっていた。小山個人も、ディレクターとして、またカメラマンとして、高い評価を得ていたようだ。

つかとの出会いは、一九八〇年、「紀伊國屋ホール」での『つかこうへい三部作』公演である。その中の『いつも心に太陽を』を全編、小山の会社が撮影したのだ。

それはフジテレビの山田良明の紹介によるものだった。その年の春、つかこうへい原作・脚本のドラマ『弟よ』で、プロデューサーを務めた山田は、つかの舞台を映像として残すことに、強いこだわりを持つようになっていた。それはいつか必ず意味を持つはずだというのが、山田の論だった。

もともと〝演劇は一回性のもの〟として、いわゆる「舞台中継」などはすべて拒んで来たつかだったが、このときは山田の説得を呑んだ。しかしあくまで記録として残すだけで、表に出すことは一切ないというのが条件だった。

その映像収録を、山田は小山の会社に依頼したのだ。当時、何も知らない僕ら俳優は、単にフジテレビの厚意によって、自分たちの芝居がたまたま記録されるのだと思っていた。公演中の一日、「紀伊國屋ホール」の客席に数台のビデオカメラが配置され、撮影は進んだ。その日の観客たちは、どこかのテレビ局で舞台中継があるのかと驚いたと思う。

我々「劇団つかこうへい事務所」時代の上演作の中、完全な形でその舞台が映像として残っているのは、このときの『いつも心に太陽を』ただ一度のステージだけだ。山田の思いのとおり、実に貴重な記録となったわけである。

それに小山は関わり、つかとの接点が生まれるのだから、『つか正伝』でさんざん書いてきた、つかの人生における〝出会いの必然〟というやつが、ここでも起きていたのだと思う。

そんな小山一彦がつかと再会したのは、つかが韓国の俳優たちを使っての『熱海殺人事件』上演のため、渡韓する直前だった。場所は、新宿職安通りにあった「武《ム》橋洞《ギョドン》」という韓国料理の店である。

都内に焼肉屋は山ほどあれど、韓国の家庭料理を売り物にする店は、まだ珍しかった時代だ。母娘が営むそこを知ってから、つかは通い詰めるようになっていて、小山もまた常連の一人だった。

小山が「韓国フリーク」となったのは、その二年ほど前からだったという。テレビ番組の取材や撮影で、世界各国を回って来た小山だったが、なぜか隣国の韓国だけは訪れていないことに気づき、プライベートで旅行したのがきっかけだった。刺激的な料理はもちろんのこと、街や人々が持つ底知れぬパワーのようなものに、「一発でやられてしまった」というのだ。

その気持ちは僕もよくわかる。『ソウル版・熱海殺人事件』の稽古から本番にかけて、取材の名目で初めて韓国に行き、まったく同じように「やられてしまった」からだ。

「ホットドッグ・プレス」のルポの中で、僕はそれを「ソウル熱に感染する」と書いているが、自国で開催されるオリンピックを目前にして、国中に溢れる熱気にあてられた、まさしく「ソウル熱」症状の先輩として、小山の頻繁な韓国詣では始まったようだ。「韓流ブーム」などという言葉が生まれる、二十年も前の話である。

そんな小山にとって、「武橋洞」はソウルの飲み屋街の日本での飛び地として、足繁く通う店だった。そしてそこの女主人から、つかが韓国行きを控え、単身での芝居作りを不安がっているという話を聞く。「小山さん、一緒に行ってあげたら？」そんな言葉に胸躍ったというのだから、小山の「ソウル熱」がどれほど重症だったかがわかる。

翌日、つかが来店すると知った小山は「武橋洞」に向かった。そこでつか自身からも、ソウルへの同行を請われ、あっさり承諾するのである。

その後、ビザの取得のため、つかからは少し遅れることになったが、小山は一人ビデオカメラを担いで自前で渡韓し、母国での芝居作りに臨むつかこうへいの姿を追い続けることになる。会社は部下たちに任せ、負担ばかりで仕事とは言えないそんな日々を送ったのは、もちろん「ソウル熱」もあったろうが、何より映像制作に携わる人間として、つかこうへいの特別な時間を記録として残すことに、大きな意味を感じていたからだろう。（二〇一一年のＭＢＣのドキュメンタリーの中でも、このとき小山が撮ったいくつかの映像が使用されている）

結局、小山は『ソウル版・熱海殺人事件』チームの一員として、つかをフォローし、その仕事を最後まで見届けることになる。

『娘に語る祖国』では、つかと連れ立って韓国に向かい、上演までの日々を共にするのは、劇団時代の制作を務めた菅野重郎となっているが、実際にその役目を負ったのは小山一彦だったのだ。

小山はソウルに自分で宿をとっていたが、つかが母と暮らすマンションで食事を共にしたり、そのまま泊まってしまうことが大半だったという。そんなとき、つかが洩らした言葉がある。

「オフクロは、日本からひとり戻ってきて、これからソウルで生活して行かなければならない。だからこの先、肩身の狭い思いをしないように、その息子がいかに日本で名の売れた作家、演出家であるかを、しっかり売っておきたいんだ。今回の芝居はそのためにやる。〝芸能〟の持つステイタスは、韓国の方がはるかに高いからね……」

僕がそれを小山から聞くのは、三十七年経ってからだ。

小山の話の中にもうひとつ、どうしても書いておきたいものがある。

つかは先に寝てしまうことも多く、そんな夜、母の相手は小山が務めた。自慢の種である次男坊の、幼い頃から高校時代までの姿を、彼女はいつも楽しげに語ってくれたが、自らの若き日、日本に渡って来た当時に触れることもあった。

そんな中である夜、ポツリと言ったというのだ。

「アイ子はねぇ……あれは私なんだよねぇ……」

アイ子というのは『熱海殺人事件』の登場人物である。

それ以上、あえて説明はしない。

つかの母の言葉が具体的にどういうことかもはっきりしないし、それと重なる何かを、果たしてつかが『熱海殺人事件』という作品に込めたかどうかもわからない。

ただ劇中での、若い工員と女工（今はもうどちらも死語になってしまったが）、大山金太郎とアイ子による「事件」までの長いやりとりを思い返したとき、この言葉は不思議な重みを持ち、僕は何やら熱いものがこみあげて来るのだ。

そして『熱海殺人事件』という芝居の深さを、今さらながら噛みしめるのである。

熱い海

「長谷川さん、僕らも韓国行きましょうよ」

渡したばかりの連載原稿に目を通しながら、「ホットドッグ・プレス」の原田隆がそう口にしたのは、『ソウル版・熱海殺人事件』のためにつかが韓国に出発してから、何日も経っていない頃だった。

当然ながら、僕はつかのソウルでの公演には観客として駆けつけるつもりでいたが、原田が言うのはそういうことではないらしい。三年ぶりに、それも母国である韓国で芝居に取り組むつかの姿を、ルポとしてテレビ評の連載とは別に書かないかというのだ。

「とりあえず本番前にも一度、予備取材として行っておいた方がいいかなぁ」

直木賞受賞記念パーティーでのつかと母

こちらの返事も待たずに原田はつぶやき、僕らはしばらくして、一度目のソウルに向かうことになる。

日本がバブルへの階段を昇り始め、出版界の景気も上々、雑誌はケチることなくふんだんに経費を使えた時代である。おかげで僕は二度の韓国行きとも、旅費や宿泊費は講談社持ちとなったのだから、正直、原田様々というところだった。

原田との出会いは、そもそもがつかこうへいを通してのものだ。つかが一度だけ「ホットドッグ・プレス」に原稿を書いてからというもの、担当した原田は何とか新たな連載を始めてもらおうと、つかの事務所に日参するようになっていた。一九八四年の秋のことである。

つかにその気はまるでなかったが、原田はめげなかった。秘書である江美由子や、助手まがいの僕を取りこもうと（それが無駄な作業とは気づかず）、連日のように、当時のグルメブームに乗っかった都内の店を巡り、「経費」による接待（?）を繰り返した。

当時まだ二十代半ばを過ぎたばかりの原田は、島根出身で訛りが少し残り、どこか純朴さを感じさせ、それがいい意味で、編集者としての有能さや如才なさを覆い隠していた。

そんな原田が奮闘むなしく、ついにつかの原稿をもらうことを諦めた時、仕方なく声をかけたのが、すっかり飲み友達となっていた僕だった。

「長谷川さんがいつも飲み屋で世の中にイチャモンつけてるようなこと、あれ面白いから、原稿にしてくれればいいんですよ」

どうやら連載の枠をひとつ、どうしても埋めねばならなかったらしい。原田はそんなことはおくびにも出さず、憎めない口調で飄々と続けた。

「テレビ番組をあれこれ語るってのはどうかな？　元俳優の放送作家って肩書も、なかなかイケてると思うんですよ」

そんなわけで隔週刊毎号一ページの連載が始まる。といっても、テレビなどニュースかスポーツ中継しか観ない僕に、番組評など容易く書けるわけがない。つかの日記シリーズに倣い、毎回、原田をお調子者の担当編集者として登場させ、二人でのドタバタをでっち上げながら、わずかにテレビ番組に触れるという形で原稿を埋めた。

思うに読者の人気は乏しく、編集部の評価も芳しくなかったようだ。それでも原田は文句ひとつ言わず、月に五、六度、原稿やゲラの受け渡しのたび、あちこちの「名店」で酒や料理を振る舞ってくれ、毎度バカ話に花が咲いた。原田の人柄もあって、僕にとっては居心地のいい時間だった。

そんな原田が韓国取材を考えついたのは、もちろん原田自身のつかに対する思いもあったろう。しかし、ある種つかこうへいと特別な関係にある長谷川康夫に、それをウリにした形での記事を書かせ、多少なりとも編集部内での立場を上げてやろうという、親心（？）だったような気もする。

原田と二人、初めて金浦空港に降り立ったのは、一九八五年十月の初旬だった。それまでに僕は韓国語の入門書を手に入れ、かろうじてハングルを読めるようにだけはなり、片言の挨拶も頭に入れていた。

空港からタクシーを拾い、教えられていた住所のメモを示し、ソウルのつかのもとに向かう。僕のハングル学習の甲斐あって、目的のマンションはすぐにわかった。そこには小山一彦も待っていた。

つかのお母さんと会うのは、八二年二月の直木賞授賞式以来だったが、息子の「弟子」がわざわざやって来たということで、にぎやかに歓待してくれ、そのまま昼食となった。現地での最初の食事が、広いテーブルにびっしり並ぶ、お母さん手づくりの韓国料理だったことは忘れられない。

嬉しげに休む間もなく声をかける母に対し、つかの表情は驚くほど柔らかく、はにかみさえ見てとれた。それは長い付き合いの中で、初めて知るつかこうへいだった。

原田と競い合うように料理を腹に詰め込んだ後、僕らはつかや小山と共に午後からの稽古に向かった。

小さなビルの地下にある、レンガの壁に覆われた稽古場だったと思う。

つかがまず通訳らしき若い女性に声をかけ、「ナンシル（蘭実）」と名乗った彼女を通して、出演する四人の俳優たちに紹介される。頭に叩き込んできた、僕の「アンニョンハシムニカ」は、どうやら好意を持って受け止められたようだ。つかが僕に目をやり、苦笑いを浮かべているのがわかった。

壁に公演のポスターが貼られている。八一年に角川から出た『定本・熱海殺人事件』（最新の上演台本に演出のディテールが書きこまれたもの）の外函に描かれた、和田誠による登場人物四人のイラストが、ベースの色もそのままに使われていた。

違うのは、周りを埋めるのがハングルであることだ。イラストの上に並ぶ大きな文字の下には、唯一漢字で「熱海殺人事件」とあるから、その五文字が韓国でのタイトルだろう。

「チュ……ゴ……ウン……パ……ダ……」

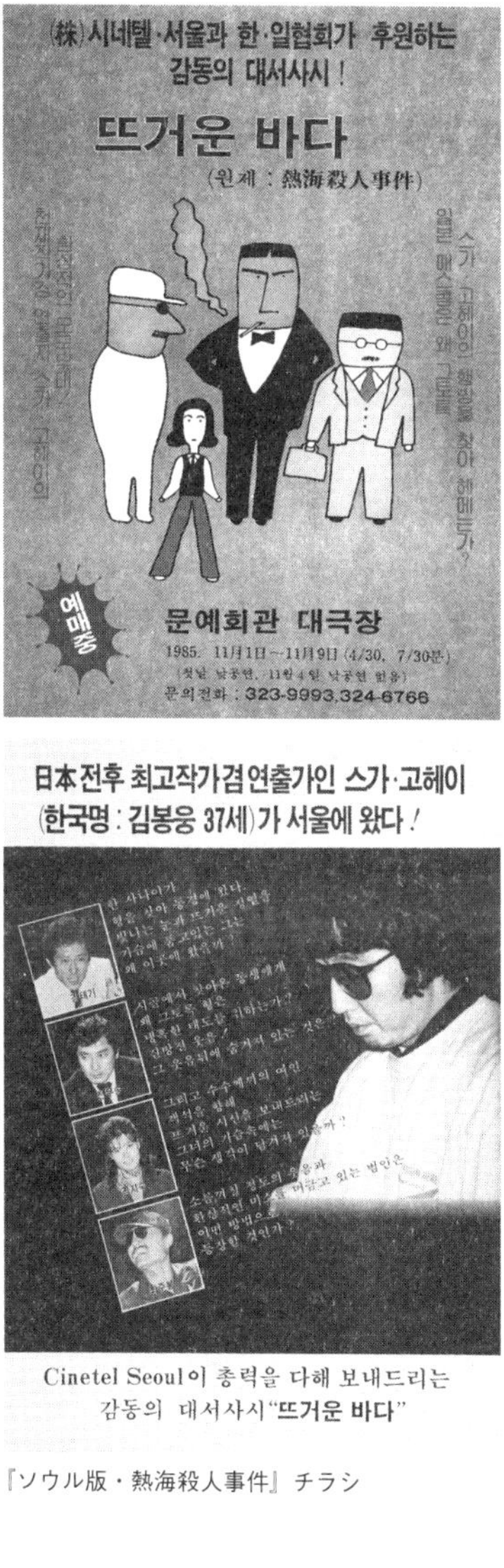

『ソウル版・熱海殺人事件』チラシ

何とかひと文字ずつ、小さく読み上げる僕に、小山がささやく。
「チュゴウンパダ……『熱い海』。〝熱海〟だから……」
『娘に語る祖国』の中でつかが書いているように、「殺人」という言葉に韓国当局からクレームがつけられたため、題名はそうなったという。何かと制約が多いことはわかったが、『熱い海』というタイトルは正直、悪くないと思った。

ほどなくして稽古は始まった。芝居はもうかなり出来上がっているようだった。そしてつかの姿は、我々の稽古場と何ひとつ変わらなかった。

いつもどおりテンション高く、舞台に向け〝口立て〟で台詞を足していく。しかもすべて日本語のままだ。それを瞬時に蘭実が訳す。彼女が今回の公演のプロデューサーである全玉淑《チョンオクスク》女史の娘であることは後に知るが、すでにひと月以上続く稽古の中で、つかの〝口立て〟を役者に伝える「息」のようなものはすっかりつかんでいた。その台詞をオウム返しに発する役者たちもまた、淀みないテンポだ。

つかはほとんど韓国語を話すことが出来ないが、聞き取るだけはある程度大丈夫だということは前から聞いていた。従って役者たちのちょっとしたニュアンスの違いなども感じとり、指示を飛ばす。

ときおりその意味が上手く伝わらないことがあり、稽古が止まると、蘭実を挟んでやりとりが始まる。そこだけが僕らの稽古場では絶対になかったことだ。

『ソウル版・熱海殺人事件』稽古場にて。部長役の全茂松（チョン・モスン）とつか

劇中の曲も、何らかの規制があるのだろう、オープニングの『白鳥の湖』などのクラシックや、他の洋楽はオリジナル版のままだったが、日本の曲はすべて差し替えられ、韓国の流行歌らしきものがいくつか使われていた。しかしそのどれもが持つ〝情感〟は、完全に作品の中にはまっていて、全く違和感はなかった。

そして何よりも、目の前で繰り広げられる役者たちの芝居に、僕は圧倒される。もちろん言葉は何ひとつ理解できない。ただ『熱海殺人事件』の筋立ては身体に染みついているし、つかが繰り返し変えていく台詞が日本語であるため、今どういうやりとりが行われているかは、だいたいわかる。

> 必要なのは哲学の伝達であって、断じて意味の伝達ではない。その人間のパッションとそれを有効的に伝えるリズム感なのである。

『定本・熱海殺人事件』の中にあるつかの言葉だ。

まさしくその通りのことが、目の前で起こっていた。よくぞまぁこの四人が揃ったものだと、ただただ感心するしかなかった。

そしてつかもまた、『熱い海』となった芝居のために、もとの『熱海殺人事件』とは設定を見事に変えていた。

『定本・熱海殺人事件』にはその前書き部分にこんな一節がある。

最低、高知だったら高知で『熱海殺人事件』を、『桂浜殺人事件』と変えて上演する程度の作者への礼儀を持ってほしいということなのだ。秋田だったら『八郎潟殺人事件』、北海道なら『登別殺人事件』ができる。

つかはまさしくそれを、ソウルで実践したのである。

熱海などという俗な温泉地で、痴話喧嘩から起きた工員の女工殺しという〝みすぼらしい〟「事件」を、どこに出しても恥ずかしくない文学的なものとするため、警視庁の取調室で刑事たちが犯人共々奮闘する――そんな作品は、舞台をソウルに変え、事件の発生場所が隣の港町仁川《インチョン》となる。

富山から東京に赴任してくる若い刑事は、東京警視庁からソウル警察にやって来る在日韓国人、おまけに彼を迎え入れる部長刑事は、かつて母が祖国に残していった実の兄なのだ。

その中で、若い刑事と婦人警官の間にロマンスが生まれ、最後には刑事の「祖国とは、あなたの美しさだと思った」との台詞で幕が降りるのである。

僕らが来たために、稽古を繰り返しながらも、あえて全編を通して見せてくれたのだろう。四時間ほどですべてが終わると、つかは振り向き、いつも通り「どうだ?」と訊いてきた。

もちろん僕も例によって「はぁ……」のひと言である。しかしその「はぁ」のニュアンスで、つかには充分伝わるはずだ。これもいつものことだ。

舞台上では四人の俳優たちが、何やら真剣な表情で確認し合っている。その姿からも、つかの芝居作りに参加することへの彼らの充実感が見てとれた。

三十八年前の「ホットドッグ・プレス」のルポの中で、僕は四人のことをこんなふうに紹介している。

部長役の全茂松《チョンモスン》氏は四十四歳。ニューズウィークの表紙にもなったことがあるという、バリバリのシェークスピア俳優。さしずめ韓国の〝松本幸四郎〟。刑事役の姜部《カンテ》起《ギ》氏は三十四歳。『エクウス』の主役を六百四十回演じたという〝韓国の風間杜夫〟。犯人役の崔周鳳《チェジュボン》氏は四十歳。〝韓国の渥美清〟。ハナ子役のミス金知《キムジ》淑《スク》は二十八歳で、二年連続ミュージカルの舞台で主演女優賞をとったというから、木の実ナナといったところか。

個々の俳優の力量といい、そのバランスといい、つかが生涯にわたって手掛けた数多くの『熱海殺人事件』の中でも、このメンバーは「劇団つかこうへい事務所」時代のキャストに匹敵すると、僕は今でも思っている。

中でも女優、金知淑へのつかの傾倒ぶりは、稽古を見ていてもはっきりしていた。「役者がオレに芝居を作らせる」という言葉どおり、「ハナ子」はオリジナルの〝熱海〟よりはるかに重要な役回りになっていた。

　そしてひとつわかったことがある。いわゆる〝つかこうへい台詞〟というものが、実に韓国語にマッチしているのだ。

　勢いのあるテンポ。相手にぶつける激しさや強さ。うねるような抑揚。責めたり皮肉ったりするときのねちっこさ。そのすべてが、いつもつかの〝口立て〟によって僕らに与えられる「音」そのものなのだ。

　それだけではない、気丈にやり合っていた女が一転、その弱さを見せ、切々と心情をさらけだすときに、つかがよく利用する、「～するとね」「～するとよ」などの語尾に代表される柔らかな北九州訛りと、韓国の女性が日常使う、「～ヨォ」などで終わる言葉の響きが見事に重なるのである。

「韓国語ってさぁ、男がドイツ語で、女がフランス語なんだよな」

　日本に帰り、いっぱしの韓国通を気取り始めた頃、僕はその言葉の響きを、よくそんなふうに説明したものだ。

　そして最初に感じた、つかの台詞は韓国語に合っているとの発想自体が、そもそも逆だったことに僕は気づく。僕らが知っている〝つかこうへい台詞〟そのものが、もともとつかの中で培われた韓国語の「音感」や「リズム」といったものを、どこかベースとしているのではないか――と。

単なる思い込みかもしれない。しかし僕の中ではそのとき、また少しだけ、つかこうへいに近寄れたような気がしていた。

プロデューサー・全玉淑

こうして、予備取材を名目にした四日間の韓国行きは、あっという間に終わった。結局『ソウル版・熱海殺人事件』の稽古に付き合ったのは、毎日、終了間近のわずかな時間だけで、あとはほぼ観光の日々と言ってよかった。

原田は日本にいるときと変わらず、プルコギだの、冷麺だの、参鶏湯だの、ソウルの名店をしっかりチェックして来ていたが、さすがに全部は行けなかった。

朝食は小山一彦に教えられ、南大門《ナムデムン》市場の中にある定食屋街に、原田と二人、連日通った。つまり毎朝、築地に向かうようなもので、次の取材本番でもそれはルーティンとなった。

土鍋でグツグツ煮える何種類かのチゲや、テグタン、コムタンなどはメシ付きで８００ウォンほど。当時のレートで２００円。しかもテーブルにつくなり、それとは別に、キムチ、カクテキ、もやしやほうれん草のナムル、キノコ野菜炒め、カレイの唐揚げ、真っ赤な塩辛などが、目の前にズラリ並ぶのだから、僕らをトリコにするのはわけなかった。

まだそんな場所に日本人の観光客など見かけない時代である。店主のオヤジさんは僕らが交わす言葉に、在日の留学生かと日本語で声をかけて来た。ある年齢以上の人は皆日本語を話せることを、僕はしっかり噛みしめた。

芝居の舞台となっている仁川《インチョン》へも、小山に連れて行ってもらった。ソウルから車で一時間。港自体まだ整備が始まったばかりで、海岸沿いに海鮮料理屋が並ぶ、田舎の観光地といった風情の街だった。ここがのちに巨大な国際空港となることなど想像すら出来ず、僕らは海を見ながらのんびり昼メシを食べた。

そしてつかの毎日の稽古のあとは、ソウルの繁華街、明洞《ミョンドン》に一緒に繰り出し、すでに馴染みとなっている居酒屋でしこたま飲むことになる。

最初の夜、小山がニコニコしながらまず頼んだのは、小ダコの刺身だった。うどんほどの太さの足をぶつ切りにしてもまだニョロニョロと元気よく動くそれを、真っ赤な辛子味噌に付けて頬張ると、口の中で吸盤が痛いほどにビタビタ吸いつく。

のちに公演本番で日本からきた客たちを迎えたときも、これを振る舞うのが定番となるのだが、まさにこの料理にこそ、我々を〝ソウル熱〟へと導くエネルギーが凝縮されていると、小山は伝えたかったのだろう。

公演のプロデューサーである全玉淑《チョンオクスク》に稽古場で紹介され、稽古終了後にその家を訪ねたのは、〝予備取材〟最後の夜だ。

当時五十代半ばの彼女はその美しさよりも、どこか豪胆という言葉がふさわしいたたずまいの女性だった。稽古場に来るなり、娘の蘭実《ナンシル》を追いやって通訳を務め、つかの〝口立て〟を役者たちに伝えていくのだが、彼らがつかの与えた台詞に途惑ったりすると、何やらひと言、厳しい声で怒鳴った。

小山の耳打ちで、「やれ！」と叱りつけたことがわかる。

そして、つかの投げたバカバカしい台詞を、役者たちが同じトーンで応えると、今度はまるで一観客のように声を上げて笑う。彼女がいるだけで、いつにも増して稽古場の熱気は上がった。

その夜、自宅に移動し、ちょっとした宴となってからも、全玉淑の流暢な日本語はぶっきらぼうな男言葉だ。けれど、つかのもとで長く助手を務め、今回は雑誌に公演の記事を書くために来ていると紹介された、日本の若造への視線は優しく、「がんばれよ」という言葉も温かかった。

「韓国のナベプロの社長だ」

帰りのタクシーの中、全玉淑女史に対するつかの説明はそれだけだった。

真に受けた僕は、「シネテルソウル」という彼女の会社が単なる芸能プロで、その経営者だという認識しかないまま、今に至っていた。かろうじて、歌手の趙容弼《チョーヨンピル》や詩人の金芝《キムジ》河《ハ》などを日本に紹介したのが彼女だということは、当時、小山から聞かされたと思う。

それがこの項を書くにあたって、小山に確認し直し、あれこれ調べるうち、とてつもな

プロデューサー、全玉淑（右）

い人物だったことを知る。

全玉淑は一九六〇年代、韓国初の女性映画プロデューサーとして名を馳せ、日韓国交正常化以降、七〇年代は日本に滞在。季刊誌「韓国文芸」の編集長として自国の小説を紹介するなど、日韓の文化交流を中心となって後押しする。八〇年代に入ると、これも韓国で最初のテレビ制作会社をソウルで設立。

有名なのは、彼女がドキュメンタリー番組として企画した、下関・釜山間のフェリー上での、日韓の文化人たちによる討論会である。大島渚が「バカヤロー」と叫んだことが波紋を広げ、両国で大きな話題となった。

『ソウル版・熱海殺人事件』の前年の出来事であり、もちろん僕が全玉淑と会ったその時期、まだ記憶にも新しかった。しかしそれをすべて仕切ったのが、目の前にいるこのキツめのオバサンであることなど、僕はまったく知らずに、能天気にマッコリのグラスを口に運んでいたのである。

戦後の日韓関係の中で、全玉淑の世話を受けた両国の作家、評論家、学者、ジャーナリストなど、その名前を挙げればきりがなく、いくつかの紹介記事には、「女傑」「ミューズ」「ゴッドマザー」などの言葉が並ぶ。

八十五歳で亡くなった二〇一五年には、年末の朝日新聞「惜別」欄で大きく取り上げられているのだから、その大物ぶりがわかるというものだ。

これを知ったことで、『ソウル版・熱海殺人事件』公演がどんな経緯で成立したかも、やっと僕の中で答えが出たような気がする。

つまり『娘に語る祖国』でそのきっかけとして一行だけ説明のある、つかを取り上げたドキュメンタリー番組というのが、そもそも彼女の会社「シネテルソウル」の制作だったのではないか。

当然ながら全玉淑は、日本の演劇界でのつかの圧倒的な人気や、その立ち位置のようなものは把握している。ドキュメンタリーのテーマでもある〝在日韓国人〟に対する理解も深い。

かたや、目上の人間に対してその懐に飛びこみ、信頼させる術は誰にも負けない〝人たらし〟つかこうへいである。

二人が相まみえれば、韓国での『熱海』の上演など容易く決まって行ったのではないだろうか。

全玉淑にしてみれば、自分が今まで果たしてきた日韓関係の中での役割の延長として――。つかにとっては、大切な母の、祖国での新しい生活をフォローするため――。二人の思惑は見事に合致したのである。

などと、僕は勝手に想像するのだが……。

石丸謙二郎、ソウルへ

順調に進むつかの稽古に安心し、〝ソウル熱〟に見事に感染した上で、僕と原田は初めての韓国訪問を終えた。

お土産は、つかのお母さんが自ら漬けた大量のキムチだった。それまでも僕は幾度となく、つかのもとに福岡から送られてきた手作りのキムチをもらってきた。つかはよほど自慢らしく、気に入った編集者たちにもよく土産に持たせていた。

決しておべっかではなく、僕はつかの母が漬けたキムチが、生涯食べたどのキムチよりおいしいと、ずっと思っている。中でも、このときソウルのマンションで本人から直接手渡された大きな瓶詰は、固めの白菜や色の濃い唐辛子など、素材がやはり日本とは別物なのか、それまで以上に僕を感激させるものだった。

これが無くなる頃には再びソウルに戻るのだと、毎日、瓶の中身を確かめながら、一人暮らしの部屋でキムチを食べ続ける中、突然、成田空港にいるという石丸謙二郎から電話が入る。

『ソウル版・熱海殺人事件』の本番まで、十日ほどになった頃だ。

「つかさんから呼ばれて、これから韓国行ってくる。振り付けをやってくれってさ」

石丸の声は嬉しそうだった。それがつかこうへいの舞台に立つきっかけとなったように、ダンスは石丸の得意分野だ。

新しくなった『熱海』の中身などを教えてやり、また〝ソウル熱〟の仲間が増えるのかと、内心ニヤニヤしながら受話器を置いた。

しかし四、五日して帰ってきた石丸の話に、僕は驚く。芝居は、在日韓国人の刑事が祖国にやって来ることから始まる、ソウル警察を舞台にしたものではなく、オリジナルのまま、東京警視庁での日本人による物語に戻っていたというのだ。

そのあたりの経緯は『娘に語る祖国』の中でも書かれているが、結局、韓国当局からの許可が下りなかったのである。

ただし石丸によると、その時点で稽古は問題なく行われていて、上演に差し障りはないということだった。

今になって彼に確認すると、このときの韓国行きは、我々の劇団で制作を務めていた菅野重郎を通して、つかから急に依頼されたものだという。

「その頃、週一のナレーションの仕事があるだけでヒマだったから、簡単に行けたんだよな」

ナレーションと聞いて『世界の車窓から』をすぐ思い浮かべたが、まだそれが始まる一年半前のことだ。

石丸はさしたる準備もせず、翌日すぐ成田に向かった。そのあたりの身軽さはいかにも石丸である。

そして金浦空港から一人、まっすぐ稽古場に向かい、そのまま稽古に参加するのだが、呼ばれた理由だったはずの「振り付け」の作業など、あっさり終わってしまう。

たしかに『熱海』では、刑事たちが犯人の自白を引き出そうと数々の音楽を流す中での、多少の手振りやステップなどはある。殺人現場の再現で、ひとつの〝形《かた》〟のようなものを見せたりもする。しかしせいぜいその程度で、大げさに「振り付け」と呼ばれるものなど、さほど必要とされていないのだ。

「で、結局、向こうの役者さんたちに交じって、稽古することになって……。いつも通り、『おい石丸、やってみろ！』が始まるのよ」

中でも部長刑事役の全茂松《チョンモスン》の代役が多かったという。

「つかさん、どうやらオレの『クエーッ！』ってなるような芝居を見せたかったらしい……まぁ『熱海』の台詞はだいたいわかってるから、つかさんの〝口立て〟、そのまま日本語で返してさ」

今になってそんな話を聞き、僕にはようやく腑に落ちるものがあった。

なんとなくわかるのだが、長い稽古の中、つかには必ず飽きがくる場面がある。そして芝居をいったん壊してみたりするのである。結局本番で使われることはなくとも、それによって自分を含め、役者や稽古自体に刺激を与えるのだ。

このときもたぶんそういうことだったのではないか。

言ってみれば、韓国の俳優たち四人の演技の質は、石丸などとは対極にある正統的なものである。

とくに韓国演劇界きってのシェークスピア俳優と言われる全茂松の芝居は、いかにつかの台詞の持つテンションやリズムを見事に再現しても、どこか日本で言う〝新劇的な〟匂いが残っていた。

僕などにはその硬質さのようなものが逆に魅力的に感じられたのだが、作品の中身をこれまでさんざん上演してきた『日本版』に戻したことで〝飽き〟を覚え始めたつかには、どこか型にはまってしまったように思え、いまひとつ弾けてこないことが不満になったのではないだろうか。

そこで、自ら「『クエーッ！』ってなる」と説明する石丸謙二郎の、脈絡のない狂気じみた芝居を見せることで、ひとつの殻を破ろうとしたのだと思う。

そしてそれはたぶん成功したはずだ。そのあと僕が二度めの韓国行きの折、つかははっきりこう言ったのだ。

「いいぞぉ今度の芝居！　役者たちもみんな！」

石丸謙二郎は間違いなくそれに貢献したのである。本人がそれを理解しているかどうかは別として――。

と、石丸のソウル行きに関してはこれで終わりにするつもりでいたが、彼のこの旅の結末があまりにも情けないものなので、かいつまんで書いておきたい。

ソウルでの五日間のほぼすべてをつかと共に過ごした石丸は、最後の夜、つかに連れられウォーカーヒルのカジノに向かった。待っていたのは作家の色川武大（阿佐田哲也）氏と将棋の芹沢博文九段だったという。

つかは色川氏とソウルでの対談の仕事があり、氏と仲の良い芹沢九段がカジノ目当てに同行したらしい。その夜、小山一彦を含めた五人でルーレットを楽しんだ後、ソウルの屋台で朝まで飲んだ。

思いがけぬ経験に興奮醒めやらぬ石丸は、つかの母のマンションに寄って挨拶してから、金浦空港へと向かった。

抱えていたのは、もちろん土産にもらった大量のキムチである。プラスチック製の容器が三段、重さは10kg近くあったと、石丸は主張する。

空港に着いたのは搭乗時刻ギリギリ。あわてて手荷物検査を受けたのだが、キムチの包みがベルトコンベアで検査機の中に消えようとしたとき、容器のてっぺんがつかえ、そのままドスンと倒れた。同時にフタが飛び、真っ赤な汁と白菜がぶちまけられる。係員が叫ぶ中、ベルトは止まり、石丸はあわてて手でかき集めたというが、無駄な行為であることはわかっている。仕方なく容器を立て直し、抱えるしかなかった。

　どやしつける係員たちに、日本語で懸命に出発が迫っていることを訴えても相手にされない。そのまま別室に連れて行かれ、なんとかキムチは詰め直したものの、予約していたノースウエスト便は、十分前に飛び立っているはずだ。

　途方に暮れる石丸の前に空港職員が現れる。なんと飛行機は搭乗を待ってくれているという。

　喜び勇んで乗り込んだが、手には荷物とキムチを持ったままだ。おまけに全身、赤い汁にまみれ、すべてが強烈な匂いを放っている。

　ただでさえ待たされて腹を立てている乗客たちが顔を歪める中、機内の通路を行くと、運の悪いことに座席は窓際の三人席の真ん中。そっぽを向き、鼻をつまむアメリカ人らしき男女二人に挟まれ、成田までの二時間、ひたすら寝たふりをしてごまかした。

　しかし話はそこで終わらない。

　成田に到着してから、石丸は手持ちの金がウォンしかないことに気づく。金浦空港で両替する時間などなかったのだ。当時は日本国内でウォンから円への両替は出来ず、窓口に行ってもけんもほろろだ。

韓国へのツアー客の一団を見つけ、交渉してみるが、カピカピに乾いたキムチの汁で全身赤く染まり、猛烈なニンニク臭に包まれた不気味な男を相手にする者などいない。皆、眉をひそめ、逃げて行ってしまう。

結局交番に向かい、パスポートを示した上で金を借りることになる。自分のアパートまでのバス代と電車賃、ぴったりの金額だけを渡され、その日のうちになんとかたどり着いたという。

とにかく石丸にとっては、人生の中でも特別な思い出となった韓国への旅だった。

しばらく食べ続けたつかのお母さんのキムチが、僕とは全く別の意味で胸に染みたことは、言うまでもない。

再びソウルへ

つかこうへいが祖国で初めて手がける芝居、『ソウル版・熱海殺人事件』のルポのため、「ホットドッグ・プレス」の担当編集者原田隆とともに、再び韓国を訪れたのは、一九八五年十月二十九日、公演初日の三日前だった。

二十時四十分、金浦空港到着。飛行機を降り、空港ロビーに入ったとたん漂ってくるニンニクの香りは、〝ソウル熱〟に感染したままの僕らに、再びこの地に来たことを実感させてくれ、気持ちはいやが上にも高まる。

そしてその実感は、すぐ別の形でダメ押しされることになった。

三週間前の訪問では、記事の「予備取材」と称しながらも、それがどんな雑誌に載るか、こちらの芝居関係者たちに伝えることが出来なかった。その反省から、今回、原田は意気揚々と「ホットドッグ・プレス」の最新号を持って来ていたのだが、なんと税関であっさり没収されてしまうのだ。

その号が「若者のセックス」特集だったからである。

表紙をデカデカと飾る「ＳＥＸ」の三文字に目をやった係官は、それだけでページを開くこともなく首を左右に振り、次の瞬間、一冊だけの「ホットドッグ・プレス」は後ろの籠にポイと放り込まれた。別に裸の写真があったわけでもない。一九八五年の韓国はまだそういう国だった。

原田は係官とやりあうこともなく、僕を見て気まずそうに笑う。よりによってなんでその号をと思ったが、ここで怒鳴りつけるわけにもいかず、ただため息をついてみせるしかなかった。

わざとらしくうなだれたままの原田は無視し、まずつかが暮らすお母さんのマンションに電話する。しかしつかはまだ帰っていなかった。さすがに初日目前で、稽古も追い込みということだろう。明日の午前中に訪ねることをお母さんに約束し、タクシーでソウル市街へ向かう。

ソウル中にうじゃうじゃいる小型タクシーは、当時ほぼすべて１２００ｃｃほどのポニーという車種だった。そのどれもが飛ばしに飛ばす。

空港からホテルまで25キロほどの道のりをぴったり二十五分。今回の宿は、ソウルの高台にある「新羅《シーラ》ホテル」という韓国を代表する高級ホテルである。

前回の予備取材ではいわゆるビジネスホテルだったから、本番とあって原田も気を遣ったのだろう……と、思っていたのだが、ひと月後に掲載された記事を見ると、欄外に〈取材協力〉とのクレジットがあり、「小山一彦」やプロデューサーの全玉淑の会社「シネテルソウル」と並んで、「ＨＯＴＥＬ　ＳＨＩＬＬＡ」の文字があった。ようするにホテルとは何らかのタイアップが結ばれていたということだ。このあたりが、「ＳＥＸ特集」を持ち込む間抜けさとは裏腹な、原田の編集者としての優秀なところだった。

実は原田が宿を「新羅ホテル」にしたのには、もうひとつ別の理由があった。

「日本代表と同宿ですからね」

出発前のその自慢げな言葉に、僕は素直に顔を輝かせた。

今回の僕らの旅には大きなおまけがついていた。サッカーワールドカップのアジア最終予選、日本対韓国戦である。ちょうど日程が重なったのだ。

十一月三日にソウルオリンピックスタジアムで行われる試合の結果によっては、日本の初めてのワールドカップ出場が決まる。十月二十六日の東京国立競技場での第一戦に敗れた日本にとって可能性はかなり低いが、そんな歴史的な試合を観戦できるなど、元サッカー少年の僕にとって、胸躍る事件だった。

それを知る原田が一から段取りをし、僕らはなんと日本からの記者として競技場に入れるという。

　つくづく「ホットドッグ・プレス」の連載を始めたこと、それが今回の韓国行きにつながったことに、感謝するしかなかった。言ってみれば、すべてひっくるめてつかこうへいのおかげである。

　そして何より、書き手の心をくすぐるこういった如才なさが、編集者原田隆の真骨頂だった。


　翌日、朝一でまず韓国のサッカー協会に寄った僕らは、すでに申請済みだった写真付きの記者章を受け取り、つかのお母さんのマンションへと向かった。もちろんずっとソウルに滞在している小山一彦の顔もそこにあった。

　つかは三週間前と比べると、少し痩せて見えた。かなり疲れてはいるようだが、表情は思ったより明るい。

「いやぁ、何とか出来たよ。いいぞぉ！　今度の芝居は。役者たちもな」

　僕らを迎えるなり、弾んだ声を放つ。芝居を本番十日前になって急遽作り直さねばならなくなったことは聞いていたから、少し心配していたが、無事完成したらしい。僕はホッとして、いつもどおり「はぁ」と曖昧なひと言を返す。

　四人でそのまま稽古場へ。そこで待っていたなつかしい顔は、音響の山本能久だった。

「西武劇場」での『サロメ』でつかと出会い、翌一九七九年の『いつも心に太陽を』から、解散までのすべての作品で音響を担当した山本は、音楽が圧倒的な役割を果たす「つか芝居」にとって、欠かせない存在だった。

今回、劇中で流れる数多くの曲の、「入り」と「消え」のタイミングやその音量、そして台詞との兼ね合いによる上げ下げ、そんな微妙なニュアンスのようなものを現地のスタッフに伝えるため、つかが前日から呼んでいたのだ。

山本は細かく指導し、初日を見届けて帰国するが、いわばつかの懐刀とでもいえる彼の仕事によって、オリジナルの形に戻された『ソウル版・熱海殺人事件』＝『チュゴウンパダ（熱い海）』の芝居としての質が一段と上がっていることは、始まった通し稽古ですぐにわかった。

つかの「いいぞぉ！」が納得できる仕上がりだった。

後に小山から聞いた話だが、舞台を韓国に変えた『熱海殺人事件』は、結局、内容が現地の警察を揶揄しているとの理由で、当局から上演の許可が下りなかったという。（これもまた、そういう時代だったのだ）

つかがプロデューサーの全玉淑女史からその決定を告げられたのは、なんと本番まで二週間を切ってからだったが、つかは顔色を変えることなく、本来の日本版への変更を受け入れた。

翌日、つかの要望で、俳優たちの家族や公演の関係者たちが稽古場に集まった。そして全玉淑があえて呼んだ文化当局の担当者も含め、彼らの前で、それまで作り上げてきた芝居の最後の通し稽古が披露された。

そのラストシーンは、稽古場にいるすべての観客たちの涙を呼び、すすり泣く声はいつまでも止むことがなく、当局の人間もそれは同じだったと小山は語る。

終演後、役者たちは抜け殻のようにその場に佇み、「このままやりましょう」「劇場が無理なら、稽古場公演の形で」など、口々に訴えた。

しかしつかは一顧だにせず、「明日の稽古は九時から」とだけ言い残し、「小山さん、帰るぞ」と、稽古場を後にしたという。

その踏ん切りと覚悟の決め方は、いかにもつからしいと僕には思えた。

明日の劇場入りを前にして、稽古場での最後の芝居が何度も繰り返される中、もう一人、かつての「劇団つかこうへい事務所」にとって欠かせない人物が日本から到着する。

カメラマンの斎藤一男である。八二年の解散公演前に出版された劇団の写真集『前進か死か!!』（サブタイトルは「劇団つかこうへい事務所全記録」）を埋めるすべての写真が彼の手によるものであるように、斎藤は何年にもわたり、「劇団つかこうへい事務所」を追い続けてきた。彼のフィルムには、稽古から本番、役者たちの楽屋や日常の姿まで、「ＶＡＮ99ホール」の時代以降、劇団のすべての歴史が収められた。

そして何より写真家としての斎藤一男の興味は、最初の出会いが文芸誌「野性時代」で

［上］斎藤一男が撮影したソウルでのつか。［下］左より斎藤、つか、（一人おいて）山本能久、原田隆、小山一彦、筆者

の「つかこうへい特集」のグラビアだったからか、舞台以上に、つかこうへいという人間にあったような気がする。

ソウルでも、斎藤は現れるなり、芝居が続く稽古場の中を静かに動き回り、様々な対象にレンズを向ける。その姿は、僕らが何年も見て来たものだ。手にしたカメラは、いつもどおりシャッター音を消すための大きな黒い箱で覆われている。

そしてやはり、斎藤が狙う一番の被写体はつかこうへいだった。

そうなるとつかも慣れたもので、演出する動きや表情は大きくなり、舞台の役者のもとに駆け寄り、自ら芝居中のポーズまでつけてみせる。斎藤は嬉しげにそれを連写するのだ。

あの劇団の日々とまるで変わらない、そんな懐かしい光景に、僕は笑みを噛み殺していた。

実は斎藤一男の合流は、つかとの個人的な関係によるものだと思っていたのだが、それだけではなかった。

僕の「ホットドッグ・プレス」での記事は、全5ページのそれぞれ半分のスペースが、ソウルでの斎藤の写真で埋まったのだ。

そういった手はずまで、原田がしっかり段取っていたことを現地で初めて知り、僕はこの男の気配りに舌を巻くのである。

最後の稽古は、夜の十時過ぎにようやく終わった。僕ら日本勢はつかと共に、明洞のいつもの居酒屋へと繰り出す。もちろん生きた小ダコの刺身（「サンナクチ」という名で、今や韓国料理の一メニューとして日本人でも知る人が多いと、これを書くにあたって小山が教えてくれた）が真っ先に振る舞われ、口の中で暴れまくる吸盤に、斎藤や山本が目を丸くしたのは言うまでもない。

久々の面子の集合に、つかこうへいのテンションは高く、韓国でのこれまでの日々を、いつものつか節で気持ちよく語ってみせた。

斎藤が心底嬉しそうに、それを聞く姿は忘れられない。

つかがソウルで奮闘した芝居の出来が、思った以上に素晴らしいものになったからこそ生まれた、思い出深い一夜だった。

『熱い海』開幕

ソウルでの『熱海殺人事件』公演が行われるのは、大学路《テハンノ》と呼ばれる地区にある「文芸《ムニェ》会館《ヘガン》」という客席数８００ほどの新しい劇場である。周りはソウル大学が移転した跡に出来た広い公園だった。

初日を翌日に控えた十月三十一日の朝、我々は劇場に入った。

建ったばかりだけあって、外見も設備もすばらしい小屋（我々芝居屋は劇場をそう呼ぶ）で、仕込みはすでに始まっていた。

舞台装置は大小ふたつのデスクと四脚の椅子だけだから、準備はほぼ照明の吊り込みに費やされる。

それが終わるのを待つ間、僕は楽屋で俳優たちにインタビューを行うことになった。きちんとした形で彼らの話を聞くのは初めてだった。本来の旅の目的を考えれば、浮かれてばかりいるわけにはいかない。

通訳は全玉淑の娘、蘭実《ナンシル》だ。二か月近い稽古にずっと付き合ってきた彼女自身が、初めての劇場入りにかなり高揚しているようだった。

四人の俳優たちは皆、つかとの出会いをその役者人生の中での全く新しい、文字通りの劇的な体験であり、衝撃的な事件だったと語ってくれる。

原稿を埋めてくれそうな言葉をたっぷりもらい、シメシメというところだったが、その韓国語ならではの「熱さ」をどれだけ文字で伝えられるか、正直、自信はなかった。

午後からいよいよ「場当たり」。舞台上の役者たちの動きを芝居のアタマから確認し、その立ち位置を照明との兼ね合いで決めていく。その中で音楽が入る場面は、きっかけの台詞に合わせてのタイミングや、音量なども調整する。

それがすべて終了し、「ゲネプロ」と呼ばれる本番どおりの通し稽古が始まったのは、夜の九時を過ぎてからだ。結局小屋を出る頃には日付が変わっていた。

斎藤一男は劇場入りしてからその時間まで、客席や楽屋などを絶えず動き回り、舞台の芝居やつかこうへい本人を中心に、あらゆるものへレンズを向けていく。役者やスタッフが休憩なり食事の時間でも、シャッターは押され続けるのだから、休む暇はない。そして初日もまた、同じことが繰り返されるのだ。その姿は我々の劇団時代のままだった。

それは決して、斎藤一男のカメラマンとしての本来の仕事ではなく、〝持ち出し〟もかなりあったはずだ。しかし斎藤は絶えず楽しげにそれをこなし、僕らは皆、つかより何歳か年上である彼を、劇団の一員であるかのようにどこか錯覚しているところがあった。

そして丸三年が経ち、韓国ソウルでそんな斎藤が復活するのを目の当たりにしたとき、今さらながら、つかこうへいがまた舞台をやるのだという実感がこみ上げ、僕は何やら胸が熱くなっていた。

その日もまた、明洞の居酒屋での深夜の宴は繰り返され、『ソウル版・熱海殺人事件』＝『チュゴウンパダ（熱い海）』はいよいよ初日を迎えることになる。

十一月一日。夜七時半からの本番を前にして、音楽と照明のきっかけ稽古は朝から続いた。

つかは何度となく演出席から舞台に駆け上がり、役者やスタッフに指示を飛ばす。通訳する蘭実の言葉が待ちきれないらしく、日本語で次々とまくしたてるのだが、張り詰めた空気のせいか、役者やスタッフたちもなぜか理解できているようで、皆、違和感なく指示通り動いた。

結局、すべてが終わったのは客入れ直前の六時過ぎだった。役者たちはあわてて楽屋に引き返し、メイクなどの準備に入る。

思えば、初日はいつもこんな風だった。毎回上演開始ギリギリまで準備は続き、バタバタのうち、気がつけば幕は開いていて、その勢いのまま芝居は終わるのだ。

……などと、また感慨に耽っているうちにチャイムが鳴り、僕は決められていた席につく。客席は満杯とは言えないが、八割がた埋まっていた。

すぐに流れ出したのは韓国国歌だった。演劇でも映画でも、この国では必ず上演前に歌付きの国歌が流れるのだと、隣に座る蘭実が教えてくれる。本来、会場の客は斉唱することになっているという。僕は大相撲の千穐楽を思い出し、周りを見渡したが、さすがに歌っている人間は一人もいなかった。こうした国歌の演奏は数年後には無くなったようだ。

韓国国歌に続くように、『熱海殺人事件』のオープニングテーマとも言うべき、チャイコフスキーの『白鳥の湖』が流れ始め、客席が暗くなっていく。闇の中、音は次第に大きくなり、繰り返されるフレーズが劇場を震わすほどのボリュームに達したところで、いよいよ『熱い海』はソウル初演の幕を上げた。

役者たちが、つかの目指すものを見事に舞台上で表現してくれることは、もうわかっていたが、やはり気になるのは観客の反応である。

たぶん構えて観ているのだろう。どうやらつかこうへいならではの台詞に、どんな反応を見せてよいやら、果たして今のは笑ってもいいものなのか、などと途惑っているようにも見えた。

　はなからそれを期待してやって来て、ドカンドカンとウケてみせ、それによって芝居自体を煽っていく日本の観客のようにならないのは当然だが、その反応はやはりどこか寂しかった。

　しかしそのうちクスクス笑う声が、少しずつ聞こえてくるようになる。まだ登場しない容疑者の名が、刑事たちのやりとりの中で何度か発せられたときだ。

　上演の許可が下りなかったソウル警察バージョンでは、日本から来た「熊田留吉」刑事以外、登場人物の名は演ずる役者たちの実名がそのまま使われていたのだが、オリジナル版に変更した時、それぞれ「木村伝兵衛」部長刑事や、「ハナ子」婦人警官というおなじみの名前に戻っていた。ただし犯人だけはこのソウル版で、本来の「大山金太郎」ではなく、「小山桃太郎」となった。

　小山一彦によると、「大山金太郎」に異を唱えたのは、プロデューサーの全玉淑だったという。

「どうせなら大山は小山にしな。それにこっちでは、金太郎より桃太郎の方が知られてるから、桃太郎だな」

　例によって男まさりの日本語でまくしたてられ、つかも呑まざるを得なかったようだ。

「小山」はもちろん、稽古中、絶えずそこにいた小山一彦からとったものであり、役者たちも皆、喜んだらしい。

僕はずっと、それを決めたのはつかであり、名前を「金太郎」ではなく「桃太郎」としたのは、「小山」と〝カ行〟が重なる響きが気になったからだろうと、勝手に想像していた。しかしすべては全玉淑の思いつきだったのだ。

もともと「モモタロー」の名は韓国の子供たちがよく知っているものだという。稽古場でそれを教えてくれたのは蘭実だった。彼女は小さい頃よく歌ったと、あの童謡を笑顔で口ずさんでくれた。

「モーモタロサン、モモタロサン、オコシニツケタキビダンゴ〜〜」

当時の韓国は、日本の曲を公に流すことが許されず、『熱海殺人事件』でも、すべて差し替えられていたから、僕は少し不思議な気持ちで、それを聴いていた。

大げさな意味ではなく、この国と日本との複雑な歴史を、僕はその「モモタロサン」から、改めて考えさせられたのだった。


硬かった「文芸会館」の客席がしだいに融けはじめ、舞台上のやりとりに的確な笑いで応えるようになったのは、犯人である「コヤマモモタロー」がマイクを手に、チョー・ヨンピルの『大田《テジョン》ブルース』を歌いながら、客席に登場するあたりからだった。オリジナルでは加藤健一の大山金太郎が『マイウェイ』を歌う定番の場面だ。

以降、芝居に引き込まれた観客の空気は、笑いも静寂も以前の「紀伊國屋ホール」と変

『ソウル版・熱海殺人事件』舞台。［上］左より犯人役の崔周鳳（チェ・ジュボン）、部長役の全茂松（チョン・モスン）、ハナ子役の金知淑（キム・ジスク）、刑事役の姜部起（カン・テギ）。［下］左より姜部起、金知淑、全茂松、崔周鳳

わらないものとなり、これも定番であるプレスリーの『レット・イット・ビー・ミー』で幕が降りたときには、すさまじい拍手が客席を覆った。

僕は芝居の中身よりも、つかこうへいが再び芝居の現場に戻って来たのだということを、間違いなく証明してくれたその瞬間にいる喜びで、胸がいっぱいになっていた。

隣に目をやると、蘭実が嗚咽をもらしている。たぶん彼女も芝居に感動したというより、この二か月の間、つかこうへいというある意味特殊な人間と付き合い、それがひとつの形になったことを確かめたとき、涙が抑えられなくなったのだろう。

韓国の女性らしく自分をしっかり持った、どこか気の強いところもある蘭実だったが、まだ二十代半ばであり、母・全玉淑とつかの間で辛かったり途惑ったりすることも多かったはずだ。そんな彼女の思いを想像すると、こちらまで涙がこぼれそうになった。

僕は当時「ナンシル」としか紹介されず、姓が何なのか、これまでずっと知らないままだった。夫婦別姓である韓国だから、「全《チョン》」ではないことはわかっていたが、この項を書くにあたってあれこれ調べるうち、父の姓が「洪《ホン》」であり、つまりフルネームは「洪蘭《ホンナン》実《シル》」だったことを知る。

さらに驚いたのは、弟が映画監督の「ホン・サンス」だということである。

日本でもいくつもの作品が公開されてファンも多く、ベルリン映画祭で「銀熊賞」を三年連続受賞するなど国際的な評価も高いホン・サンスもまた、全玉淑の息子だったのだ。

この『熱海殺人事件』公演の頃には、アメリカに留学中で、その存在を我々が聞くことも

文芸会館前で開場を待つ人々

なかった。

今、彼の資料を見ると、姉として「ナンシル」の名もある。「主婦」となっているから、その後結婚をし、家庭を持ったのだろう。三十八年の時間を経てそれがわかり、無性に嬉しくなったことを書いておきたい。

一九八五年の十一月一日に幕を開けた『ソウル版・熱海殺人事件』＝『熱い海』は、九日の千穐楽まで、全十七ステージが行われた。初日以外はすべて四時半からと七時半からの二回公演というハードスケジュールだったが、役者たちは難なくそれをこなした。

そして日々増えていく観客の数で、芝居が評判を呼んでいることは確実にわかった。劇場の外で開場を待つ人々の列が、舞台を重ねるたびに伸びていったのだ。

僕は一九七四年から七五年にかけて続いた「ＶＡＮ99ホール」での公演で、毎回長くなっていった、青山通りの行列を思い出していた。


こうしてつかこうへいが三年ぶりに手掛けた、ソウルでの舞台には、日本からも多くの関係者が駆けつけ、それは連日続いた。公演終了まで現地に残る僕につかが命じたのは、彼らを出迎え、観劇前にソウルを案内し、芝居が終わってからはいつもの明洞の居酒屋に皆を連れていくという、まるでツアーコンダクターのような仕事だった。

その隙間を縫って、ホテルの部屋で本来の目的であるルポの原稿を書き上げ、一緒にやって来た原田が日本に帰る十一月四日までに渡さねばならないのだから、スケジュールのハードさは連日二回の公演をこなす『熱い海』の役者たち以上ではないかと、僕は心の中で減らず口を叩いたものだ。

日本から次々と訪れる客はかなりの数に上った。どういう順でやって来たかははっきり覚えていないが、初日にまず現れたのは、翌年に映画版『熱海殺人事件』の撮影を控えた志穂美悦子ではなかったか。

その監督を務める高橋和男も妻の由美子を伴って、別日にやってきている。由美子は高校時代につかこうへいとサイン会で知り合い、大学入学後に我々の劇団の手伝いを始めた子で、解散公演となった八二年の『蒲田行進曲』では三か月間、楽屋番を務めた。そんな関係から高橋と知り合い、この年、つかこうへい夫妻の仲人で結婚したばかりだった。

　劇団の俳優では平田満と酒井敏也が顔を見せた。

　僕は他のどの客より、平田の反応が気になっていた。これまでつかが演出したすべての『熱海殺人事件』に出演し、八年間、繰り返し熊田留吉を演じ続けてきた平田は、言ってみればつかと共にこの芝居を作り上げた人間である。そんな男がどのような思いで今回の芝居を観るのか……。

　しかし平田はいつも通り黙して語らずで、観劇後も楽しげに居酒屋で焼酎「真露」を口に運ぶだけだった。

　その他にも、かつての劇団の制作陣である岩間多佳子や菅野重郎（この時点では僕のマネージャーでもある）、その時代からずっとつかの秘書を務める江美由子、舞台美術の石井強司夫妻など、書ききれないほどの仲間たちがこぞってソウル入りした。

　つかと縁のある演劇記者や評論家、編集者なども含めれば、とてつもない数だったはずで、僕は公演の前半、その接待に追われることになった。


　つかも気が向くとそこに参加したが、そんな中で忘れられない出来事がある。

　それはある一団を迎え、チャーターされたバスで、ソウル市内を巡っている時だった。たぶん日本でツアーのようなものが組まれていたのだと思う。ガイドに韓国人中年女性が付き、あちこち案内された後、昼食を取ってから土産物屋に回るということが伝えられた。

しかし僕は小山と相談し、彼女が行こうとしている観光客相手の店を拒否したのだ。そして何度か行ったことのある食堂を指定し、バスを向けてもらった。そこで食事を終えたあと、土産物屋もパスし、確か東大門か南大門の市場へ皆を連れて行ったはずだ。

バスに戻ったとき、ガイドのオバサンは明らかに不機嫌だった。二つの店からのマージンがふいになったのだろうことはすぐわかった。

そしてそれまでずっと日本語で話していた彼女が、かなり大きな声で、ブツブツと韓国語を唱え始めた。と、隣に座っていたつかが、笑いを噛み殺しながら、僕の耳元で言った。

「おまえ、クソミソ言われてるぞ。このバカ日本人が！　ってよ」

つかはなぜか嬉しくてならないようだった。

そして別の夜、いつもの明洞の居酒屋だった。

つかを中心にその日観劇した客たちと盛り上がっていると、離れたテーブルに座る若い男の三人組が、こちらに目をやりながら、これ見よがしに言葉を吐き捨てるのに気づいた。

もちろん理解はできないが、つかに対してわざと聞こえるように、非難を放っているらしいことはわかった。

つかの芝居はすでに相当数韓国のマスコミに取り上げられ、その顔は知られている。どうやら日本から帰って来て調子に乗りやがってということだろう。在日の同胞に対する、こちらの一部の人間の思いのようなものが、凝縮されているようだった。

僕らの席は静まり返り、つかも一瞬真顔になる。

酔いにまかせた男たちの声はさらに大きくなっていく。

微妙な空気がその場を覆ったとき、つかは「わかった」と一人、声を上げ、立ち上がった。そして焼酎の瓶と自分のグラスを手に、男たちのテーブルにズカズカと向かう。

今度は男たちの顔色が変わり、声は止んだ。

つかはそのまま空いている椅子にドンと腰を下ろし、「聞いてやるよ」と日本語で言った。そのまま手にした焼酎を、三人の男たちのグラスにドボドボと注いだ。

その後、そこでどのような会話が交わされたか、僕は知らない。果たして、韓国語をほとんど話せないつかとの間で、会話が成立したのかもわからない。気にしないふりをしながら、そっと様子をうかがっているしかなかった。

しかし、しばらく時間が経ち、つかが僕らのもとに戻って来たとき、男たちの声はすっかり収まり、彼らはつかに頭を下げると、静かに店を出て行った。

そしてつかは何事もなかったように、平然と酒を飲み続けた。

原田隆

そんな事件の前だったか後だったか、十一月三日の昼間、僕はソウルオリンピックスタジアムでワールドカップ予選決勝の日韓戦を見届けたあと、また夜の接待を務め、そこから朝までかかって、この旅の目的である「ホットドッグ・プレス」の原稿をなんとか仕上げた。

原田はホッとしたようにそれを受け取ると、すぐに金浦空港へと向かう。しかしその顔はどこか不満げだった。二度のソウル訪問でのほぼ十日間、僕の担当編集者というより、あたかもつかこうへいのスタッフのように振る舞ってきた原田にとって、そっちが本来の仕事とはいえ、自分だけ先に帰ることは面白くなかったのだろう。

ここで少し、原田隆について書いておきたい。

ソウルでの僕のルポは、その月のうちに特集として「ホットドッグ・プレス」の誌面を飾ったが、続いていた連載の方は、案の定不人気だったらしく、八五年いっぱい、つまり一年で終了となった。最後のゲラ直しは、年末につかとの二人旅となった福岡まで、原田がわざわざ一泊で取りに来てくれた。というより、それを最後のイベントにしようと、あえてそんな段取りを彼が組んだのだ。

その夜、つかと一緒に向かった博多の屋台には、原田が紹介したいと、たまたま現地にいたという山本コウタローや南こうせつが待っていて、その顔の広さに驚かされたものだ。「ホットドッグ・プレス」では、連載が終わってからも、何度か俳優や演劇作品の紹介記事などを頼まれるうち、原田は「ＦＲａＵ《フラウ》」という女性誌に移る。のちに編集長まで務めるが、その時期、映画の仕事を始めていた僕の作品をインタビューと共に取り上げてくれ、それが原田との最後の仕事になった。

原田がある新雑誌の創刊を手掛け、その編集長に収まった頃には、すっかり疎遠となり、ときおり仕事の関係者からその名を聞くだけになっていた。

そんな原田がほぼ二十年ぶりに連絡をしてきたのは、二〇一六年の夏だった。

拙著『つかこうへい正伝　１９６８－１９８２』が講談社ノンフィクション賞に決まったという公式な連絡が入ったあと、間髪をいれず、僕の携帯が鳴ったのだ。

出ると、なんと原田だった。ひとりで高揚し、「おめでとうございます！」と叫ぶ。

すっかり偉くなり、第一事業局とやらの次長という立場の原田は、講談社ノンフィクション賞の担当でもあり、選考会の現場にずっと付いていたのだという。

「ドキドキしてましたよ。僕が長谷川さんと知り合いだなんて誰も知らないし」

そこから二十年分の空白を埋めるかのように原田はしゃべり続けた。まだどこか島根なまりの残るその声が懐かしく、僕は賞をもらったことより、原田とまた繋がれたことのほうが嬉しくなっていた。

再会は数日後、受賞の挨拶に講談社を訪ねた時だった。

少し早めに来るようにと言われ、待っていた原田と社内のラウンジのようなところで、昔話に花が咲いた。

このとき、彼が資料室でコピーし、用意してくれていたのが、三十年前の『ソウル版・

熱海殺人事件』のルポだった。そのあたりの如才なさはいかにも原田らしく、僕を感激させるのに充分だった。いや、彼の編集者人生の中でも、それはとりわけ印象深い仕事だったのだろう。テーブルいっぱいに五ページ分のカラーコピーを広げ、あのソウルでの日々を語り続けた。

そこから社長や重役たちとの面談となるのだが、初対面の相手との会話がまるで苦手な僕を知っている原田は、付き添い人のごとく隣に座り、あれこれフォローしてくれた。

以後、たかだかひと月の間、僕らは頻繁に会うことになる。あの時代を思い出させる西麻布や六本木の店に、原田は時間を取り戻すかのように僕を連れて行った。

「せっかくだから、羽生にも行きましょうよ」

それがひとつのけじめであるかのような原田の誘いで、自由が丘の鮨屋「羽生」に向かったのは、講談社ノンフィクション賞授賞式の一週間前だった。

前述したように、「羽生」はつかが自由が丘にいた頃、頻繁に通った店だ。原田も何度か連れて行ったが、僕らの足が遠のいてからも、彼はたまに顔を出し、今でもそれは続いているという。

主人の健さんとのつかこうへい話も盛り上がり、店を出るときになって、僕は決めてきたことを実行した。勘定を僕が払ったのだ。

ここ何度かも含め、原田との付き合いの中で、そんなことは一度としてなかった。どこの店に入っても、必ず原田が経費で払い、領収書をもらう姿を、僕は当たり前のように見ているだけだった。

それがこの「羽生」に行くとなったとき、どうしても原田にご馳走しようと、なぜかそんな気になったのだ。

そして僕が原田を差し置いて会食の金を払うのは、これがただ一度のこととなる。

その夜、僕らは自由が丘の駅で別れた。別々の電車で、原田は西へ、僕は北に向かう。

「じゃあ、一週間後に」原田はそう言って片手を上げた。

「授賞式のあと、二次会も三次会も全部参加しますからね！」

酔った口調で笑って見せると、そのままホームへの階段を昇って行った。

また原田との付き合いが始まる。今度は仕事とは関係なく……。僕はそれを信じて疑わず、その背中を見送った。

だが授賞式の日、そこに原田の姿はなかった。

出張先の香港で倒れ、意識不明の状態で病院に運ばれた、と知らされる。

壇上で僕に花束を渡す役目だったといい、僕も受賞の挨拶の中で、初めて原稿料をもらったのが講談社の「ホットドッグ・プレス」で、そんな仕事を与えてくれたのが原田隆であったことを言い添えるつもりだった。だがどちらも叶うことはなかった。

その一週間後、原田の訃報が届いた――。

原田との関係も、やはりつかこうへいによって生まれたものだ。

そして最後にまた、それが復活したのも、結局、つかこうへいのおかげだった。

僕がつかの本を書いたことで、原田と再び出会い、ほんの短い期間ではあったが、あの日に戻ることができたのだ。

僕にあえてそんな時間をくれ、さらに胸を締め付ける思いまでさせるつかこうへい……今さらながら恐るべしである。

ソウルから東京へ

ソウルでの『熱海殺人事件』公演も残すは三日ほどになり、日本からの客もすべて消化した頃だった。公演終了まで残ることになっている僕と菅野重郎、江美由子の前で、つかが突然、「旅行に行くぞ」と言い出したのだ。

行き先は「扶余《プヨ》」――。

つかの突然の思いつきと身勝手な要求はいつものことだが、何かきっかけがあったはずだ。つかがいないところで小山一彦に訊ねると、今回の韓国滞在中、何度か扶余という町の歴史をつかに話したことがあるという。

「五世紀頃、当時『百済』の首都だった『扶余』に流れる『白馬《ペクマ》江《ガン》』という川から、高僧が船に乗って日本に渡り、漢字や仏教を伝えたんだってことを、知識として披露したら、つかさん、何だか興味持っちゃったみたいでね」

おそらく作家として、つかは将来何かに使えるとでも思ったのではないか。まぁそれ以上に、長く続いた緊張から逃れ、少し骨休みでもしたいと思ったのかもしれない。

小山はつかに言われるままにスケジュールを立て、翌日、我々はソウル市内のバスターミナルに向かった。

今になって小山は苦笑する。

「急な話だったんだけど、何だかつかさんに言われると『ええい、ままよ』って感じで全部受けてしまうんだよね。実は日本から持っていったビデオカメラは放送規格で、当時の額だと一千万ほどするものでね。それを劇場の上手の隙間に置きっ放しにすることになって、ただただ気がかりだったんだけど、行くしかなかったから」

扶余までは高速バスで三時間弱。途中一度だけバスは停まり、休憩があった。

余計な話だが、このとき撮った写真の一枚が、『つかこうへい正伝』での著者紹介ページで使われているものだ。後ろに写るバスの行先表示がハングルなので、韓国であることがわかるのだが、これが僕の人生でたった一枚きりの、つかこうへいとのツーショットである。

さて、午後になって着いた扶余は、本当に何もないところで、寒村としか言えない景色が広がっていた。

それでも、由緒あるという寺を五人で訪ね、百済滅亡の折、三千の官女たちが身を投じたと伝えられる丘に上り、眼下の白馬江を見降ろすと、ここから漢字や仏教が日本に渡ったということも含めて、不思議な感慨があり、しみじみ来てよかったという思いになった。

　その夜は、小山が手配した民宿に泊まり、オンドル（韓国式の床暖房）で下から温まる部屋に並ぶ料理を囲んで、車座になり、ひたすら真露を飲んだ記憶がある。

　夕食前には街頭の屋台に出向き、積まれた貝を焼いてもらいながら、ここでも真露を飲んだはずだ。


　翌日は昼前に扶余を発った。千穐楽の公演までには、劇場に戻らねばならなかった。再び高速バスでソウルに到着し、ターミナルから「文芸会館」に向かった僕らは、目の前の光景に身体が固まる。開演までまだ時間はたっぷりあるというのに、劇場の周りを長蛇の列が取り巻いているのだ。

　それは、これまでずっと芝居の千穐楽で僕らが見てきたものと、変わらぬ光景と言ってよかった。つかの芝居が持つ圧倒的な力を、今さらながら目の当たりにし、僕はどこか誇らしい気持ちで、劇場に入った。

　その日、立ち見や追加席の人間で埋め尽くされた客席の反応もまた、かつての「紀伊國屋ホール」での千穐楽を思い起こさせるものだった。複数回観た客がかなりいるらしいことも同じだった。

　小山のカメラは無事、舞台袖に残っていたという。

「そのときハッとしたんだよね。ちゃんと舞台の映像を撮っていないって。俺はいったい何のためにここに来てるんだ、つかさんと酒飲むためじゃないだろうって」

もちろん稽古場や劇場での、つかや役者の姿、断片的な芝居の場面などは、大量に撮り続けて来たのだが、一本の舞台作品としての記録を残していなかったということだ。

「で、あわてて客席の中央にカメラを据えたんだけど、劇場の関係者から、今日は客が満杯だからダメだって言われて、仕方なく最後方に置いた」

このとき小山が回したカメラによる映像が、ソウルでの『熱海殺人事件』の唯一残る本番の記録である。この章の最初で書いたように、つかこうへいの没後一年に韓国で放送されたドキュメンタリーでも、それは使われている。


『ソウル版・熱海殺人事件』＝『熱い海』の打ち上げは、プロデューサー全玉淑の自宅で行われた。

つかを中心に四人の俳優たち、全女史以下プロデューサーチーム、その他、関係者が集まり、僕と小山一彦、菅野重郎も参加した。三十人はいたと思う。

二十畳ほどの広い部屋で、皆、絨毯の上に腰を下ろし、テーブルには大量の酒と料理が並んだ。

小山によると、全玉淑が可愛がっていた詩人の金芝河《キムジハ》のお母さんが手伝いに来ていて、出身地である全羅道の料理を振る舞ってくれたというが、僕にはさっぱり記憶が無い。

各々の立場で今回の芝居をやり切ったという充実感からか、打ち上げは静かなものだったが、表情は誰もが笑顔だった。

　後半になってようやく、韓国ならではの歌合戦が始まる。とにかく全員がプロはだしである。手拍子するうちに、災難が僕を襲った。日本代表ということで歌えというのだ。

　仕方なく、ここはやはり演歌だろうと、『蒲田行進曲』の初演の舞台で披露したこともある『みちのく一人旅』を歌ってみせたのだが、皆の表情からすぐに失笑されているのがわかった。しまいにはとうとう犯人役の崔周鳳《チェジュボン》が「ウンチ……」とつぶやくのが聞こえ、心が折れた。それが「音痴」であることを教えてくれたのは小山だったか。

「ハセガワ、もういい！」

　全女史が笑いながら言った。

　劇場を出る頃に降り始めた雪が次第に強くなっていくのが、窓から見えた。そして打ち上げは、外がほんのり明るくなるまで続いた。

　その午後、僕は菅野と二人、帰国の途についた。荷物には当然ながら、つかのお母さんに渡された大きなキムチの瓶が入っていた。


　二週間続いたこの興奮が収まるには、かなりの時間がかかるだろうことは、予想できた。思えば日本に帰ったその時期、自分の周りでどんなことが起こったか、まるで記憶がない。

　ひとつの芝居が終わったあとは必ずそうだが、このうまく説明できない喪失感のようなものは、今回自分が直接関わってもいないのに、いつにも増して大きかった。

しかし一年半後、僕はこの『ソウル版・熱海殺人事件』と、東京で再び出会うことになる。一九八七年の四月、日本公演が行われたのだ。

それがいかなる経緯で決まったか、僕は知らない。菅野重郎と小山一彦の共同プロデュースだったことは記録として残っているのだが、両名ともそのいきさつなどは、今となってはまるで記憶にないという。

ただしそれを決めたのが、すべてつかこうへいであることは間違いないだろう。ひとつ想像がつくのは、その日程によってだ。公演は「紀伊國屋ホール」において、四月十六日から二十日まで行われているのだが、その前後とも、中三日の間隔を置き、僕のふたつの芝居が打たれているのである。

次章でくわしく書くことになるが、ソウルから戻った後、一九八六年から、僕は菅野に助けられ、自分の芝居を始めている。僕と菅野が所属する「Ｃカンパニー」のプロデュースという形だった。八六年だけで、渋谷の「ジァン・ジァン」や、オープンしたばかりの新宿「シアタートップス」などで、すでに三公演をこなしていた。そんな流れの中、菅野はこの時期に「紀伊國屋ホール」を押さえたのだ。ほぼひと月の間に新作を一本、もう一本は前年もやった僕の演出でのつかこうへい作『寝盗られ宗介』を上演する――。

ただしステージ数を考えたとき、客席を完全に埋めるのはかなり難しいとの判断があったのではないか。そしてそんな状況を知ったつかの頭に浮かんだのが、ソウルで作り上げた芝居だった。おそらく公演の半年ほど前のことだと思う。

つかの提案を菅野が拒否できるはずもなく、すぐさま小山に声をかけ、あわただしく準備は始まった。小山は韓国の関係者と連絡を取り、役者のスケジュールを押さえ、来日の段取りなどを調整した。今思えば、かなり慌ただしい決定だったろう。


　四人の俳優たちがソウルからやって来たのは、本番の一週間前。当日からすぐに稽古が始まり、宿泊はホテルではなく、当時まだ珍しかったウィークリーマンションだった。

「稽古のために『合宿』だ！」そんなつかのひと言で、それは決まったという。

　同時につかの母も来日している。そして彼らと同じところに泊まり、稽古中は連日そこの台所に立ち、食事の面倒をすべてみることになる。「日本の食事が口に合わなければ芝居に影響する」と、彼女自身のたっての希望だったようだ。

　この公演はマスコミもこぞって取り上げた。今いくつか残る当時の記事を見ると、すべてがつかこうへいと共に紹介しているのは、婦人警官ハナ子役の「金知淑《キムジスク》」だ。つかがどれほど彼女を女優として評価し、入れ込んで役を与えたかがわかる。

ただでさえ韓国公演で増えていた「ハナ子」の役割は、日本で幕を開けた『ソウル版・熱海殺人事件』でいっそう膨らみ、まるで彼女が主役のようになった。

　のちにつかは、女性を部長刑事役にした『熱海殺人事件』を、いくつかの形で世に出すことになるが、まさにそのさきがけが金知淑であり、すべては彼女から始まったのだ。

金知淑とつか

つかの芝居を待ちかねていた日本の観客たちは、連日、「紀伊國屋ホール」の客席を埋めたが、字幕など一切の説明がない、韓国語だけの『熱海殺人事件』に対する反応は、やはり多少薄いものだった。

ただしストーリーや展開は皆わかっている。役者のテンションやリズム感に身を委ね、勝手に台詞の内容を自分の記憶に重ねながら、素直に楽しんでいることは、しっかり感じとれた。言葉は理解できなくとも、舞台上で繰り広げられる芝居の質がいかなるものであるか、それは観客に充分に伝わって来るのだ。

劇中に流れる韓国の曲も、その高揚を見事に助けた。

日本公演での『熱海殺人事件』は、ソウルで上演された警視庁を舞台にした形のものだったが、役者たちがこちらに来てからの稽古によって、韓国当局から許可されなかった当初のバージョンが、部分部分に足されていったという。（通訳は小山と旧知の作家、戸田郁子が務めた）

したがって「祖国とは、あなたの美しさだと思った」などのつか好みの台詞がいくつか入ることになるのだが、作品全体としては、あれこれつじつまの合わないところが出てきたようだ。

まぁそんなところが、つかこうへいらしいとも言えるのだが、この芝居に限っては、それがわかった人間など、観客にも評論家にもまずいなかったはずだ。

この公演中、僕の役目は、このすぐあとに上演される自分の舞台の稽古が終わると劇場に駆けつけ、毎夜出演者たちを小山と共に食事に連れ出すことだった。小山が韓国でのつかの芝居に関わるきっかけとなった、新宿の「武橋洞《ムギョドン》」という韓国料理屋には連日通い、俳優たち皆にも、好評だったようだ。

紀伊國屋地下の食堂街にうどん屋があり、韓国でも「ウドン」と呼ばれるそれを食べたがった彼らを、小山が連れて行った話には、今でも笑ってしまう。最初は皆、なぜか物足りない顔をし、気がついた小山があわてて伊勢丹の食品売り場までキムチを買いに走り、店には内緒でそれぞれのドンブリに入れることで、ようやく満足してもらったというのだ。

東京での千穐楽を終えての打ち上げは、紀伊國屋のそばにある「お多幸」というおでん屋の座敷で行われたが、そこには風間杜夫、平田満、根岸季衣、石丸謙二郎、酒井敏也など、かつてのつか劇団のメンバーたちが顔を揃え、韓国の俳優たちとの交流を楽しんだ。いつも冷静沈着な、木村伝兵衛役の全茂松《チョンモスン》が、出てきた酢の物を口に含んだとたん、顔をクシャクシャにして「何だこれは！」（たぶん韓国語でそう言ったはずだ）と叫んだのが忘れられない。

『ソウル版・熱海殺人事件』は「紀伊國屋ホール」の後、中二日を空け、大阪の「近鉄小劇場」でも二回の公演が行われたが、その移動の折、役者たちは京都と奈良に寄って一泊の観光旅行を楽しんでいる。

「韓国での恩があるから、日本で少し羽を伸ばして、いい思い出でも作ってもらおうと思ってな」

どこかつかこうへいらしくない台詞だが、それは間違いなく本心だったろう。

一九八二年に劇団を解散し、「小説家に専念」宣言をしてから、つかこうへいの演劇復帰は、なぜか八九年の「演劇集団・円」による『今日子』ということになっているが、僕はそれが不思議でならない。

つかは八五年と八七年に、『ソウル版・熱海殺人事件』で確実に演劇の世界に戻ってきているのだ。

上演までのつかの取り組み方と、その作品の仕上がりを見れば、それには何の異論も出てこないはずだと、僕は思っている。

なぜこの『ソウル版・熱海殺人事件』が、作家つかこうへいのほんの箸休め程度の作品のように記録されてしまっているのか、僕はそれがただただ不満である。

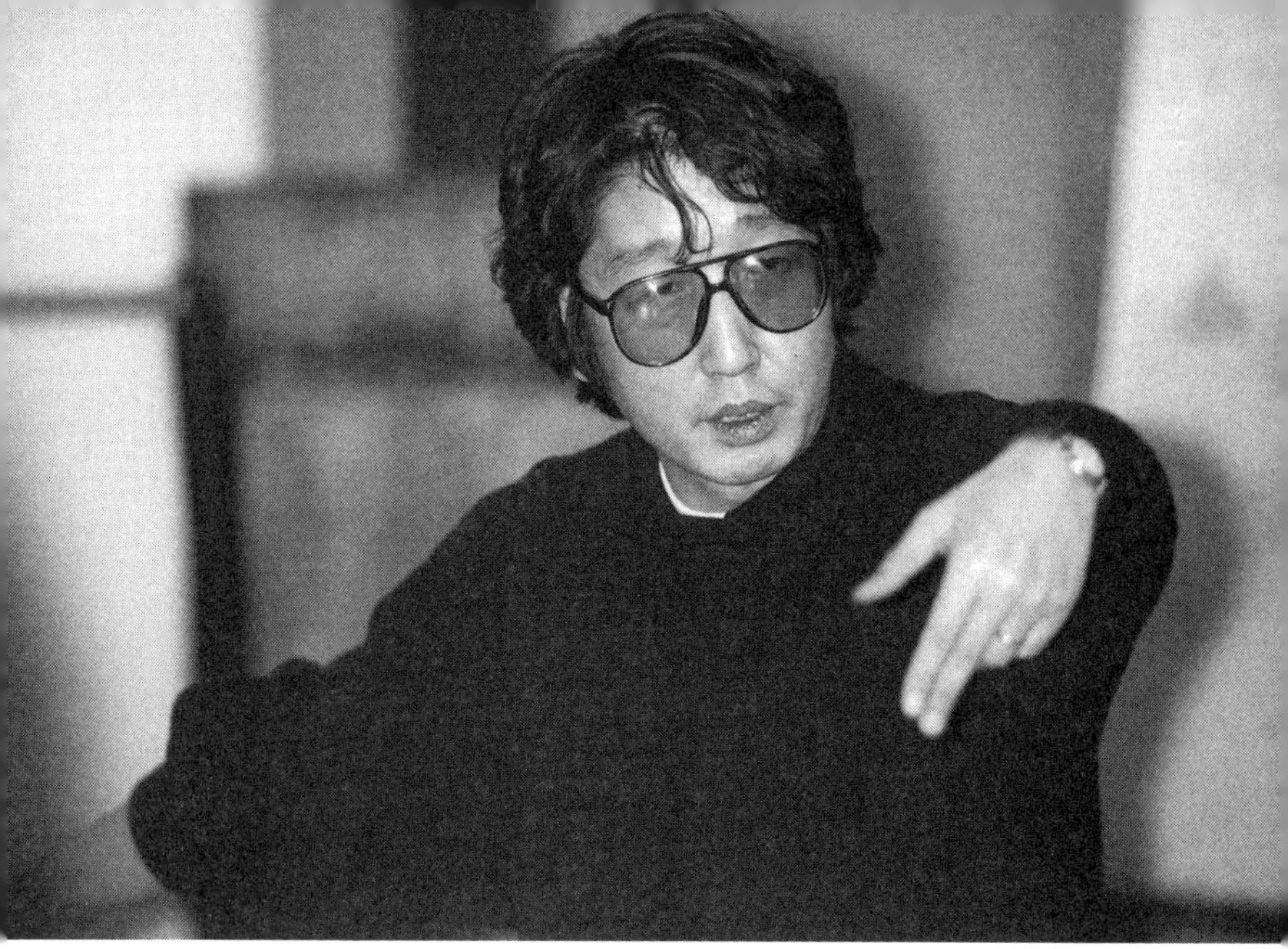

第6章

「出発《たびだち》」のとき

映画『熱海殺人事件』稽古場でのつかこうへい

「Cカンパニープロデュース」開始

一九八六年は、僕とつかこうへいの関係に、ひとつの区切りがついた年である。劇団時代からずっと続いてきたつかの原稿執筆を手伝う仕事が、五月に発表した小説『青春・父さんの恋物語』（後に『ロマンス』と改題）をもって終了するのだ。

この作品は、短編小説『ロマンス』と、その主人公たちの後日談を舞台化した『いつも心に太陽を』（発表はともに一九七九年二月）をベースに、物語をさらに二十数年後まで膨らませたものである。

『つかこうへい正伝　１９６８－１９８２』で詳しく書いたように、僕にとっては、基となったこの二作の成り立ちこそが、それからのつかとの密な時間の始まりでもあるから、その長編小説化にあたって、しばらく離れていた執筆のアシスタントを久々に務めることには、格別な思いがあった。

その春、僕は北区滝野川の事務所に二か月以上通い、完成を見届けるのだが、掲載誌である「野性時代」では、つかへのインタビューを僕の名で行い、二年後の文庫化の折には、「解説」まで任された。どちらもつかの要望によるものだ。

どうやらつかの中には、この小説を最後に自分の仕事から長谷川を解放してやろうとの考えが、最初からあったようだ。そろそろ潮時ということだったろう。

その理由はいくつかあるが、まずこの年の一月から、僕が自分の芝居を作り始め、公演を打つようになったことが大きい。

「演出をやってくれない？」

松金よね子、岡本麗、田岡美也子という三人の女優たちに呼び出され、そんな思いがけない言葉を聞いたのは、前の年の夏頃だったと思う。

「東京乾電池」や「東京ヴォードヴィルショー」などの舞台で、それぞれ客演として頻繁に顔を合わせていた彼女らがユニットを組み、自分たちだけで芝居を始めるので、協力してほしいというのだ。

岡本、田岡の二人とは、つかこうへいが抜けた後の劇団「暫」で一九七六年に出会って以来の付き合いだし、松金とはその翌年、僕が出演した「東京乾電池」を通して知り合っている。何より岡本は「劇団つかこうへい事務所」でも、解散前の二年間一緒だった。

僕にとっては皆、年上で、仲よくさせてもらっているオバサンたちといった感覚であり、僕は親愛を込め〝三婆〟と呼んでいた。（彼女たちとて、まだ三十代だったのだが）

その三人が新たな出発にあたって、これまでちゃんとした形で芝居の演出などやったことのない僕に、なぜそんな重要な役を託そうと考えたのか。それには少し説明がいる。

きっかけは「シティボーイズ」だった。

大竹まこと、きたろう、斉木しげるという三人の男たちと、僕は「暫」での最後の二年半を共にし、劇団が消滅して彼らがコントグループを結成してからも、何かとその活動を手伝っていた。つかのもとで俳優をやりながらのことだ。

「シティボーイズショー」なる小さな催しが何度か行われるたび、あれこれ口出しするのが僕の役目だったが、その集大成として池袋の「シアターグリーン」という劇場で公演が行われることになった。たしか一九八〇年に入った頃ではなかったか。

このとき中身を少しでも派手にしようと僕が提案したのが、「暫」で一緒だった女優たち、岡本麗、田岡美也子、角替和枝の三人を「シティギャルズ」と名乗らせ、いくつかのコントに参加させるというものだった。それによりショーのオープニングも、タキシード姿の「ボーイズ」と赤いドレスの「ギャルズ」が音楽に乗って颯爽と登場し、挨拶する形にした。

これを観に来ていたのが、フジテレビの若いディレクターたちだった。

ちょうど漫才ブームなるものが始まろうとする頃である。のちに『オレたちひょうきん族』や『笑っていいとも』などでテレビのバラエティ界を席巻する、プロデューサー横沢《よこざわ》彪《たけし》チームの面々だった彼らはこの公演が気に入ったらしく、「シティボーイズ」のテレビでの初レギュラーが決まるのだ。

おまけに単なる僕の思いつきで、実体のない「シティギャルズ」までが目を付けられ、ふた組で「お笑い大集合」という公開番組に、毎週出演することになる。そんな経緯から、気がつくと僕も「座付」のような立場で六人の出演に付き合うはめになってしまった。

ただしそのメンバーの中に田岡美也子だけがいなかった。代わりにキャスティングされていたのはなぜか松金よね子だった。そのあたりの事情はわからない。ただ四十年経った今でも、この話題になると田岡は口をとがらせ、松金に絡んでみせる。

さて、その番組のオープニングは、タキシードとドレスの「シティボーイズ」「シティギャルズ」がステップを踏みながらステージに登場し、司会の月の家円鏡を迎えるというものだった。規模は違えど、「シアターグリーン」でのアイデアがそのまま使われたわけだ。

続いて売り出し中の漫才コンビ「ツービート」など、レギュラー陣が紹介されたあと、最初のコーナーが六人でのコントというのが番組の流れだった。しかし毎週台本を渡され、文字からそれを立ち上げる作業は、とくに「シティボーイズ」たちにとっては不慣れで、かなり苦戦した。

そこで大竹らに頼まれ、僕がリハーサル時にその部分の演出的な役割を引き受けることになる。番組サイドからの了解もとったが、当然ギャラなどは発生しない。あくまでも六人との関係から生まれた、個人的な応援とでも言おうか。

番組開始からしばらくの間、そんな立場が続いた。

ようするに松金や岡本、田岡の中には、僕に対するこの時代の一連の記憶が残っていて、自分たちの芝居の演出をこいつに任せてみようという、無謀な発想に繋がったのだと思う。

もちろん僕も最初は尻込みした。しかし「グズグズ言わずにやりなさいよ！　私たち助けると思って！」との、〝三婆〟たちの脅しを受け、渋々承諾させられるのである。

ただ、彼女たちの思いがいかに強くとも、それだけで公演は打てない。予算や日程、宣伝なども含め、具体的にすべてを仕切る肝心の「制作」が決まっていないというのだ。

「誰か知らない？」

それは筋が違うだろうと困惑したが、ふと頭に浮かんだのが菅野重郎である。


これまでも何度か紹介したように、「劇団つかこうへい事務所」解散まで制作を務めていた菅野は、「Ｃカンパニー」という会社の社員だった。

そもそもＣカンパニーは、かつてＶＡＮジャケットの宣伝課長として、つかこうへいを世に送り出した「99ホール」の運営をすべて仕切っていた山口健が、ＶＡＮの倒産後に立ち上げた会社だ。広告宣伝、音楽や映像制作、イベント企画などを業務とする中、つかが山口に頼み、菅野はずっとそこから出向する形で、我々の劇団の仕事をしていたのだ。

そんな関係もあって、当時僕は「放送作家」なるいい加減な肩書で、Ｃカンパニーに籍を置き、菅野がマネージャーという立場だった。他にも作曲家の三枝成彰や、つかとの縁が深い作詞家の大津あきらなども所属しており、その端っこに名を連ねていたわけだ。

「劇団つかこうへい事務所」の解散以降、菅野は舞台の仕事からは完全に離れていたが、頼るなら彼しかいない。僕は〝三婆〟と一緒に菅野を訪ねた。

ここでも彼女らの押しの強さが功を奏し、何とか菅野の首を縦に振らせる。

翌年一月の渋谷「ジァン・ジァン」での公演が決まるのは、そこからさほど時間が経っていなかったはずだが、僕にとってはさらに予想外の展開が待っていた。

もともと〝三婆〟たちが上演するつもりだったのは、ある若い劇作家の戯曲だった。菅野がそれに関し、異を唱え始めたのだ。

会社として制作を引き受けるからには、当然ながらリスクも覚悟しなければならない。ならばそれでも諦めがつくものを……というのが菅野の論だった。

「長谷川が台本を書くのならやる」

そんな思いがけない言葉に、〝三婆〟たちの結論は早かった。僕に向かって「ここまで来たら、あんたがやるしかないわよ」と、無責任にも声を揃えたのだ。その流れで拒否などできるはずもなく、黙ってうなずくしかなかった。

当初予定していたものが葬式の話で、すでにチラシやポスターの写真も三人の喪服姿で撮っていたため、そこだけはいただくことにして、大まかな設定とタイトルをなんとかひねり出し、いざホンを書き始めたのは、つかの『ソウル版・熱海殺人事件』を見届け、日本に帰って来た十一月の中頃だった。

芝居の息抜き役として、酒井敏也の出演も頼んだ。

覚悟を決め、原稿用紙に向かったが、幕開けの松金による長い一人語りと、三人が登場してからの、最初のほんのわずかなやりとりだけ、何とか十五分ほどが出来上がったところで、稽古開始のタイムリミットが来る。

物語がどう進行し、どんな結末を迎えるか、まだ何も決まっていない。しかし僕は何とかなると思うことにした。ずっと見て来た、つかこうへい流の〝口立て〟をやってみるつもりだった。

実際、そんな〝口立て〟稽古は順調に進んだと思う。役者たちを前にすると、台詞は次々と浮かび、それを積み重ねるうち、次の展開が生まれ、最終的にはなんとか終幕までたどりついたのだ。

それがつかの〝口立て〟での芝居作りと、同じようなものだったかどうかは怪しい。作業のレベルも芝居の質も、比べ物にならなかったろう。けれど僕自身は満足していた。

「Cカンパニープロデュース」と銘打った、僕の初めての芝居『いちどだけ純情物語』は、一九八六年の一月十六日から渋谷「ジァン・ジァン」で、六日間八回公演が行われた。

そして自分で言うのもなんだが、そこそこ芝居の評判もよく、毎ステージ満席となった。松金、岡本、田岡らにとって戦友ともいうべき面々の、三人の新しい試みに対しての応援も大きな力となった。芝居中に一場面、日替わりゲストが出演する部分を作り、各ステージ、平田満や石丸謙二郎、「乾電池」の柄本明、「ヴォードヴィル」から石井愃一や坂本明などが駆けつけてくれたのだ。

結果、菅野やCカンパニーに迷惑をかけることにはならなかったはずだ。

そしてここから「Cカンパニープロデュース」という形で、僕は自分の芝居を続けることになる。言ってみれば、Cカンパニーという会社の中に、僕のためだけの演劇部門が出来たということだ。

以降、僕が身を引く一九九一年まで、「Cカンパニープロデュース」は十三作品十五公演を行うことになる。早い段階で、風間杜夫、平田満、石丸謙二郎、根岸季衣など、「つかこうへい事務所」時代の仲間たちもレギュラーとして参加するようになった。

「同窓会芝居」などと揶揄されながらも、「つかこうへいが芝居を辞めてしまったので、自分たちだけでやるハメになった」などと、心にもないことを対外的には言ってのけ、公演は続いた。それなりの成果は残せたという思いはある。

ただし「Cカンパニープロデュース」の中での、松金、岡本、田岡との芝居は、一九八八年までに三作品四公演を終えた時点で終わる。

次に彼女たちが自分たちで公演を打つのは一九九〇年のことだ。

ユニット名を「グループる・ばる」——その名を聞いて、思わず笑みがこぼれた。初めて僕に芝居の話を持ち込んだときの、松金の言葉を思い出したのだ。

「『ル・バル』みたいなのを演りたいのよ」

それはちょうどその頃公開されていたフランス映画で、パリのダンスホールを舞台に、戦前から現代までの時代の移り変わりを描いた無言劇だった。

気持ちは充分理解したが、狭い「ジァン・ジァン」の舞台でそんな願いが叶えられるはずもなく、オープニングの長台詞のバックに、映画のテーマ音楽を流すことで何とかお茶を濁し、許しを乞うたのである。

そこから始まり、四年半後に「グループる・ばる」となった彼女たちのユニットは、結局三十年以上に亘って公演を続け、二〇一八年に活動を終える。

思えばこの三人が僕と芝居をやろうと血迷ったりしなければ、そして菅野が「Cカンパニープロデュース」という形で、それを後押しする気にならなければ、僕がその時期、「劇作家・演出家」などという畏れ多い肩書を名乗ることは、決して無かったろうし、果たして現在の仕事に就いているかどうかも怪しい。

彼らには感謝しなければならないのか、それとも恨むべきなのか……。

と、この時期に起こった、僕とつかこうへいの関係の変化を説明しようとして、つかとはまるで関係のないことを、また長々と書き連ねてしまった。

何度も繰り返すが、「おまえのことなんか、どうでもいい」との読者からの苦言は、『つか正伝』でも浴びるだけ浴び、慣れている。話の流れだから、と開き直るしかない。

では、本筋に入ろう。ならばつかは、僕が生意気にも自分で芝居を始めたことを、どんな思いで見ていたのか——。

アシスタント役からの卒業

一九八六年の一月、松金よね子、岡本麗、田岡美也子という三人の女優たちに頼まれた僕は、初めて自分の芝居を作り、上演するのだが、事前にそれをつかに伝えることはなかった。

いや、早い時期に菅野重郎からすべて報告が行っているのはわかっていた。しかし前年の十一月にソウルから戻ったあとも、つかと何度か顔を合わせる中で、そのことが話題になったりはしなかった。もちろん本番をつかが観に来るはずもない。

ただ菅野がおせっかいにも舞台を撮ったビデオを渡し、つかは一応それに目を通したようだ。客も入り、そこそこ評判もよかったことを、素直に喜んでくれたらしい。

とはいえ菅野によれば、いつも通り、すべて自分がやらせてやったような口ぶりだったというから、恐れ入る。

そして想像するに、この時つかの中で、僕との関係にひとつの区切りをつけようとの思いが生まれたのではないか。

それがわかるのは、夏になってからだ。

「Cカンパニープロデュース」として始まった僕の芝居は、この年の八月、新宿に出来たばかりの「シアタートップス」で、『改訂版』と称して再演されることになるのだが、それを知ったつかが突然、次は自分の『寝盗られ宗介』を僕の演出で上演しろと言ってくるのだ。

メインの三人は、石丸謙二郎、岡本麗、酒井敏也という、八一年と八二年のオリジナルキャストのまま。つか自身が彼らに声をかけ、すべてを決めた。

当然ながら引き受けるしかなく、十月に「シアタートップス」、翌年の四月には「紀伊國屋ホール」での再演と、立て続けに公演は打たれた。

しかし「演出」とのクレジットがつくからには、さすがにつかが上演したままの舞台を、忠実に再現するだけというわけにもいかない。

つかの作り上げた世界を、四年半ぶりに世に送り出す責任を感じながら、僕は稽古の中で、オリジナルの芝居にあれこれ手を加えた。台詞の部分では、繰り返しやダメ押しの多い、つかこうへい的な〝くどさ〟を整理してすっきりさせ、劇中のショー的な場面も僕なりに新しいものにした。

メインの三人と、出演者が替わった他の役との関係も、あれこれ変えることになったが、つか流の〝口立て〟を踏襲しようとすれば、それは当たり前のことだった。

ただ音としての「つか台詞」に関しては、僕も石丸たちにも叩きこまれたものがある。そこだけは絶対にはずさず、四年半の空白でそれを知らない観客たちに見せつけてやるのだとの、気負いのようなものはあった。

そしてこの『寝盗られ宗介』の二公演でも、つかこうへいが劇場に足を運ぶことはなかった。ただつかを知る僕や出演者たちに、それを疑問に思う者は誰もいなかった。あえて顔を見せない……そんな人だということはよくわかっていた。

ちなみに、僕が演出したつかの舞台は、人生でただ一度、このときの『寝盗られ宗介』だけである。

こちらからつかに頼めば、他の作品も手掛けることは可能だったかもしれない。しかし自分の中に、そんな気持ちはさらさらなかった。

少々、的外れかもしれないが、それは「つかこうへい」の名で食っていると思われることへの、どこか頑なな拒否感のようなものだった。


そこから五年。「Ｃカンパニープロデュース」での僕の芝居作りは、一九九一年六月の公演で打ち止めとなるのだが、その最後の舞台は『寝盗られ宗介』へのオマージュとも言うべき、石丸謙二郎を旅回りの一座の座長として描く作品となった。

つかはなぜかこの公演と、前年十月の「紀伊國屋ホール」での、風間杜夫、平田満、そして石丸をメインとする芝居を観に来ている。

これをもって、僕がＣカンパニーから身を引くことになると、まだ決まっていたわけではないから、決してそれが理由ではない。

その頃つかは、すでに自分で芝居を再開し、いくつかの公演を重ねていて、何らかの心境の変化があったのだろう。

しかし結果、最後の二作だけは観てもらうことが出来、僕にとってこれは、自分の中での大事な記憶である。たぶんそれ以降、映画を含め、僕が携わった作品をつかが確認することなど、一度としてなかったはずだろうから。

石丸の芝居に現れた日、つかはなんと公演後の飲み会にまで参加した。

例によって一人喋り、面識のない石丸以外の出演者にも声をかけ続けた。中身は記憶にないが、つかはひたすら楽しそうで、石丸と密かに胸をなでおろしたことは憶えている。

一九八六年に話を戻そう。

この年、僕の中で起こったもうひとつ大きな変化がある。それもまた、その後、つかの僕に対する接し方に、何らかの影響を与えたと思う。大橋恵里子との結婚である。八〇年にフジテレビで放送された、つかこうへい作のドラマ『弟よ』に出演したのをきっかけに、解散の年、八二年春の『寝盗られ宗介』でも舞台に立った大橋と一緒になることを、つかに報告したのは、一月の〝三婆〟たちの芝居が終わって間もない頃だ。

このときのつかのテンションの上がりようは、大変なものだった。

『つかこうへい正伝』の中で、僕はこう書いた。

自分の周りで起きる男女間の擦った揉んだほど、つかの好物はない。（略）揉めれば揉めるほど、ややこしくなればなるほど、当事者以上に高揚し、俺にまかせろとばかり喜色満面でその状況に入り込んでくるのが、つかこうへいだった。

多少「状況」は違うが、まさしくそんなつかが僕の目の前にいた。

「挨拶に行くぞ！」

大橋の実家がある倉敷に引っ張って行かれたのは、それから十日も経っていなかったはずだ。なぜか僕だけでなく、菅野までが有無を言わさず同行させられた。

大橋の両親との酒席で、一人喋りまくったのは、つかこうへいだった。

それだけではない。つかは東京に戻ると、結納の場所や、披露宴のホテルも、あっという間に自分で予約してしまったのだ。

当然のことながら、僕が頼む前に、仲人はつかこうへい夫妻に決まっていた。

九月に赤坂プリンスホテルで行われた披露宴は、出席者が４５０人を超える大パーティーとなった。招待者のリストは、僕や大橋の個人的な関係者以外、大半がつかの選んだ名前で埋まり、中には二人とは直接接点のない人間もかなりいた。

僕らの披露宴というより、さながらつかこうへい夫妻の「仲人お披露目会」といったところだった。

スピーチの人選や順番は、すべてつかの指示を仰ぎ、その上で僕が進行のプログラムを書き上げ、司会の平田満に託した。

思えばこれは、「劇団つかこうへい事務所」としての、最後の大イベントといえるものだったかもしれない。つかの中にも、そうしようとの狙いがあったような気がする。

つまり劇団の歴史を彩った人物たちが、僕の結婚をエサに集まり、疎遠になっていた時間を埋め、あの頃を振り返る。そんな場にするということではなかったか。つかの結婚式のときとは、少し意味合いが違っていたと思う。

プログラムの後半は、会場に組まれたステージに列席者たちの何人かが登場し、バンドの生演奏による歌謡ショーが繰り広げられたが、これもつかの指示によるものだ。

バンドの面々は、僕が風間杜夫のコンサートで一緒になったミュージシャンたちで、本番前日にスタジオを借りてのリハーサルまで行い、僕はそれに「演出家」として立ち会った。

当日は、その風間杜夫の十八番『好きさ好きさ好きさ』から始まり、大津あきらと根岸季衣夫妻、岡本麗、そして大竹しのぶなどが次々とステージに立って会場を盛り上げ、新婦側からの、清水道夫の『亜麻色の髪の乙女』や、つのだひろの『メリー・ジェーン』が喝采を浴びた。

まさしく「イベント」としか言いようのないそんな結婚披露宴に、つかは終始ご機嫌だった。

ただ僕の方はこの会の「構成演出者」として、「パーティー」や「ショー」の段取りや進行具合ばかりが気にかかり、新郎席から平田に向かって、何度も身振りで段取りの指示を送るなど、気の休まる間はなかった。

二次会を終え帰宅した頃には、クタクタで膝から崩れ落ちそうだったことを憶えている。

そして今にして思うと、この日、つかこうへいと僕との間に一つの区切りがついたのだ。

披露宴から数日後、僕は礼を述べるため、北区滝野川にあるつかの自宅兼事務所に向かったが、さんざん通ったそこを訪ねるのは、その日が最後となった。

つかとはそれからも麻雀をしたり酒を飲んだり、頻繁に顔を合わせた。しかしそんな個人的な付き合いの場は別として、仕事関係の人間たちとの席などで一緒になるとき、もう僕のことを弟子や助手のように扱って見せることはなくなった。

その振る舞い方はわざとらしいほどで、かつて自分のところにいたが、今はひとり立ちし、同じ世界で仕事をする人間として、僕を認めようとするつかの思いが伝わってきた。

僕はどこか途惑いながらも、この先つかから完全に離れていくことへの、覚悟のようなものが生まれていた。

映画『熱海殺人事件』

一九八六年という年を振り返るとき、つかこうへいの仕事で、どうしても触れておかなければならないものがある。

六月に公開された映画『熱海殺人事件』だ。

七〇年代半ばから八〇年代の頭にかけて一大ブームを巻き起こした、つかの芝居の中で、代表作と言えばやはり『熱海殺人事件』ということになるだろう。

七四年に岸田戯曲賞を受賞して、つかが世に出るきっかけとなり、「劇団つかこうへい事務所」では、ホームグラウンドとも言える「紀伊國屋ホール」で繰り返し上演され、その人気のベースとなった作品である。

そんな『熱海～』の映画化は、先に映画となった『蒲田行進曲』の大ヒット以降、あちこちで企画に挙がったようだが、実現することはなかった。

ようやくそれが具体化するのは、一九八五年になってからだ。動いたのはフジテレビのディレクター、髙橋和男である。

八〇年のドラマ『弟よ』で知り合い（といっても髙橋は応援のような立場で顔を出していただけだが）、つかはよほど馬が合ったのか、以来、身内のような付き合いをしてきたのが髙橋だった。

僕は『つか正伝』の中でも、本著の第二章でも、髙橋と、同じフジテレビの李家芳文のことを、

「つかが〝つかこうへい〟という立場を離れて、純粋に〝友人〟として接することのできた関係」

と、説明した。

つかと髙橋和男（右）

「自分の知る限り、つかにとってそんな存在は、生涯に亘って彼ら二人だけではなかったか」とも。

さらに本著では、僕を含めた四人で酒や麻雀を目的に、週に二、三度は必ず顔を合わせていたことや、この八五年に髙橋が我々の劇団の手伝いをしていた会田由美子と結婚し、その仲人をつか夫妻が務めたことなどを書いてきた。

しかし髙橋の中には、どれだけ親しく接して来ようと、単なる遊び仲間ではなく、映像の仕事に携わる人間として、つかこうへい作品を手がけることへの思いが常にあったという。

そしてようやくそれを投げかけた時、つかは「監督・髙橋和男」での映画版『熱海殺人事件』を快く了承したのである。

まず髙橋が相談したのは、以前から面識のある独立映画プロのプロデューサー、松本廣だった。松本は前年公開された菊池桃子のデビュー作『パンツの穴』という青春コメディで、ヒットを飛ばしたばかりであり、その関係からまずジョイパックフィルムでの配給が決まる。

髙橋は自分の会社であるフジテレビ映画部にも話を持って行き、その協力も取り付けることになった。最終的には協力どころか、製作の母体がフジテレビとなり、映画のトップクレジット「製作総指揮」には、その頃髙橋の上司だった「日《ひ》枝《えだ》久《ひさし》」の名が置かれることになる。

僕はまるでタッチしなかったが、つかは八五年の春から、映画『熱海殺人事件』の脚本を書き始めていて、同時にキャスティングも進んでいたようだ。

子飼いの風間杜夫と、ちょうど『二代目はクリスチャン』を終えたばかりの志穂美悦子は、つかの希望で早々に決まった。だが問題はメインとなる部長刑事「木村伝兵衛」だった。

舞台では風間が演じた役だが、映像となると年齢的に無理があり、風間はその部下である若手の刑事、熊田留吉役に回ることになったのだ。

何人かの候補の中、最終的に仲代達矢に白羽の矢が立ったのは、高橋が何度か仕事をし、仲代の主宰する無名塾とも若い頃から縁が深かったからだという。

つかは一も二もなく乗った。日本の演劇界、映画界の大御所が伝兵衛を演じるというこの配役に、つかが子供じみた高揚を隠さなかったろうことは、たやすく想像がつく。

それによって脚本は、「仲代＝伝兵衛」をいかなるキャラクターに仕立て、観客をあっと言わせるか、その前提で書き進められていくことになる。

ただ最後まで難航したのが、犯人大山金太郎役である。

どうやらつかの中には、それを柄本明に演じてもらいたいという思いがあったようだ。

しかし実現することなく、結局決まったのが、当時人気を誇った「コント山口君と竹田君」の片割れ、竹田高利だった。

誰も指摘する者はいなかったが、ただその風貌がどこか柄本に似ているという、そんな理由だけで決めてしまったように、僕には思えた。

それはつかがたまに犯す、どこか的外れな思い込みからくる選択であり、このキャスティングに関しては、少々疑問の残る結果となったような気がする。あくまでも僕個人の評価にすぎないが。

映画『熱海殺人事件』の内容について、こまかく触れるつもりはない。ただその試写を観たとき、今ひとつ受け入れ難いものを感じたのは事実だ。

脚本的に言えば、仲代を立てようとするあまり、木村伝兵衛を物語の主人公に置こうとして、その破天荒さ、荒唐無稽さを際立たせすぎたことが大きい。そのため、どうにも漫画チックな存在と化してしまい、観客はついて行けなかったのではないだろうか。

舞台では取調室の中、発する言葉だけでのキャラクター設定であるから、かろうじてリアリティは保っている。したがって客は呆気にとられながらも、次第に愛すべき男として伝兵衛を見ていくことができる。

しかし映画となると、それがひとつひとつ、スクリーン上のリアルな場面での様々な言動となり、しかも舞台での伝兵衛以上にブッ飛んだ個性として描かれるため、全編、そのわざとらしさが浮いてしまったように僕は感じた。

これまでも何度か書いたが、つかが自作を映像脚本にするとき、しばしば犯してしまう失敗かもしれない。

もうひとつ気になったのは、登場人物たちや「事件」の、〝背景〟を掘り下げようとして、あまりにもグロテスクな設定を持って来たことだ。

『熱海殺人事件』という舞台を、その後つかは何度も再演し、そのたびに〝設定〟や〝背景〟を大幅に書き変えていくのだが、それによって当初の舞台にあり、作品のひとつのテーマでもあった、「事件」の持つ〝青春のせつなさ〟のようなものが消えてしまったと、僕はずっと思っている。

映画『熱海殺人事件』ポスター

そしてその引き金となったのが、この映画『熱海殺人事件』における「改訂」ではなかったろうか。

内容には触れないとしながら、なんだか難癖をつけるような形になってしまった。

ただひとつ、僕がどうしても残念に感じていることだけは、ここで書いておきたい。

それは監督の高橋に対してであり、

それは本人にも言ったことはないのだが、もっと自由に、自分なりの『熱海殺人事件』を作ってもらいたかったということだ。

前述したはずだが、つかこうへいの映像作品での成功は、『蒲田行進曲』でもわかるように、それがある程度つかの手から離れたときに生まれると、僕は思っている。

しかし『熱海〜』の場合は、親しいがゆえに、髙橋があまりにもつかに気を遣いすぎたのではないだろうか。

映画の準備段階での二人の会話などを傍で耳にしながら、僕はそれをどこか感じていた。つかのわがままや、僕に言わせれば少し的外れな提案に、髙橋はほとんど肯いてみせた。親密すぎる関係が逆に裏目に出たのだ。

つかの希望をすべて受け入れる形での映画作りは、決して髙橋が望んだようなものではなかったはずだ。

『熱海殺人事件』という舞台作品の映像化への、髙橋の思いやいくつかの構想を、僕はわずかだが聞いたことがある。しかし結局それは、つかが自分なりに映画化を意識した脚本作りをし、髙橋自身がそれを呑まざるをえなかったことで、うやむやになってしまったのだろう。

そして何より、プロデューサー陣にも責任があると思う。「つかと髙橋の仲」から生まれた企画であることを意識しすぎ、そこに甘えてしまったのだ。

それを示すひとつのエピソードがある。

映画『熱海殺人事件』に関して、僕はその企画から完成まで、まるでタッチしておらず、偉そうなことを言える立場ではないのだが、一日だけそのリハーサルに参加したことがある。つかから直接呼ばれ、見学に行ったのだ。当時新宿区河田町にあった、フジテレビのリハーサル室だった。

その日は、ほぼすべての出演者が集まっていた。

そこで例によって、つかは〝口立て〟による稽古を始めた。いつも通り台本無視で、新しい場面や台詞が次々と生まれていく。スタッフを含め、初めて経験する人間たちは、最初ポカンとしていたが、つかの〝口立て〟に圧倒されるうち、それに慣れた風間杜夫や志穂美悦子の芝居に、笑い転げるようになっていった。

そんな風に稽古場が温まるのがわかってから、つかはようやく仲代達矢に声をかけた。

正統的な演劇の訓練を受けて来た年配の俳優たちが、つかの〝口立て〟に途惑い、どこかぎこちない芝居を見せてしまう場面には、何度も立ち会ってきたが、天下の仲代でさえもその例にもれなかった。

おまけに相手を務めるのがつかの芝居を知り尽くした風間なのだから、その途惑いはいっそう際立つ。

何とか進めようとするつかが、しだいにイラつき始めたらしいことがわかった。

するとつかは振り向き、僕と目が合うと叫んだのだ。

「長谷川、仲代さんと替われ！」

ただの見学者であり、もう俳優でも何でもなくなっていた僕に向かってである。恐れ多くも仲代達矢との交代など、誰が想像できたろう。リハーサル室を埋めた、僕のことなど知るはずもない者たちがすべて、唖然とするのがわかった。何より僕自身、心臓が止まりそうだった。

しかし出ていくしかない。そのままつかは平然と、風間を伝兵衛に、僕を風間が演じていた熊田留吉にして、稽古を再開した。


つかの口から台詞が飛び出し、風間と僕がそれを繰り返す。三人のかけ合いのようなテンポで芝居は出来上がって行った。それはかつての稽古場と変わらない光景だったはずだ。ところが、突然リハーサル室に怒鳴り声が響き渡った。

声の主は、隅からじっと見ていた大ベテランの大物俳優だった。特徴のあるかすれ声で、つかに食って掛かったのだ。

「君ねぇ！　俳優というのは脚本をもらい、読み込んで自分なりに役作りをした上で、芝居に臨むんだ！　その場の思いつきで台詞をどんどん変えられたりしたら、何のための脚本だったということになるだろう！」

リハーサル室は静まり返った。つかがどう反応するか、皆が息を呑んで見つめる。

するとつかは満面に笑みを浮かべ、

「ああ○○さん、大丈夫です。大丈夫ですから、心配しないで下さい」
とだけ、よく通る声で言い放ったのだ。

いやはや答えにも何もなっていない。しかしつかの全く動じることのない自信たっぷりのもの言いに、激高したベテラン俳優はそれきり口を閉ざし、皆も何となく納得して、胸を撫で下ろしたのである。

すごいなぁこの人……と、呆れながら僕はつかに目をやったが、表情とは裏腹に、その膝がカクカク小刻みに震えているのにすぐ気づいた。相変わらずのつかこうへいだった。

と、これが僕の中にある、映画『熱海殺人事件』に関わった唯一の記憶であり、印象深いエピソードなのだが、肝心なのはそこではない。

そのときそこに監督の髙橋和男がいなかったことなのだ。ロケハンに出ていたというのである。

もちろん日程的な問題もあっただろう。しかしいくらつかこうへいの希望とはいえ、平気で監督のいない日に、リハーサルというスケジュールを組んでしまう制作サイドは何なのだろう。

そんなところに、僕の中でこの映画へのどこか残念な思いが生じた原因があったような気がしてならない。

僕が観たかったのは、髙橋和男がつかこうへいと戦いながら撮った、彼の本来作りたかった『熱海殺人事件』だ。こうして書きながら、胸に残るしこりのようなものがそれだったことに、今さらながら気づくのだ。

そしてもしかしたらあのとき、監督する髙橋和男の中にも、何かしら彼なりの割り切りや、もっと言えば諦めのようなものがあったのではないだろうか……。

僕ごときが偉そうに語ることではないかもしれない。しかしこれが映画『熱海殺人事件』にずっと僕が持ち続けてきた、正直な気持ちである。

つかの演劇再開とその後

さて、僕の「つかこうへい話」も、このあたりでお開きにしよう。

この最終章で書いてきたように、一九八六年が僕とつかこうへいにとって区切りの年となったことは確かだ。それ以降のつかの活動について、僕が直接知っていることはほとんどないと言っていい。プライベートな付き合いはかろうじて続いていたが、つかが発表する作品に関しては、僕は単なる一観客、一読者でしかなくなるのだ。

その前提の上で、つかこうへいの〝その後〟に少しだけ触れておく。

つかは一九八九年一月、『ソウル版・熱海殺人事件』以来、二年ぶりの演劇活動を開始する。岸田今日子が率いる「演劇集団・円」のために、彼女を主演にした『今日子』なる芝居を書き下ろし、上演するのである。

きっかけは八七年公開の映画『青春かけおち篇』だった。そのとき、主人公の母親役を岸田が演じたことから、彼女との間で何らかの話がつき、つかは自らの舞台活動復帰を決めたようだ。

新宿「シアターサンモール」で上演されたその芝居を、当然僕は観に行っている。描かれる世界が、もともとは『蒲田行進曲』として世に出るはずだった、女優のヴィヴィアン・リーをモチーフとしたものであることはすぐわかった。何度も構想してきたそれを、つかはようやく形にしたのだ。

ただ映画の『熱海殺人事件』での仲代達矢の時と同じく、主人公である岸田今日子を立たせようとするあまり、そのキャラクターを極端に描き過ぎ、僕にはすべてがわざとらしく感じられた。

驚いたのは、芝居が終わったとたん、我々の劇団の一員だったあの高野嗣郎がマイクを持って登場し、八月に渋谷「ＰＡＲＣＯ劇場」で行われるという新作の「予告編」が始まったことである。

『今日子』の稽古中に、つかが平栗あつみという「円」の若手女優をいたく気に入り、彼女を主演として新しい芝居を作ろうとしている話は、僕の耳にも入っていた。十年ぶりに「ＰＡＲＣＯ劇場」に話を持っていったということも――。

そのタイトルが『幕末純情伝』であることは、サンモールでの予告編で初めて知ったが、どうやらこれも、我々の舞台、『蒲田行進曲』のオープニングでの劇中劇部分、「沖田総司は女だった」というものを焼き直して一本の芝居にしたものらしかった。高野の絶叫が始まり、早々にそれに気づいた。

しかしながら、そんな予告編をこうして毎ステージやっていることに、僕はどうしても違和感が拭えなかった。本来予告編は、つかにとって千穐楽だけの特別な観客サービスでしかなかったはずだ。つまり単なる〝お祭り〟だったのだ。

しかしそれをあえて連日やろうと決めたつかの狙いは、どこかわかったような気がした。つかは本編ともいうべき『今日子』の最後にこれを付けることで、観客を煙に巻こうとしたのではないか。

劇団解散前のつかの芝居を知らず、『今日子』が初めてだという人間が、僕の仕事関係でも何人かいたが、彼らの感想は決まって「いやぁ予告編、面白かったですねぇ！」だった。本編の芝居の感想を述べた者は誰もいなかった。その意味でつかの狙いは成功したのだ。

聞けば、『今日子』の制作発表でも、時間のほとんどがこの『幕末純情伝』の予告的なものに費やされ、やって来た記者たちは呆気にとられたという。

つまりそれが、つかの『今日子』という芝居への、自分なりの評価ではなかったか。あくまでも僕の勝手な解釈だが、言わんとすることはわかってもらえるはずだ。

『今日子』でスタートした〝第二次つか芝居〟は、その半年後に、予告編どおり「ＰＡＲ

ＣＯ劇場」で『幕末純情伝』が発表される。そして翌九〇年六月にも再演。

それと前後して、いくつかの新しいキャストでの『熱海殺人事件』が「紀伊國屋ホール」でたて続けに上演されると、十一月には「銀座セゾン劇場」で、『初級革命講座飛龍伝』から大きく改訂されて女優をメインに据えた『飛龍伝』――。

つかは溜まっていた鬱憤を晴らすかのように、堰を切って次々と舞台作品を発表していく。もちろんそのすべてに僕は足を運んだ。

しかしそれも、つかに呼ばれ、演出家用の特別席でガラス越しに観た、セゾンでの『飛龍伝』が最後になる。

なぜか、「もういいか」という気になってしまったのだ。

あとから知るが、風間杜夫も、平田満も、根岸季衣も、石丸謙二郎も皆、同じだった。どこか足を遠のかせるものがあったというのだ。あるインタビューで「再開後の芝居には、心惹かれるものがなかった」と寂しげに語ったのは風間だったか。

結局僕は、それ以降のつかの芝居をまるで知らない。

一九九八年に石原良純主演の『熱海殺人事件』、そして九九年の錦織一清と草彅剛による『蒲田行進曲』のたった二回、つかからの直接の電話で重い腰を上げただけだ。

その後

思えば、この章であれこれ書いた一九八六年からは、つかとの接触も、週に一度、月に一度、三か月に一度と、しだいに減っていった。それから二十年も経った頃には、たまにかけてくる電話以外、顔を合わせるのはせいぜい半年から一年に一度になっていた。

最後につかと会ったのは、亡くなる二年前になる。

場所はつかが行きつけの、北区十条にあるもつ焼き屋だった。久しぶりに髙橋和男と李家芳文という四人で飲んだのだ。

その一年後に、つかが携帯にしつこくかけてきた、娘のみな子が宝塚で娘役のトップになったという自慢を伝える（はずの）電話を、僕が飛行機に乗っていて取ることができなかったため、つかの声を直《じか》に聞いたのも、この十条での集まりが最後になった。

その日、身内のようなメンバーだけだったからか、僕に対するつかの態度は、一九八六年以前のものに戻っていた。

つかはいつもどおりのバカ話を三時間に亘って繰り広げ、しまいに煙草が切れたとたん、僕に向かって、「長谷川！」と千円札を投げつけたのだ。

僕も何のためらいもなく「はぁ」と昔と変わらぬ生返事をし、「行くとこ行きゃ、僕だって『先生』と呼ばれてるんですけどねえ」などと、冗談めかして減らず口を叩いてみせながら、店を出る。

自動販売機を探しながら、今、五十も半ばを過ぎて、自分とつかがそんな関係に戻っていることが、なんだかすごく嬉しかったのを憶えている。

僕が帰って煙草を渡し、うまそうに一服したつかのお決まりの「行くか」で、解散となるのだが、それが、つかこうへいとの最後になったことも、僕にとってかけがえのない記憶である。

『つかこうへい正伝』をお読みになった方なら、わかってもらえるだろうか。

十九歳の僕が、二十四歳だったつかに、パチンコで勝利した大量の煙草を平然と奪われた初対面の日……あれがなければ、この人生はまるで別のものになっていたに違いないのだ。

そう、煙草から始まり、煙草で終わった、僕とつかこうへいの三十八年だった……。

役者が語る
つかこうへい

風間杜夫
平田満
長谷川康夫
聞き手：河野通和
（『考える人』編集長・当時）

この座談会は、『つかこうへい正伝　1968―1982』（新潮社）刊行記念イベントとして二〇一五年十二月に紀伊國屋ホールで開催された。著者の長谷川康夫のほか、この年三十三年ぶりに同ホールで『熱海殺人事件』に出演した風間《かざま》杜夫《もりお》、平田《ひらた》満《みつる》を迎え、「中央公論」でつかこうへいを担当していた河野《こうの》通和《みちかず》氏が聞き手を務めた。つかこうへいのエピソード、作劇法、演出術など多岐にわたった貴重なトークを全編収録する。

河野　今日は、つかこうへいさんのことをお三方にたっぷり伺いたいと思います。風間杜夫さん、平田満さんは言うまでもなくつかさんの芝居の中心で活躍した俳優であり、長谷川康夫さんは「劇団つかこうへい事務所」でお二人と共に俳優として活動し、つかさんが原稿を書く時のアシスタントも務めておられました。私はつかさんが華々しく活躍されていた時期に彼の担当でした。つかさんはわれわれ常人の理解を超えた人物で、それだけにエピソードに事欠かない。今日のお三方はその当事者であり、目撃者であり、被害者である（笑）。ぜひ存分に語っていただきたいのですが、まず今日の会場、紀伊國屋ホールは七〇年代後半から八〇年代にかけて熱狂的な「つかブーム」の震源地でもありました。今改めてこの場に立つのは、やはり格別な思いがありますか。

風間　そうですね。僕は学生演劇をやっていたので、紀伊國屋ホールは当時から新劇の聖地という感じで、はじめて立ったのがつかさんの『戦争で死ねなかったお父さんのために』。それはもう感激しましたね。すごい大劇場だと思ってたんですが、こうして見ると狭いんですね（笑）。

河野　私もこの劇場でつかさんの芝居を何度も観ましたが、当時つか芝居といえば、舞台に向かって二列ある階段通路は座布団に座るお客さんで隙間なく埋まり、中央の横通路にパイプ椅子がズラーッと並んで、客席の最前列と舞台との間にさらに二列入れてましたよね。

長谷川　木の箱を椅子代わりに交互に並べてね。一番前の人はステージに額がくっつくぐらいの近さで、風間さんの汗を浴びながら。

風間　壁ぎわにもびっしり立ってたからね。

長谷川　上手舞台下の扉の前では大津（あきら）さんがギターを弾いてたけど、その周りにもお客さんが立ってて。

河野　つかさんは、いつもどこで見ていたんですか？

長谷川　客席の上、左右に照明と音響のブースがあるんですよ。いつもつかさんはあそこ（舞台上から左上を指さし）、音響の山本（能久）さんの後ろで立って見てるか、たまにパイプ椅子に座って。

河野　つかさんの目はやっぱり気になりますか。

平田　いえ、全然意識することはないです、なんとなく感じてはいますけど（笑）。そこを見ることはまずないです。

河野　つかさんは舞台よりも、客席の反応をもっぱらご覧になっていたとか。

長谷川　そうですね。僕は二人に比べれば舞台に出ていない時間がかなりあったので（笑）、つかさんの姿をよく観察してましたが、ほとんど舞台は見ていません。ずーっとお客さんの顔を見てます。その反応を確かめ、翌日の芝居が変わるんです。

つかとの出会い

河野　この中で一番早くつかさんと出会ったのは平田さんですね。

平田　はい。僕は早稲田大学に入学して「暫」という演劇サークルに入ったんです。でも役者に向いてないからやめようと思って、夏休み明けぐらいに座長に会いに行ったら、すでに稽古真っ盛りで、そのど真ん中につかさんがいた。ものすごい熱気というか活気があって、やめるつもりで行ったのに、とにかくこれだけやってみろと言われて、やることになっちゃったんですね。なんでそうなったのか……まぁ当時から優柔不断だったんで、人に言われたら流される人生で、そのままつかさんと芝居をすることになりました。

長谷川　一緒に住んでたんだよね、つかさんと。

平田　当時僕は早稲田のそばの学生下宿に住んでたんですけど、つかさんが俺のとこに来いと。二人だったら下宿代も安くなるかなと思って行ったんですけど。

長谷川　家賃は平田が払ってたんでしょう?

平田　うん。でもね、最初会った時にはつかさんはマンションに住んでたのよ。つかさんは会った時から働いてるの見たことがなかったので、どうやって暮らしてるんだろう、お金持ちだなと思ってたんだけど。で、呼ばれるまま行ったら、まだ乳飲み子のいる家の二階で間借り生活をすると(笑)。僕も仕送りがあったんで何とか下宿代は払えたんですけど、そういう共同生活なんか長続きしないので、一年足らずで解消しましたね。

河野　風間さんは、つかさんとの思い出はどんなものがありますか。

風間　はじめてつかさんに役者として呼んでもらった、紀伊國屋ホールでの『戦争で死ねなかったお父さんのために』ですね。楽日に新宿の長春館という焼肉屋で打ち上げがあったんですけど、その一次会が終わったら「おい風間、ちょっと来い」とタクシーに乗せられましてね、当時つかさんが住んでいた広尾のマンションに連れて行かれて……。部屋に行ったらあの人、どんどん脱いでいくんですよ。そのままブリーフ一丁になってね、冷蔵庫から氷出して自分だけウィスキーの水割りを作って、僕の前にドカッと座って……一瞬怯えましたね、これはやばいなと。

平田　当時かなり美少年でしたしね(笑)。

風間　実にきれいな少年だったんです(笑)。そしたら「お前、俺と芝居をやっていく気がある

３人が紀伊國屋ホールの舞台に立つのは劇団解散公演となった1982年の『蒲田行進曲』（写真）以来（左より風間、平田、筆者）

のか？」と。「ぜひつかさんとやっていきたいです」と言ったら、「そうか。じゃあ帰れ」。それだけ。すぐに帰されました。打ち上げはまだ続いているはずだから、みんなと合流したいんだけど、どこで飲んでいるのかわからない。新宿に戻って、知っている飲み屋をつぶさに当たったら、ようやくみんなと出会えた。本当に衝撃的な一晩でした。パンツ一丁になるんですから、あの人。

河野　長谷川さんにとっても、その出会いは衝撃だったとか。

長谷川　東京での浪人中、齋藤という高校の時の友人に誘われて早稲田小劇場（現・早稲田小劇場どらま館）に初めてお芝居というものを観に行ったんです。劇場の一階にモンシェリという喫茶店があって、そこで開演を待っていると、突然痩せたねずみ男みたいな人がひょこっと入ってきて齋藤に「おう」と声を掛けた。彼の兄貴が慶応でつかさんと芝居をやっていて、面識があったんですね。それで僕の前に座るなり「つかです」と。突然そう言われてもそれが名前だとわからなくて、曖昧にうなずいていたんだけど、僕が持っていた紙袋を見て「それ、何持ってるの？」と。僕、そこに来る前に高田馬場の駅前でパチンコやってたんです。そうしたら思いがけずいっぱい出ちゃって、タバコをぎっしり袋に入れていた。つかさんにそれを話すと、「どらどら」ってヒョイと手を伸ばして袋を取られたのね。呆気にとられてたら、中から二、三箱つかみ出して「チュウさん、チュウさん」と後ろの人に呼びかけた。振り返ったのは早稲田小劇場の演出家・鈴木忠志《ただし》さん。その頃つかさんは早稲田小劇場に出入りしていて、鈴木さんの手伝いなんかをしていたんですね。それで「はい」って渡すの、俺のタバコを（笑）。これは一体どういうことなんだと思ってたら、まだ二十箱近く入ってる袋を、そのまま当たり前のように持って出て行ってしまった。もう呆然として、何が起こったのかわからないまま、その日観た芝居のことなんか全く記憶に残ってない。

そんな強烈な出会いの後、翌年の春、早稲田大学に入学したら「劇団暫・新入生歓迎公演・作演出つかこうへい」という看板に出くわして、あの時の人だ、と。フラフラ行ったら平田が出てたんです。そこで初めてつかさんの芝居を観た。腰抜かしました。今に至るまで、どんな映画でも、演劇でも、小説でも、あれほどの衝撃はない。そこで運命が決まっちゃったんです。

河野　平田さんは、一人の多感な青年の人生を変えるような芝居に出ていたわけですが。

平田　僕は巻き込まれてやっていたので無我夢中で……。長谷川がはじめて稽古場に来た時のことは覚えてますよ。

長谷川　はじめて稽古場に行った日、平田におでんをごちそうになったんです。帰りに平田が声をかけてくれて。芝居で見た時は同い年とは思えなくて、この人は三十過ぎてるんだろうな、早稲田のOBなのかな、こんなことやってて大変だろうなって（笑）。同じ十九歳と知って驚きました。

そしたら「おでん食べる?」と急に言われた。「仕送り来たから」って、それだけ。ほとんど喋らない。大隈講堂横のバス乗り場の前に屋台のおでん屋が出ていて、平田と一緒にコップ酒でおでんを食べた。それで「暫」に入っちゃったのが運の尽きでした（笑）。

平田　また俺に責任を押し付ける（笑）。

〝口立て〟の現場

河野　つかさんの芝居といえば、〝口立て〟と言われる作劇法が代名詞になっています。いつからそういうスタイルになったんでしょうか。

長谷川　僕が「暫」に入った時には一応脚本《ホン》がありましたが、稽古ではホンを使わずに、つかさんが全部セリフを自分の言葉で渡していました。平田なんかはそれを受けながら、いわゆる〝口立て〟の受け答えでやっていましたね。こういうやり方でお芝居を作っていくんだ、つかさんが言うだけじゃなくて、平田もちゃんとセリフづくりに参加してるんだなと、面白かったですね。

河野　〝口立て〟の稽古はどう始まるんですか?

長谷川　きっかけというのがないんです。突然始まるんですよ。稽古場に行くと、つかさんが座ってタバコを吸いながらジーッと考えてる。僕らは逃げ出すようにそっと稽古場を離れ、マラソンとかをして戻ってくるとつかさんは髪をかきながら、まだ考えてる。僕らは一通り柔軟や筋トレなどを終えると、腰をおろしてジーッと待ちます。

風間　しばらくするとつかさんが「じゃあ風間、平田、出てみろ」。僕らは何もわからず稽古場の中央に出ていく。「じゃあ平田そこに座れ、風間は立ってろ。……『お前さぁ』」と始まるんです。

長谷川　何も知らずに突然「お前さぁ」なんて言われたら、自分のことを呼ばれたかと思うかもしれませんが、それが一発目のセリフなんです。

平田　そこからもう芝居が始まってるってことですね。

長谷川　つかさんが「お前さぁ」と言うと平田もすぐ「お前さぁ」。……どんな感じか、少しやってみようか。(つかによる〝口立て〟稽古を再現してみせる)……「お前さぁ」。

平田　「お前さぁ」

長谷川　(平田に)「どこ行くんだよ」

平田　「どこ行くんだよ」

長谷川　(風間に)「いや、ちょっと」

風間　「いや、ちょっと」

長谷川　(平田に)「ちょっとって、なんだよ」

平田　「ちょっとって、なんだよ」

長谷川　(風間に)「ちょっとは、ちょっとだろうが!」

風間　「ちょっとは、ちょっとだろうが!」

長谷川　(笑)こうやって始まるんですけど。役者はどういうシーンなのか、どういう役でどういう関係性なのか、全くわかっていない。一切説明なんかありませんから。ひたすらつかさんが渡してくるセリフをオウム返しで発するだけ。けど、こういうやり取りをしながら四、五分の芝居ができていくうちに、そうか、これは男同士が同棲していて、痴話げんかが始まる場面なのかな、となんとなく理解できてくる。でも全体がどういう芝居なのかはまだひとつもわからない。

河野　つかさんは全部自分で演じながらやるんですか?　それとも途中から「後はやれ」と役者に任せる感じになるのか。

平田　いやいや、「えっ」みたいな細かいリアクションまで全部つかさんがやります。それを受けて役者も「えっ」と言う。

長谷川　つかさんは座った状態なんですけど、動きもうまいんですよ、びっくりするぐらい。その感じを出そうとして俳優たちは一生懸命になるんですよね。

河野　よくつかさんは「どの役者よりも俺が一番芝居上手いからよ」と仰っていました。またまたそんなこと言っちゃって、みたいに聞いていたんですが、実際そうだったんですね。

座談会当日の模様。左より風間、平田、長谷川。撮影：広瀬達郎（新潮社写真部）

長谷川　そうです。ただ、僕達の前ではやれるけど、舞台に立って演じるなんてことは絶対にできない。そこがやっぱり役者とは違うんですね。

河野　風間さんは、平田さんや長谷川さんとは違って、俳優になってからつかさんの芝居に加わったわけですけど、びっくりしませんでしたか。

風間　そりゃびっくりしましたね。僕はその頃大竹まこと達と劇団をやっていたんですが、つかさんが離れた後の「暫」に誘われて、つかこうへい作の『出発』という芝居に出ることになって、そしたらその稽古場につかさんがひょこっと現れましてね、〝口立て〟というのをはじめて経験したんです。わけわからなかったですね。とにかく見よう見まねで、みんなオウム返しにやってるんでそういうことなのかな、と。相当汗かいて稽古したんですが、終わって高田馬場の飲み屋に行く道すがら、「お前の芝居はな、アカがついてる。どこで芝居やってきたんだ？　しばらく俺のところでわらじ脱いでな、そのアカを落としていけ」って。あんた、渡世人かと（笑）。でも、それから一年以上なんの声もかからなかった。忘れられたんだなと思ったら、紀伊國屋ホールで『戦争で死ねなかったお父さんのために』をやるから出ろって言われて。

とにかくアメとムチの使い分けが上手い人でね。当時僕は日活ロマンポルノに出てたんです。その監督とカメラマン、プロデューサーの三人が稽古を見に来たんですが、つかさんは「何？　風間を見に来た？　風間は見せねえ、オレを見せる」。そういう時に限って僕をいじめるんですよ。「ほら、サラッとやれ。ポルノ小僧！」とか（笑）。稽古が終わって僕が目薬をさしてたら、「泣くな泣くな、風間、焼肉食いに行こう」。それで焼肉屋で口説かれる。「俺はよ、オメェがいないと芝居できねぇんだから、な？　ずっとやっていこう」って、そういう人でしたね。だいたい人柄がわかったでしょう？（笑）

河野　焼肉が重要なんですね。

風間　とにかく焼肉は食ったね。

平田　食ったね。

風間　何かって言うとつかさんに連れて行かれました。当時はまだそんなに焼肉って一般的なものじゃなかったけど、沼袋の平和苑とさっきの長春館。本当に好きでしたね。

平田　大阪公演のときに行った焼肉屋で、僕らがカルビおかわり、カルビおかわりって連発してたら、同席してた地元の雑誌編集者が「オタクの役者さん、ようやりまんな。牛一頭、食いはりましたで」。それが『蒲田行進曲』のセリフになった。

風間　そうそう、銀ちゃんのセリフで「こいつら食う食う、牛一頭食う！」って。

河野　つか芝居のセリフがどういう風に出来ていくか興味津々だったんですけど、つかさんがリードしてセリフをつけながらも、役者の体を通って出てきた時に、さらに新しい発想やひらめきが生まれる。よくつかさんが言っていたのが「役者は面白いことをやるんだよ」と。平田さんの例が多かったんですけど、小さい頃こんな悪さをした、先生ごめんなさい、みたいな話が突然平田さんの体の中からセリフになって出てくると。「本当にバカなことを言うんだよな、あいつらは」って感心しながら言っていました。平田さんはつかさんに引き出されたセリフを覚えてますか？

平田　いや、もうわからないです。稽古場はそういう余裕のない状態で、追い込まれていくうちに、自分のいままでの生活の何かがポロッと出てくるんでしょうね。頭で考えてたら絶対つかさんの稽古についていけないんで、反射神経で時々変なフレーズが出たりする。風間さんは東京育ちですけど、地方出身者がいると、つかさんは九州弁だし、もう訛り大会になっていました。

長谷川　つかさんの筑豊訛りと、平田が三河で、三浦（洋一）が尾張弁だから、その辺がごっちゃになって、つか台詞になってるんですよね。〝口立て〟で三、四分の芝居を何回もやって、「じゃあ最初から」となった時、途中でどうしてもつかさんから言われたセリフが出てこない時がある。だけど芝居は続けなきゃいけない。そんな時に役者からセリフが生まれてくるんです。つかさんが出したセリフよりそれが的確だったり面白かったりすると、つかさんはものすごく喜ぶんです。フォッフォッフォッって笑うんですよ。

河野　そういう笑い声なんですか。

長谷川　そう、独特の感じで。でも、やってる方が調子に乗って足したりすると「いらねぇよ、そんなのは」って。そういうせめぎあいですよね。

河野　役者をそうやって追い込むことは意識的にやっていたんでしょうか。

長谷川　それはもうつかさんの人間性で、ここで追い込めば引き出せる、みたいな計算した企みではなかったような気がするけど、どうかなぁ。

河野　普通の人には出てこないボキャブラリーがありますよね、罵詈雑言もすさまじい。それは演劇に対する彼の情熱の裏付けでもあると思うんですけど。

長谷川　言われたらぐさっとくる、それだけは言われたくないところを必ずズバッと言われます。本当に逃げ出したくなります、この芝居とはまるで関係もないことなのに、何でこんなこと言われなきゃいけないんだろうと。みんな何度も思ったと思いますよ。でも誰も助けてくれない。

平田　助けたら大変な目に遭うから（笑）。

長谷川　みんな知らんぷりしてます。

風間　「長谷川、とにかくオメェのは芝居じゃねぇんだ、お喋りなんだよ……風間、オメェのことだよ！」って（笑）。もう油断ができないんですよ。

長谷川　延々と二時間ぐらい続きますからね。その間、言われてない人間はジーッと立ってるだけ。誰かが怒られている状況を耳にしながらつかさんと目が合わないように立ってるわけです、気配を消してね。

河野　それでも逃げ出さずにつかさんについていく。何で皆さん逃げなかったんでしょうね？　他に楽しいこともいろいろあっただろうに。

平田　他に楽しいことがなかったんです（笑）。

つか芝居と音楽

河野　つか芝居の魅力の一つがセリフですが、大きく日本の演劇が変わった演出もたくさんあったと思うんです。中でも音楽の使い方はインパクトがありました。『熱海殺人事件』の冒頭では「白鳥の湖」がフルボリュームで流れてくる。紀伊國屋ホールには当時、舞台の周りにスピーカーがドーンと立ってましたよね。

長谷川　ビリビリビリって音がするぐらい大きな音で。スピーカーのすぐ前にもお客さんがいるので、鳴った瞬間みんな耳を塞いでました。

河野　「白鳥の湖」が鳴った時は本当に耳が痛かったですよね。緞帳が上がって、木村伝兵衛が電話に向かって叫んでいても、自分の耳に問題があるのかなっていうぐらい聞こえなかった。つか芝居と音楽といえば、なんといっても『蒲田行進曲』のフィナーレで流れた、アリスの「冬の稲妻」が思い出されます。

長谷川　つかさんがアリスを好きなんです。フィナーレというものをほとんどやらなかった人が『蒲田行進曲』の大フィナーレにアリスの「冬の稲妻」を使った。小夏役の根岸（季衣）の最後のセリフに被せてです。階段落ちのシーンが延々とあって、全部見届けた小夏が最後に「よぉーし、ＯＫ！」と言う。そのＯＫ！　と言った瞬間に「あなたは、稲妻のように」と歌が入るんです。本来「冬の稲妻」のイントロはパーカッションとギターで始まるんですけど、そこを全部カットして歌から……。そういう使い方がつかさんのセンスなんですよね。「あなたは」って声が入ってくる瞬間の心地よさ、やっぱり痺れますよね。つかさんの場合、曲の入りがすごく大事で、バックからじわじわと聞こえてくることはまずなくて、何か決まりゼリフがあった瞬間、イントロがバンと入ってくる。それがつかさんの音楽の使い方の特徴じゃないかなと。

河野　「劇団つかこうへい事務所」最後の公演『蒲田行進曲』の最後にかかった「冬の稲妻」は、劇団にとってもフィナーレの曲でしたね。

風間　紀伊國屋ホールで『蒲田行進曲』を三か月ロングランした後に劇団が解散になりました。打ち上げではみんなさめざめと泣いたり、肩抱き合ったり、そういうのがあるかと思ったら、結構みんな平気な顔でしれっとしてて、それがちょっと寂しくて。家に帰って一晩中「アリス」のＬＰを聞きながら一人で泣いてました。

平田　風間さんだけです、そんなの。

風間　俺だけなんだよなぁ（笑）。

長谷川　他にもいっぱい印象的な音楽の使い方があるんですけど、僕が一番好きなのは同じ『蒲田行進曲』の銀ちゃんのセリフのあとに入る、柳ジョージの「青い瞳のステラ、１９６２年夏…」。このセリフとイントロの入りが、袖で聞いていて震えるぐらいの気持ちよさでした。銀ちゃんが、ヤスと小夏の結婚式の描写を延々していくんです。すると最後に「花婿がいない」となるんですね。「花婿はどこだ?!　花婿はどこだ?!　スポットライトがぐるぐる回ってついに花婿を照らし出す！　そこにいるのは！」と盛り上げたところで、トーンをストンと落として「……オレだよ」。つまりヤスじゃなくて俺だと。その瞬間、「青い瞳のステラ」のイントロが始まるんです。それまでハイテンションで面白おかしく結婚式の説明続けて、観客もゲラゲラ笑いながらそれ聞いていたのが、その最後の最後で「俺だよ」ときて、間髪いれずにシンセサイザーのイントロが重なったとき、何とも言えない切なさに客席がどっと包まれる。これがつかこうへいの音楽の使い方なんです。

あと、ヤスと小夏のシーンでは、つかさんとしては珍しく二人の台詞のやり取りの途中から「メアリー、スコットランドの女王」という曲が薄く入ってくるんですよ。たしか音響の山本さんが選んだ曲だと思うんですけど、舞台で使ったそれを深作欣二さんが気に入って、映画『蒲田行進曲』の階段落ちのシーンでもあえてそっくりな曲が流れています。ヤスが自分は銀ちゃんのことが大好きだというのに対して、小夏はわたしはそうじゃない、大切なのはあなただという話を延々とする。この流れの中で階段落ちのシーンになる。舞台での階段落ちは実際に落ちるのではなく、立ち上がったヤスの後ろのホリゾント幕に、横長の四角い影がいくつも浮かんで上から下に次々に流れていくだけなんです。立ち上がったヤスは両手を上げて身体をくねらせている。それが観客には背中から逆さまにスローモーションで階段を落ちていくように見えるという、つかさんの中でも白眉と言っていい演出なんですけど、そこに至るまでこの曲が十五分くらい流れるんです。曲自体はそんなに長くはないから、盛り上がりの部分だけずっと続くように丁寧に編集する。当時はテープなので音を聞きながら、それを何度も切ったり繋げたり。つかさんの音響をやる人は、編集や音作りが大変なんですよね。

平田　つかさんは稽古場でもポータブルプレーヤーで何度もレコードをかけて、その雰囲気で芝居が続いていたら延々とその音楽でいきますし、ぱっと変わるときには違う音楽をぱっと入れる。いまの「メアリー」は確かにその間ずっと流れてました。

長谷川　この曲はインストゥルメンタルだけど、他のAメロBメロ、サビに分かれている歌だと、それに合わせてセリフを作って、役者もその音楽に合わせて間をとったりとか、サビになったら別のトーンのセリフになって、途中の間奏は音楽だけ聞かせて気持ちを高め、次のコーラスから別のセリフに入っていくとか、そういう作り方をしていくんですよね。

河野　つかさんはそういう音楽をどこで仕入れていたんでしょうか。チャイコフスキーからアリスまで、雑多といえば雑多ですし。

長谷川　平田は、つかさんが曲を見つけた瞬間にもさんざん立ち会ってるわけでしょう？

平田　だいたいがパチンコ屋か飲み屋か、あと、喫茶店が多かったですね。

長谷川　バカ話をしてたら、有線で流れてきて「お、何だこれ？」「ちょっと買ってこい」とかね。レコード屋は当時山ほどあったから、平田なんか走って買いに行かされてたね。

平田　シングル盤をね。

長谷川　僕が一番印象に残ってるのが、『広島に原爆を落とす日』（一九七九年）の稽古中、確か渋谷の喫茶店でつかさんと喋ってる時にふっと曲が流れてきたんです。それが「いとしのエリー」。発売は二か月ほど前で、まだそこまでヒットしてなかったんだけど、曲が流れてきたとたん、つかさん、ピクッと反応して、「長谷川、なんだこれ？」と。サザンの新曲ですよ、日本人が作った曲とは思えないですよねと言うと「そうか」ってじっと聞いていて。もう次の日の稽古場で流してましたね。

風間　そうそう。結局、僕とかとうかず子の逢瀬のシーンで使われた。

長谷川　さっきの柳ジョージもたぶん、ほぼリリースと同時に使ってます。

河野　そういうところの嗅覚というか、反応が鋭いんですね。

長谷川　他の話をしながらも、どこかでずっと聞いてるんでしょうね。あと映画音楽はよく使っていました。『熱海殺人事件』で『南から来た用心棒』のテーマとか。あとはオープニングで一回だけ、「白鳥の湖」じゃなくて『地獄の黙示録』の「ワルキューレの騎行」を使ったことがあるんです。前年に映画を観に行ってすぐに使ったんですけど、その時のオープニングは木村伝兵衛ではなく熊田留吉から始まるんです。緞帳が上がると留吉役の平田が立っていて、留吉が富山から出てくるというナレーションが流れて。

平田　長谷川が毎回、舞台袖のマイクで語る。

長谷川　『戦争で死ねなかったお父さんのために』では、『慕情』という映画の主題歌が印象に残っています。ドーンとドラが鳴って始まるんですが、舞台全面を模造紙をいっぱい貼りあわせたものが覆ったと思ったら、「ドーン」の瞬間に平田がそこを突き破って登場する。

平田　それがスクリーンということですね。

長谷川　スクリーンの中から平田が突然現れて、そこから劇中劇が始まるという、つか流の演出です。初演時の小さな劇場《こや》の時から同じことやっていて、紀伊國屋ホールの公演でもまだその演出が残ってたんで、すごく嬉しかったですね。

河野　思い出しました、そのスクリーンに「Love Is a Many-Splendored Thing」(『慕情』の原題)と書いてありましたね。

長谷川　あとはテレビの音楽も結構使ってて、「反逆のテーマ」。これはアメリカのドラマ

『S.W.A.T.』のテーマ曲なんですけど、千穐楽の「予告編」でだけ使うんです。つかさんの芝居では千穐楽に次回公演の予告をするのが恒例になってまして、この曲がかかると高野嗣郎が派手な衣装を着て出てきて、マイクを持って叫ぶ。「つかこうへい事務所がこの夏お送りする、男のための男の演劇、『広島に原爆を落とす日』予告編でございます！」。千穐楽に来たお客さんしか知らないと思いますが、僕達にとっては何度も聞いてる曲で印象深い。これを聞くとどうしても僕の中では高野の顔が浮かんでしまって。

風間　今日は高野くん、客席にいるんでしょう？

長谷川　来てるんですよ、実は。

風間　立ってもらえますか。ああ、あそこにいるね。今日はわざわざ名古屋から来てくれて。

（客席から拍手が起こる）

河野　私も高野さんの予告編は何度も聞きましたけど、結果的に随分ウソを言ってましたね（笑）。

平田　予告編通りの芝居になんかなったことがないですから。

風間　その日の思いつきですからね。

斬新なつかこうへい演出

河野　演出も含めて従来の芝居にないことをやるつかさんの果敢さ、面白がり方を、客席の我々もまた面白がっていました。

長谷川　商売人という言い方は違うかもしれないけど、劇団主宰者としてどうやってお客さんによろこんでもらうかはずっと考えていたと思います。例えばグッズのTシャツを作ったのはつかさんの発想なんですよ。アイドルのコンサートじゃないんだから、Tシャツを作って売るなんてそれまで誰もやったことがなかった。『いつも心に太陽を』のTシャツなんて平田満の似顔絵ですからね。

平田　はははは。

長谷川　西武劇場のロビーで平田の顔を並べて

売ってたわけですから、いかにとんでもないことをやってたか。八〇年の紀伊國屋での公演では和田誠さんイラストのつかさんの似顔絵Tシャツを作って、すごく売れたんですよ。そういうことをやる人でしたね。

河野　餅を撒いたりもしましたよね、千穐楽。

長谷川　餅、撒きました。

風間　新巻鮭も配ったね。

長谷川　だいたいそういう時は僕が司会だったんですね。出ていって千穐楽に餅撒いたり、あと上のバトン（照明を吊るすバー）に新巻鮭が吊るしてあるんですよ、芝居が終わって予告編が済んだ後で「大抽選会でございます」と別の音楽がまた鳴って、新巻鮭が十本下りてくる。あらかじめ入り口でお客さんに渡してた番号札の控えを抽選箱から役者が引いて、その新巻鮭が当たるとか。風間さんが芝居で使ってた自転車が景品になったときもあったんですよ。『いつも心に太陽を』では、風間さんが自転車に乗って登場するんですけど。

風間　「スター生活で汚れきった僕の体から、気持ちいいほど汗が出るんです。おーい待ってくれよー」って、芝居の中身とは何の関係もないシーン（笑）。

長谷川　要するに、芝居の前の出演者紹介なんですよね。そんなことをやったのもつかさんがはじめてだと思う。

河野　先ほど『蒲田行進曲』のフィナーレの話題がありましたけど、根岸さんの「よーし、OK！」で「冬の稲妻」がかかると、それまでジャージ姿でパッとしなかった連中が、装い新たにタキシード姿で次々と出てくる。これもびっくりでした。

長谷川　タキシードという発想は稽古場でつかさんが思いついたんです。突然何を思ったのかタキシードだ、って。

平田　翌日僕たちは全員、上野だったか浅草だったかのカインドウェアに行って自分用のタキシー

『蒲田行進曲』フィナーレ。［上］タキシード姿の出演者と踊った後、［下］燕尾服を着た根岸季衣が登場する

ドを選んで。その後もつかさんの結婚式とかも含めて、何かあると全員でずっと使ってました。

河野　ああいう幕切れは珍しかったですね。それまでのコスチュームとぜんぜん違うものを着て出てきて、華麗に踊ってバラの花を客席に。

風間　胸ポケットに刺さってたのを一輪ずつ投げてね。

河野　その間に小夏の根岸さんが消えていて、男たちが引き下がった後、袖に引っ込んでた根岸さんが真っ白な燕尾服を着てバンッと出てきて。

長谷川　根岸が一人踊る中、緞帳が下りていく。それまで根岸はずっと稽古着で、一切衣装らしい衣装を着ていなかったのが、最後真っ白な燕尾服になる。一緒に出ている僕達も感動しましたね。

河野　千穐楽、打ち上げの盛り上がり方は半端じゃなかったと聞きました。一次会、二次会ぐらいまでは想定の範囲なんですけど。

長谷川　だいたい僕達は根岸に引っ張られてくっついて行くんですけど。別れがたいんですよ、長い公演の後ってね。他の劇団の人にいつもびっくりされます。つかこうへいという存在があるからなんだろうけど、俳優同士が特別仲がいいんです。一次会は、とにかくつかさんに早く帰って欲しい。笑顔で終わることがほとんどないので（笑）。打ち上げでもとにかく気配を消していて、つかさんが「帰る」となったら、帰るふりをして役者たちだけ別のところに集まって二次会、三次会が始まるんです。朝まで飲んで、新宿の京王プラザホテルとかで朝ごはんを食べて、まだ別れがたいから「箱根行こうか」とロマンスカーの始発を待って箱根へ行って、そのままの勢いで一泊してようやく納得して別れるという、そういう馬鹿をよくやりました。

風間　僕はいつも翌日の撮影が早かったりして、なぜか参加できないんですよね。

平田　寂しそうな顔して帰るんですよ。

風間　何のために芝居やってきたんだって（笑）。

悩んでいたつかの姿

長谷川　最後に一つだけ河野さんに聞きたいことがあるんです。河野さんはもともと「中央公論」にいらして、つかさんと有吉佐和子さんの対談を担当された。その対談でつかさんがはじめて自分の国籍を公にしました。その時のつかさんの様子を聞いてみたいんです。もしかしたら僕らが知らないつかさんがいたんじゃないかと。

河野　対談は、つかさんが直木賞を受賞した直後でした。有吉さんは大変なベストセラー作家でしたが『ふるあめりかに袖はぬらさじ』などお芝居もお書きになるし、つかさんの芝居もよく観に来られてたので、つかさんとも相談の上で対談を企画したんです。ちょっといろんなことがあって、あまり楽しい雰囲気ではなく対談が始まったんですね。つかさんもつかさんで挑発した部分もあるんですけれど、有吉さんが「あの話、していいんじゃない？」と切り出して、国籍のことをつかさんにカミングアウトさせた形になった。対談のタイトルは「『笑い待ち』の流儀」としたんですが、笑いを取るという考えも有吉さんとつかさんでは全然作法が違うわけです。観客に対する考え方も、作家としての立ち位置も違うので、対談は次第にふたりが本当に真剣に話し合うような展開になっていき、そのきっかけが国籍の話だった。

　いい対談になったと結果的には思ったんですけど、つかさんから対談後に呼び出されて、「河野、これ出すのか？」と。それから相当何度もお話をしました。それは先ほどお話にあったような怖いつかさんではなくて、悩むつかさんでした。ああいう対談になると予想してなかったので、自分の想定と違うことが起きてしまったショックや、直木賞受賞直後に自分の出自の問題が世の中に出て行く、それがどういう結果をもたらすだろうかというつかさんなりの計算、いろんな理由から対談を出すべきか夜な夜な聞かれ、答え、話し合いました。僕が言ったのは、つかさんは国籍のことを言わされた格好ではあるけども、非常に誠実に応対していた、有吉さんと文学・演劇観は違うけれど、堂々とつかさんらしい言葉で語っておられて、貴重な記録ですから是非やりたいです、と。そしたら最後につかさんが「河野、お前の好きなようにしてくれ」ってニコッと笑ったんですよね。このニコッがなかなか……。

長谷川　それがつかさんの手なんです。そういう人なんです。

河野　だからついつい、「この対談は私に任せてください」と、意気に感じてしまった。そんな手練手管がありましたよね、つかさんには。

平田　人たらしでね。

河野　どうでしょう、今日、劇場の後ろにつかさんの姿はないわけですけど、つかさんがここにいそうな気はしないですか？

長谷川　しません。いやです（笑）。

風間　想像したくない。

河野　この三人でトークをしていると知ったら、何て言うでしょうね。

三人　（同時に）「けっ！」

風間　だよね。

平田　ひと言、それだけで済んじゃいますよ。

長谷川　（皆で笑いながら）完璧に三人一致してしまうところがすごい。

河野　本当に、語り尽くせぬつかこうへい、ということで（笑）。

役者が語る　つかこうへい

風間杜夫（かざま・もりお）

１９４９年生まれ。77年以降つかこうへい作品に出演。映画『蒲田行進曲』で日本アカデミー賞最優秀助演男優賞など多数受賞。舞台、映画、ＴＶドラマ、ナレーション、近年では落語などマルチに活躍している。20年第46回菊田一夫演劇賞大賞、10年紫綬褒章、23年旭日小綬章受章。

平田　満（ひらた・みつる）

１９５３年生まれ。劇団つかこうへい事務所に参加し、82年の解散までほとんどの作品に出演。映画『蒲田行進曲』で82年度日本アカデミー賞最優秀主演男優賞を受賞。２００６年、井上加奈子と「アル☆カンパニー」を立ち上げる。20年「THE NETHER」で第27回読売演劇大賞優秀男優賞受賞。

河野通和（こうの・みちかず）

１９５３年生まれ。「婦人公論」「中央公論」（中央公論新社）、「考える人」（新潮社）編集長を歴任し、２０１７〜21年に株式会社ほぼ日で「ほぼ日の学校長（學校長）」を務めた。22年より京都橘大学客員教授に着任、「たちばな教養学校 Ukon」学頭を務める。

娘が語る
つかこうへい

愛原実花
長谷川康夫

つかこうへいの一人娘、愛原《あいはら》実《み》花《か》さん。宝塚歌劇団雪組トップ娘役として活躍し、退団後も女優として数多くの作品に出演。二〇一五年には父の代表作『熱海殺人事件』でハナ子を演じた。つかこうへいの著書『娘に語る祖国』で語りかけられた〝娘〟でもある。「論座」で配信された、著者との対談を全文掲載する。

電話は「みな子」のことばかりだった

長谷川　ずいぶん会っていなかったよね。何年か前に、みな子（愛原の本名）の芝居を観に行って……あ、つい「みな子」って呼び捨てにしてしまうけど、いいかな。

愛原　もちろん！

長谷川　たしかあのシアタークリエ以来だよね。

愛原　二〇一六年暮れの『ナイスガイ in ニューヨーク』ですから、もう六年以上前。今と違って（本対談は二〇二三年二月に行われた）、楽屋面会もできましたし、終演後に食事なんかも。

長谷川　そうそう。あなたのお母さん（生駒直子）とおばあちゃんに誘われて、一緒に行ったんだ。あの頃はなんやかや、しょっちゅう顔を合わせてたもんね。

愛原　長谷川さんが父に関する本（『つかこうへい正伝　1968-1982』、単行本二〇一五年十一月刊）を出されてからですね。その出版記念の会に母とお邪魔したのが最初かな。ちょうどすぐあとに、風間杜夫さんや平田満さんと同じ舞台に立たせていただいた、紀伊國屋ホールでの『熱海殺人事件』もありましたし。

長谷川　いや、そもそもあの本が何とか世に出たのは、そのおかげなんだよね。グズグズ三年以上書き続けてさっぱり進まず、あれこれ仕事を言い訳に筆が止まっていた頃に、出版の道筋を作ってくれた編集者の河野通和さんに言われたの。「長谷川さん、今年の暮れ、愛原実花さんが『熱海殺人事件』でハナ子をやるんですよ。それも伝兵衛と熊田は三十三年ぶりの風間、平田コンビです！」

　ようするにこんな絶好のタイミングはないから、そこに間に合わせて本を出すぞってことなんだけど、それ聞いて出版がどうこうより、こっちも何だか胸が熱くなって、変なスイッチが入っちゃって、５５０ページ中、残り半分を三か月で書き上げた。

愛原　私も少しは役に立てたというわけですね（笑）。

長谷川　何より、そんな芝居を企画してくれたホリプロさんかな（笑）。

愛原　それ以来、いくつかの賞の授賞式やそのお祝いの会にも毎回参加させていただいて、あの本に登場する、父のかつてのお仲間たちとご一緒することも増えて……。

長谷川　みな子のことを知ってるのは赤ちゃんの頃だけで、それ以来、顔を合わせることなんかなかったものね。大人になってから会ったのは、あなたが宝塚の娘役トップになって、日比谷の宝塚劇場での公演を、お母さんから招待されて観に行き、帰りに食事した。それが二十何年か振り。

愛原　そうでした。あれ、父には内緒だったんですよね。

長谷川　うん。つかさんずっと、おまえらなんかに会わせたら、オレの大事な娘が穢れる、という感じだったから。

愛原　まさか（笑）。

長谷川　そのくせ、かかってくる電話はたいていみな子のことで、どこの小学校に入ったとか、宝塚音楽学校に行くことになったとか……。

愛原　そうなんですね。

長谷川　本にも書いたけど、つかさんからの最後の電話も、みな子が雪組の娘役トップになったという知らせ。ただしそれは僕が仕事で地方に行った帰りの飛行機の中で、取れなかった。

愛原　羽田着いたら、携帯の着信履歴に「つかこうへい、つかこうへい……」がズラリ並んでたってやつですね。

長谷川　こんな繰り返しかけて来るからには、よほどのことがあったんだろうと思ったけど。こちらからは、直接電話なんかしたことないし……。

愛原　それがよくわからないんです。風間さんと平田さんも同じこと言ってました。どうしてですか？

長谷川　うん。僕らもうまく説明できない（笑）。ずっとそういうもんなんだなぁ。だからそのときも他にあちこち電話して、ようやくみな子がトップになった知らせだったというのがわかる。あれだけしつこくかけてきた電話の数を思えば、どれだけ自慢したかったんだ？　って（笑）。

愛原　父がそんなふうに思ってたなんて、まったく知りませんでした。

長谷川　まぁ、そういったことも含めて、つかさんとのことをみな子からきちんとした形で聞くのは、今回が初めてだよね。

愛原　たしかにそうですね。

父には、ただただ愛されました

長谷川　この「論座」での連載（注・本書のもとなった「つかこうへい話Returns」）は、僕らの劇団解散までしか触れなかった『つか正伝』の続きというか、それ以降の数年を少し書き残しておこうか、なんて気持ちで始めたんだけど、そのときから、けじめはみな子との「対談」にしたいと思ってた。「娘の語る父」ってのをぜひ聞いてみたいって。受けてもらえるかどうか心配だったけど、実現してうれしいです。

愛原　こちらこそ。長谷川さんと父のことをマジメに（笑）話せる機会が来るとは思ってもいませんでした。

長谷川　ではまず無難なところから……とにかく可愛がられたでしょう？

愛原　はい異常に（笑）。……と言うしかないですね。

幼少期の愛原実花さんとつかこうへい

長谷川　つかさんってそうは見えないんだけど、実は子供が大好きなんだよね。ましてや自分の一人娘だもんな。

愛原　信じてもらえないかもしれませんが、まだベビーベッドに寝ている赤ん坊の頃から、愛されているっていうのをひしひしと感じてました。その記憶がちゃんと残ってるんです。それからずっと、「ああ、この人は私のこと大好きなんだ」と思いながら大きくなっていったような気がします。具体的に何をしてくれた——ということも、もちろんありますが、何より私を見ている顔が、ただただ幸せそうで、それをいつも感じられることがうれしかった。

長谷川　僕らなんかには一度も見せたことのない顔だな（笑）。叱られたことなんかは？

愛原　ない、ない。何かをこうしなきゃいけないよ、という形で言われたこともないし。

長谷川　人に説教するのが大好きな人なのに。

愛原　だいたい私の前で声を荒らげたことが全く

ないです。

長谷川　ますます、俺たちの知らないつかこうへいだ（笑）。お父さんの仕事がこういうものだと理解したのは、いつ頃？

愛原　物心ついた時には、なんか特別なことをしている人なんだろうなぁとは思っていました。父の舞台は、すごく小さい頃から母と二人で観ていましたから、これを全部作っているのがパパなんだっていうのは、何となく理解していたんです。でも、俳優さんやお芝居の関係者には絶対に会わせてもらえなかったし、楽屋にも行ったことはなく、すぐ帰るだけ。ここから先は私が行ってはいけない世界なんだって、その壁のようなものはすごく感じていました。

長谷川　記憶に残っている舞台ってある？

愛原　本当に小さい時だったから、演目というよりは、バーンという音響や、花束を打ち付けるような場面が、すっごく怖かったし、うわー、チューしている恥ずかしい、これヤダヤダ、みたいな感情はありました。こんなことやらせているのがパパだと思うと、家にいる父とはあまりに違いすぎて、ちょっとショックだった。

長谷川　それが、のちの「宝塚歌劇団」につながったかな。

愛原　まぁ反面教師になったかも。でも「宝塚」は自分で本当に好きになって入った世界だから……。

「宝塚」へ行きたい、に絶句した

長谷川　「宝塚」に行きたいと思ったきっかけは何なの？

愛原　私が通ったポンジョって女子校（日本女子大付属高校）で、「宝塚」のクラブがあったんですよ。中学の時、受験しなくても上がれるので、自分が進学する高校の文化祭を見学に行ったんです。で、そのクラブの出しものを観て、女子のカッコいい先輩にみんなで「キャー」ってなって、ここ入ろうと思ったのがきっかけ。

長谷川　それまで「宝塚」の舞台は？

愛原　ほぼ観たことはなかったです。あ、父が原作の『銀ちゃんの恋』を観に行ったかな。天海祐希さんの『風と共に去りぬ』も、たぶん同時期で、ご招待いただいて。

長谷川　「宝塚」に関連することと言えば、バレエぐらい？

愛原　ええ、バレエは小さい頃からずっとやってて、バレリーナになりたいなんてあこがれはありましたね。普通に習い事で、ピアノとかお習字とかやって、最後に残ったのがバレエ。

長谷川　「宝塚」を目指すにあたって、それはやっぱり大きかった？

愛原　すごく役に立ったとは思います。踊ることが大好きだったし、『娘に語る祖国』に「嫌なことがあっても次の日には踊ってた」と書いてあるけど、あれは本当で、踊るとケロッと忘れてた。

長谷川　「宝塚」に行きたいって切り出した時の、つかさんの反応はどうだったの？

愛原　絶句してました。まだ高校一年生の一人娘が、単純に家から離れて兵庫県にある寮に行っちゃうのが、父親として心配だったろうし、女優さんがどれだけ大変な仕事かなんて、誰よりもわかってるはずだし……。

長谷川　だけど今まで「ダメ」と言ったことは一度もないし（笑）。だいたいつかさんが「宝塚」に対して特別な思いがあるなんて、その頃、みな子は知らなかったわけでしょう？

愛原　それは長谷川さんの本を読んで初めて知りました。

長谷川　他人の芝居はどんな種類のものを観ても、決していい評価などしたことのない人が、「宝塚」だけは無条件に認めてたものね。まぁそれを自分から言うわけじゃないけど……忘れられないなぁ、一九七九年の『いつも心に太陽を』という芝居の初めての大阪公演で、つかさんが「宝塚」の若い女優さんたちを大勢招待した。彼女たちが皆、打ち上げにも参加して仲良くなってね、僕と平田と石丸（謙二郎）の三人で、翌日、バウホールでの新人公演を観に行き、楽屋にまで案内された。僕らの劇団解散間際には、つかさんに「宝塚」での演出の依頼が来て、本人は「長谷川、一緒に行くぞ！」なんて大盛り上がりで。そのくせ絶対にやらないのはわかってたけど。

愛原　だから娘がそこに入りたいと言い出したときは、複雑だったんでしょうね。反対はされなかったけど、「ううーん」みたいな……完全に固まってましたから。音楽学校に合格が決まったときも、どうだったんだろ。

長谷川　そりゃあんなうれしそうに、僕に電話してきたわけだし。

愛原　それを聞いてホッとするんですけど……今思い出すと、喜んでくれたような、でもすごく寂しそうだったような……。

長谷川　つかさん自身も、ひと言では表現できない気持ちだったんだろうな。

愛原　ほんと言うと、私もそうでした。父のことはもう好きすぎて、「パパとはずっとラブラブだ」なんて信じてるような子でしたから。それが結局十六年しか一緒に暮らせなくて……。

「宝塚」と「つか演劇」、通じるものは

長谷川　いざ十六歳で「宝塚」に向かう時には、何か言葉をかけられたりした？

愛原　ひとつだけ言われたのは、「パパのやってる仕事は、ひとの傷口に塩を塗り込むようなもので、宝塚とはまるで違うから」って。だからこれからのおまえには、何も言ってあげられることはない、そんな意味だってことがすぐわかった。だから私が舞台に立つようになっても、それに対して何か意見をくれるようなことは、一切ありませんでした。「宝塚」の音楽学校で「演技」の成績があまりよくなくて、どうしたらいいの、みたいなことをぶつけたときも、「それはパパに言うよ

うなことじゃない、そちらの劇団の演出家の方にちゃんと訊きなさい」って、それだけ。絶対に口出ししようとはしなかった。

長谷川　「宝塚」に入ってから、お父さんと会ったり、電話で話したりは？

愛原　それはよく。音楽学校二年と研究科三年は寮生活だったんですけど、残りの五年はマンションで一人暮らしだったから、そこに来てくれたり、向こうでの舞台を観てくれたり。

長谷川　そのときも感想なんかは？

愛原　ひとことも言わない。ただ覚えてるのは、『エリザベート』という舞台で娼婦の役やったとき、ちょっと男の人を誘惑するみたいな場面があって、観てくれたあとで、「あれ、どうだった？すごく良い役だったでしょう」と聞いたら、「うーん」みたいな……ちょっと不機嫌そうな、いつもと全然違う表情で。

長谷川　それはつかこうへいじゃなくても、父親なら。

愛原　だって「宝塚」だからまったく露骨な表現じゃないんですよ。正統的なミュージカルだし、なんのハラハラもない、ごく普通の場面。なのにそれ以上、その舞台については、絶対に触れようとしなくなって。

長谷川　（笑）そんなつかさん、見たかったなぁ。

愛原　今になって思うのは、あの日、私が行きたいというのを黙って聞いてくれて、合格したときにも内心喜んでくれていたのは、やっぱりそれが「宝塚」だったからかもしれない。

長谷川　四十になっても五十になっても宝塚の団員でいる限りは、ずっと「生徒」だものね。

愛原　そうそう。それも未婚の女性だけ。だから、なんか許されるみたいな……もし私がただ女優になりたいなんていうことだったら、さすがにダメだったような気がする。

長谷川　最愛の娘にギリギリ許せるところだったかもね。「文学座」行きたいとか、「劇団四季」に入りたいとかだったら、絶対反対だったろうな。

ましてやどっかの小劇場？　ふざけんなって、もう座敷牢にでも閉じ込めるぐらいのことはしたかもしれない（笑）。

愛原　行きたいところが「宝塚」でよかった（笑）。……父が「宝塚」を認めてたって意味で言うと、「宝塚」って、必ずハッピーエンドっていうか、観終わって本当に幸せな気持ちになれて、また明日から頑張って生きて行こうと思わせてくれる舞台なんです。演じている方もそれを目指してる。結局父の舞台も同じなんだって。

長谷川　うん、確かにどれもがハッピーエンド。

愛原　以前の取材では、「小さい頃から観ていた父の舞台が怖かったから、そのアンチテーゼで宝塚が好きになったんです」って、わざとちょっと自虐的に話していたんですけど、最近は、そうじゃなくてやっぱり父の舞台も、ちゃんとハッピーエンドに導かれていくんだっていうことをすごく感じています。

長谷川　観客が何だか幸せな気持ちになって劇場をあとにするってのが、つかこうへいの目指した芝居だからね。そこは共通してるな。

愛原　例えば「宝塚」だと、劇場を出ると主題歌を口ずさんで街を歩いてしまうみたいなことがあるように、父の芝居の場合は、耳に残ったかっこいい台詞とか、思わず吹き出したひと言とか、それをちょっとつぶやいてみて、紀伊國屋ホールから新宿駅に向かう……あとは、「あのアイ子って私かも……」なんて考えながら、やりとりされた台詞の中の印象的なフレーズに自分の人生が映し出される感覚になって、自分の話じゃんこれ、とか、観終わっても余韻がしばらく残るっていうか……。

長谷川　そうだね。僕らの劇団時代も、「何日もあの台詞が頭の中で響いていて……」なんてアンケートが、たくさんあった。

愛原　紀伊國屋ホールのあの雰囲気もなんか独特で、父はここからいろんな言葉や物語を生み出して、人と人を繋いで、その人生まで救ったりしていたのかもなあって……。

長谷川　それはそこで、お父さんの芝居を自分が演じて、感じたということ？

愛原　ダメ押しになったとでもいうのかな。父が亡くなってから、そんなようなことはずっと思ってましたから。

父の代表作、これまでにない重圧の先に

長谷川　『熱海殺人事件』というお父さんの代表作を、それもフランチャイズとしていた紀伊國屋ホールの舞台で演じるというのは、やっぱり特別なものだった？（※）

愛原　それはすごくありました。今までも仕事をする中で、つかこうへいの娘だというのは、必ず触れられるわけで、事実として父であることは間違いないのだからと、それなりに開き直ってるつもりだったんですけど、今度ばかりは意味が違うぞってのを、思い知らされたというか……。

長谷川　そうか。

愛原　正直、これほどのプレッシャーは感じたことなくて、稽古中も、アイ子が死に至るまでの海岸での大山金太郎とのシーンになると、毎日そこで鼻血が出て。自分でもよくわからない重圧だったのかなぁ。

長谷川　そんな大変だったんだ……。

愛原　インタビューでも、これまで以上に、父のことばかり聞かれましたから……もうイヤというほど。

長谷川　聞くほうも、演劇担当の記者さんたちなどで、たぶんそれぞれに「つかこうへい」に対す

※二〇一五年、つかこうへいの代表作『熱海殺人事件』が再演され、三十三年ぶりに部長刑事・木村伝兵衛に風間杜夫、新任刑事の熊田留吉に平田満という配役が復活、女性警官・片桐ハナ子を愛原実花、犯人の大山金太郎を中尾明慶が演じ、大きな話題となった。演出は「劇団☆新感線」のいのうえひでのり。十二月に東京・新宿の紀伊國屋ホールで開幕し、翌一六年二月まで北海道から九州までの計十都市で公演した。

る特別な思いがあるからね。

愛原　インタビューを受ける時、父のことを娘が「すごい人なんです」とか、滔々と語るのもおかしいでしょう？　どういう塩梅で話すべきなのか、いつも迷うところなんです。だからそれまでは、「父と一緒に過ごした時間があまりにも短すぎたので、語るにはまだ少し自分の気持ちの整理がついていません」と最初に言って、そこからなんとか話を組み立てていたんですけど、さすがにあの芝居をやるにあたって、もうそれは通用しないなって思いましたし……。おかげでその頃から、ちゃんと冷静にっていうか、客観的にっていうか、父のことを考えるようになったかもしれません。

長谷川　そうか、その結果か……ほら、早川書房の演劇雑誌『悲劇喜劇』の二〇二〇年十一月号で、つかさんの没後十年の特集があって、僕も少し書かせて貰ったり、風間さんや平田のインタビューなんかも載ってるんだけど、みな子が書いた「父のこと」という文章が圧倒的にすごいのよ。見事だった。あれ読んだとき、もう俺との対談なんか必要ないかって、正直、思ったもの。

愛原　やめてください（笑）。でもやっぱり、父のお芝居を初めて演じさせてもらって、ようやく父のすごさに気づいたというか……言葉にはこれほどの力があるんだって、娘としてよりも、女優という仕事を選んだ人間として、なんか打ちのめされたんですよね。

長谷川　うん、わかるような気がするな。つかこうへいが生み出した言葉を、舞台に立って発すること以上に、そのすごさを実感するなんてないものね。

愛原　『熱海殺人事件』という芝居で言うと、言葉は人も殺せるんだ……みたいな。

長谷川　なるほど。

2015年に上演された舞台『熱海殺人事件』。左より風間杜夫、平田満、愛原実花（写真提供：ホリプロ）

演じてわかった〝口立て〟の意味

愛原　それと、私の演じた『熱海』は当時の上演台本を使ったもので、オリジナルの戯曲とはほぼ違うじゃないですか。

長谷川　〝口立て〟という作業でどんどん変わっていった結果だからね。

愛原　それなんです。父の芝居作りにおける〝口立て〟という作業の意味が、何となくわかったような気がしたんです。もちろん私がそれを受けたわけじゃないんですけど。

長谷川　どういうこと？

愛原　たとえば、かっこいいセリフとか、すごく耳に残るひと言とか、心震えるモノローグとか、山ほどあるじゃないですか。結局それって、音としての響きがすべてなんだって。

長谷川　つかさんと役者の掛け合いで、台詞を反復することによって、それをリアルな音として確かめながらホンをつくってゆくわけだから、文字として書いたものとはやっぱり違うよね。

愛原　そう。その役者さんが持つ声とか言い回しとか、もっと言うとたたずまいのようなものまで、すべてつかんだ上で、それに合わせて作られていった台詞だから、単なる相づちひとつでも心地いいんじゃないかって……風間さんと平田さんを見ていて思ったんです。俳優って、例えば台本もらって演じるときに、自分の中にすっと入ってきて、あ、このトーン言いやすいみたいな台詞と、なんだか全然言いにくくて、どうしても覚えられない台詞ってあるじゃないですか。でも〝口立て〟では絶対にそれは起こらない。だから私のハナ子も、父の〝口立て〟だったらどんなふうに作ってくれたかなぁ、私の台詞は音としてどうなのかなぁ、なんて思ってました。

長谷川　『熱海』を観た時にね、うまく言えないんだけど、僕の中に「あ、娘だ」っていう感覚がすごくあった。それはね、つかこうへいの台詞を、ちゃんと作った人の狙った正しい音で発してるってことなの。やっぱり娘だなぁって、なんかそんな思いで観ていた。

愛原　気を遣っていただいたお言葉、ありがとうございます（笑）。……もうひとつ〝口立て〟についてわかったのは、正解の「音」ということだけじゃなく、演じている役者、その人自身のめちゃくちゃコンプレックスなところや、そこだけは触れてほしくないところをガンって見抜いて、この人これ言われたら琴線に触れて心が揺れるだろうなって台詞を、役の中にあえて与えていったんだってことかな。その俳優自身の芯の部分が役と一体になってむき出しになる瞬間みたいなものを引き出す。役者にとってはそれが快感なんですね。実は私も、女優としてさらけ出されてみたかったなぁなんて思ったぐらいだから、たぶんそれが、父による〝口立て〟の醍醐味なんだろうなって、勝手に理解した気になってたんですけど、どうですか？

長谷川　正しい。まったく正しい。

愛原　偉そうなこと言ってますけど、本当のところは、父のお芝居で紀伊國屋ホールの舞台に立てることがやっぱり嬉しくて、それが一番でした。「宝塚」を退団して少しした頃かな、早稲田の演劇博物館で「つかこうへいの70年代」っていう展覧会があって、ちょっとわくわくして行ったんです。ちょうど私が二十七くらいで、あれこれ展示を見るうち、自分と同じような齢で父はこんなだったんだと知って、衝撃的でしたね。写真がいっぱい並べられてて、あの時に、自分もいつかこの紀伊國屋ホールの舞台に立てたらいいな、それまで女優という仕事を続けていけたらって、そんなふうに心に決めたから。

長谷川　僕は紀伊國屋ホールで、風間、平田に挟まれて立つみな子を観て、ああやっぱりこれもつかさんにとっての必然なんだなって、胸が熱くなった。

愛原　必然……。

長谷川　『つか正伝』でも書いたけど、つかこうへいという人が生きていく中で起こる様々な出会いや出来事は、すべてその人生の中での必然なんだと僕は思ってて、亡くなった後も、それは続いているんだって……。

愛原　どういうことですか？

初めて聞く、両親の出会い

長谷川　順を追って話すと……お父さんとお母さんがどう出会い、結婚することになったか、知ってる？

愛原　全然……。話してなんかくれないです。

長谷川　僕は二人が初めて会った瞬間を、この目で見てるんだよ。

愛原　わぁ、聞きたい、聞きたい。

長谷川　一九八〇年の春かな。劇団が新人オーディションをすることになって募集をしたわけ。人気絶頂の時期だから、何千人もの応募があって、履歴書と自己紹介を吹き込んだテープが山ほど届いたんだけど、その締切最終日、郵送では間に合わないからって、渋谷のビルの中にあった「つか事務所」に履歴書を自分で持ってきた、学校帰りの女子高生がいた。

愛原　それが母ですか？

長谷川　そう。で、当時つかさんの秘書だった江美由子さんというのがドアの外で書類を受け取って、直子……あ、お母さんも呼び捨てだけど（笑）。

愛原　はい（笑）。

長谷川　直子はそのまま帰った……すると戻ってきた江美さんの第一声が「すごくかわいい子でした！」。そういうとき、つかさんの反応は早いからね。「呼んで来い」のひと言で、すぐ江美さんが追いかけ、ちょうどエレベーターを待っていた直子に声を掛けて、もう一度、事務所に連れて来た。

愛原　長谷川さんもそこにいたんですか。

長谷川　原稿の手伝いで毎日通ってたからね。だからセーラー服の女の子が入って来たときは、「おーっ」と思った。でも直子はつかさんの前でずっと緊張していて、全然話さないんだよ。憧れのつかさんと会って、チャラチャラしゃべるようなファンの女の子は大勢見てきたけど、まるで違って、つかさんが「俺の舞台はよく見ているのか？」と声をかけても「はい……」だけ。結局、北区の方に住んでいるとか、一人娘だとか、学校がどこかとか、何とか聞き出して、そのまま帰って行った。その後、一応オーディションはあったんだけど、そこにも呼ばれず……まぁ結局、合格者は誰も出なかったんだけどね。

愛原　なのに劇団の一員になるわけですか？

長谷川　そう。その夏、『蒲田行進曲』の初演の稽古が始まると、そこにあなたのお母さんがいた。

愛原　父が呼んだんですか。

長谷川　もちろん。そのとき一緒だったのが酒井敏也。酒井もオーディションなんか受けていない。何千通かの応募の中で真っ先に届いたのが酒井のものだったんで、すぐ皆で開け、その写真と自己紹介テープに大笑いして、つかさんが呼んだ。ようするに合格したのは応募者の中、最初と最後の書類の二人だけで、いったいオーディションてのはなんだったんだって（笑）。

愛原　稽古に参加したってことは、つまり母は『蒲田行進曲』の成り立ちを、初めから全部見ているわけですね。

長谷川　何言ってるの。初演の舞台にちゃんと立ってる。

愛原　え、そうなんですか。

長谷川　こんな若い女の子をどう使うんだろうと思ってたら、銀ちゃんが付き合っている女子大生という役で、小夏役の根岸季衣と二人きりの場面に、ワンシーンだけ登場。俺ら薄汚い連中ばかりの中、見たことのない美少女が突然現れて、お客さんは強く印象に残ったはず。

愛原　そんなこと、父も母もまるで教えてくれないから。

長谷川　さらに翌年の八一年には、根岸と田中邦衛さんの『ヒモのはなし』で、ヒモである田中さんが前の奥さんとの間に残してきた一人娘という重要な役をやった。再演なんだけどまったく新しく出来た役。つまりつかさんが直子のために大きく芝居を変えた。

愛原　そこまで……。

長谷川　台詞もたっぷりあって、もちろん〝口立て〟だから、彼女の魅力が前面に出ていて、素晴らしかった。ああ、つかさんこのまま女優として使っていって、将来は直子がメインの芝居なんかが生まれるんじゃないかなぁ、なんて思ってたら、いつの間にか稽古場に現れなくなった。あれ？　これは何かあるぞって感づいて、案の定、二人が結婚するってことがわかって。それまではみんな、「直子」「直子」って呼び捨てだったのが、急にぎこちなく「直子……ちゃん」になったりして。

愛原　母の方も困ったんじゃないですか（笑）。

映画監督だった祖父が結んだ縁

長谷川　話を戻すとね、紀伊國屋ホールの舞台に立つあなたを観ながら、そんなことがよみがえって来たわけ。つまりあの日、あなたのお母さんが渋谷の事務所にやって来て、もし江美さんが「かわいかった」と言わなければ、もしエレベーターがすぐに来て、そのまま帰ってしまってたら、目の前の舞台にみな子はいないわけだから。

愛原　つまりそれが長谷川さんの言う「必然」なんですか？

長谷川　そう。つかこうへいという人が、自分にとって必要な偶然を引き寄せる、自らの必然。

愛原　偶然を必然にしてしまうのが、父の力というわけですか。

長谷川　そう。ただしそれで言うと、僕があの舞台を観て胸を熱くした、みな子がそこにいる「必然」は、つかさんだけが生んだものじゃない。

愛原　他にもいるということ？

長谷川　あなたのおじいちゃん。松竹の映画監督だった生駒千里《せんり》さん。

愛原　祖父が？

長谷川　『つか正伝』を書く中で、取材っていう形であなたのお母さんと会ってあれこれ話を聞いたわけ。そんなことはそれまで一度もなかったから、結構楽しみにしていて、まずどんな経緯でつかさんの芝居のファンになって、あの日、履歴書を持って事務所にやって来たのか、そこから始めたんだけど、びっくりしたのは、まだ中学生だった直子が初めて観たつかこうへいの芝居は、「つか事務所」が紀伊國屋ホールに進出した七六年の『熱海殺人事件』で、それは父である生駒監督に連れられて来たんだってこと。「今、若者たちにすごく人気のあるお芝居があるから、行ってみよう」って言われたんだって。

愛原　それが始まりなんですね。

長谷川　そう。そこからお母さんはつかこうへいの芝居が病みつきになって、一人で劇場に通うようになり、あの履歴書持参の日まで、すべての舞台を観てきたんだって。

愛原　きっかけは祖父か……。

長谷川　それ聞いて、「生駒家、恐るべし」と思った。だってあの時代に、父親が中学生の娘を「人気の芝居だから」って新宿の劇場に連れて行くんだよ。もちろん映画監督という仕事柄もあると思うけど、普通はなかなか考えられない。つまり愛原実花という存在は生駒千里のひと言から始まってる。そしてそれもやっぱり必然なんだって……。

愛原　そこから、母は父の芝居と出会い、二人が結婚するまでになり、だから私はいるってことですね……。

長谷川　一人の少女が中学生の頃に目を輝かせて観た、『熱海殺人事件』という舞台に、なんとその作者との間に生まれた一人娘が、今、立っている。それもあの日のままの紀伊國屋ホールで……。そんなこと思いながら観てたら、何だか熱いものがこみ上げてきて、芝居になんか集中できなかった。例えばこれが映画のエンディングなら、主演女優のステージを撮ってるカメラが客席方向にパンすると、そこは三十九年前に戻ってて、座席に父と並んだ少女が惹き込まれるように舞台を見つめている……というようなシーンになるかな。

愛原　そんな話、本番中に聞かなくてよかった。私も芝居にならなかったかもしれない（笑）。

長谷川　いや、そんな物語を現実にしてしまうのが、つかこうへいなんだって、話をまとめたくなるんだけど、僕がここで言いたいのは、生駒家の流れの方で、愛原実花という存在には、それもすごく大きな力になってるんじゃないかってこと。

愛原　……ええ。

長谷川　実は僕はそれを強く感じてて、そこにもとても興味がある。みな子は、「つかこうへいの娘」とはさんざん言われるけど、「生駒監督の孫」とはなかなか言われないでしょ。

愛原　祖父をよく知ってる方ぐらいですね。

長谷川　繰り返しになるけど、みな子が今ここにいるのは、そのおじいちゃんが娘をあるお芝居に連れて行ったことがすべての始まりで……あなたには元映画監督の祖父がいて、女優だったおばあちゃんがいて、その一人娘だったお母さんもまた女優を目指す中で、劇作家の父と知り合い一緒になり、そのまた一人娘としてあなたが生まれ、そして同じように女優となった……なんかドラマだよね。

愛原　それは必然だったというわけですか。

長谷川　僕は勝手にそう思ってる。だからみな子が「宝塚」を選び、女優さんの道を歩むようになるのも、お父さんだけでなく、おじいちゃんやおばあちゃんからお母さんを通して受け継いだものが、あなたの中で確実に息づいてるからなんじゃないかな。

愛原　……そうかもしれません。

長谷川　だからね、余計なお世話かもしれないし、知ったような口を叩くなと言われるかもしれないけど、みな子にはつかこうへいはもちろんのこと、亡くなった生駒千里監督の思いのようなものも、女優としてしっかり背負っていってほしいな。

愛原　もう。もうこれ以上プレッシャーかけないで下さい（笑）。

長谷川　かける！（笑）

「語られた」娘が背負ってきたこと

長谷川　やっぱりどうしても聞いておかなきゃならないのは、『娘に語る祖国』（※）のことかな。なんだかすっかり、つかこうへいの代表作みたいなことになっちゃってるし、やっぱり「語られた」ほうとしてはどうなの？　……って言いたくなる。

愛原　うまく説明できるかなぁ……。

長谷川　初めて読んだのはいつ頃？

愛原　小学生ぐらいの時……子供心に何だか覚悟して……いやその言葉が正しいかどうかわからないけど、やっぱり父の他の本を読むのとは違った気持ちで手に取った。

長谷川　僕なんかはほら、つかこうへいのひとつの「作品」として読むわけで、つかさんお得意の自分を主人公にしたフィクションの部分もいっぱいあるし、ああいい話だった、面白かったで終わるんだけど。世の中の人は、つかこうへいが自分の胸の中にある心情……何より国籍についてを、娘に語りかける形で初めて世間にさらしてみせたという部分をことさら評価してしまう。そこが僕には、どうも引っかかる。

愛原　最初に読んだ時は、まぁ私への手紙みたいな形ですから、子供ながらに真剣に読んで、最初に話したように、ただただ自分のことを愛してくれているんだってことが伝わってきて、単純にうれしかった。

長谷川　そうか。

愛原　もちろん、大人になるにつれて、国籍などに関する父の思い、胸の奥にあった私に伝えたいことなんかを、他の人が「作品」として読むのとは違って、やっぱりしっかり受け止めて考えるようになって、それはよかったなぁと思います。父は自分がああいう形でしか娘に伝えられないことがわかっていたんでしょうから……。でもね、それによって私が考えたことを、あえて外に向けて語るような立場に私はいません。

長谷川　それはみな子がすることじゃない……か。

愛原　ただ、今改めて長谷川さんから聞かれると、あの本の中で「祖国とはお前の美しさだ」みたいなこと言われてるじゃないですか。それはど

※『娘に語る祖国』……つかこうへいが幼い娘に語りかけるスタイルで、在日韓国人である自身について初めてつづった本。一九九〇年十月に光文社から刊行され、現在は光文社文庫。

こか、呪いのように私にかけられた言葉なんです（笑）。

長谷川　呪い？

愛原　いや、言葉はちょっと違うかな。悪い意味じゃないんです。要するに私は父からずっと「美しくいろ」と言い続けられているってことです。それも外見の美しさじゃない。人としてのやさしさというか、立派にならなくても、偉くならなくても、心の美しい人になれってことなんです。それこそ「宝塚」の「清く正しく美しく」です。これが父からの呪い……いや、やっぱり言葉が悪いですね。なんだろう……あ、十字架かな。あの本のおかげで、私はいい意味での十字架をずっと背負ってるんです。

長谷川　ちょっと安心した。プレッシャーをかけると宣言した僕が言うのもなんだけど、もしかしたら『娘に語る祖国』は、みな子にものすごく重いものを背負わせてしまってるんじゃないかと思ってたから。でもそれが重荷ではなく、何か託されたものだって感じてるんなら、心配することなかった。

愛原　もちろん、託されたところで、その通りやれるわけじゃないけど、そうありたい、父の期待に応えたいとはずっと思ってます。そして私がそこから外れそうになったとしても、父とつながっていた皆さんが、つかこうへいの娘ってことでちゃんと見ていてくれて、きちんと正してくれたり、引っ張ってくれたり、こんな機会を作ってもらって、自分から話すことでもう一度思い出させてくれたり……本当にいいタイミングで示してくださるから、私は前を向いて生きていられると思うんです。

つかこうへいは引き寄せて、つなぐ

愛原　長谷川さんが「つかこうへいの一番の才能は、自分に必要な人間を引き寄せる力だ」っていうようなこと書かれてるじゃないですか。たぶん父にとって、娘のために必要だと思う方々が、しっかり周りにいてくれるんです。それもまた、父の持つ「必然」ってことかも。

長谷川　その引き寄せる力は、今でも続いているんだよ。僕らも、つかこうへいという存在があったから、ただの劇団仲間というだけじゃなく、みんながこんなにも仲良く何十年もいられるんだと思う。他の劇団の連中なんかにはなかなか理解してもらえない、特別な関係だから。

愛原　引き寄せた上で、つなぐ力かな。

長谷川　うん。そうそう……どこか家族に近いようなところがあるものね。たとえば皆と会って、「みな子がこの間、あの舞台に出ていた」なんて話になるときも、知り合いの女優さんってことではなく、なんだか姪っ子かなんかの話をするような気持ちになってるからね。つかさんのことも、思い出して懐かしむという感覚ではなくて、最近会ってないけどどうしてるかなぁ、みたいな感じで、会うと、つかさんの話が大半を占めちゃう。この連載も、みんなしっかり読んでくれていて、もう終わるんだって言ったら、残念がったしね。カーテンコールとしてみな子と対談するなんてことはまだ話してないけど、知ったらすごく喜んでくれると思う。

愛原　みなさん、それぞれの出会いも含めて、ものすごく濃い時間を父と一緒に過ごされてますもんね。

長谷川　あ、つかさんの若い頃の話なんて、僕の本以外では聞いたことなかったわけでしょ？

愛原　ええ、まったく。

長谷川　若かりしつかこうへいを知って、どう思った？

愛原　なんだろう……うーん、嬉しかった……すごく嬉しかった。

長谷川　ただ想像つかないかもしれないな……普通の人が読んだって、こんなことあるの？　って話ばかりだから……、ましてや、そんだけ優しいお父さんしか知らない娘にしてみたら、ええーっ！　と思うんじゃない？

愛原　思ったけど、でも、すごく愛おしいっていうか……若い頃の父に対して何とも言えない愛おしい気持ちになりました。

長谷川　魅力的であることは間違いないものね。

愛原　何度も聞いてきた父の人を引きつける力……それがよくわかった。色んな意味で（笑）。

　父の書いたもので「娘の誕生日にはあえて一緒にいないことにしている。自分のいちばん大切な日は役者と飲むようにしている」ということがあるじゃないですか。きっと「その可愛い娘の誕生日にお前と飲みにきてんだ」って、あえて相手にわからせるのが父なんですよね。みなさんからよく聞かされる「人たらし」の技みたいなもので、そのためには家族さえも使う。「本当は、ディズニーランド行きたいって言ってるんだけど、涙をのんでお前とこんな店に来てるんだぞ」とかね。「ええ？　そんな日に私と……」と相手は思うのだろうけど、いや、こっちはディズニーランドなんかとっくに連れてってもらってるし、誕生日のケーキだってしっかり買ってきてくれてる。ああ、つかこうへいってのは、そういう人なんだなぁって……。

長谷川　父親のことをよくわかってらっしゃる（笑）。

愛原　でも、それがすごく愛おしく思えるのは、若い頃からの父の姿を、長谷川さんがちゃんとよみがえらせてくれたからなんです。

異次元の「人たらし」

長谷川　あの本の中で、俺、悪口いっぱい書いてるじゃない。あれはどう？　決して、つかこうへいはすごいってだけじゃなく、山ほどイチャモンつけてる。この連載でも、あれこれ偉そうに否定してみせてるんだけど。それに関してムッとしたりは？

愛原　全然。そう言いながら、みなさん集まると

「被害者の会だ！」なんて、どこかすごくうれしそうで、風間さん、平田さんと共演した時も、それはずいぶん聞かされて、え、そんなことあったの⁉　っていうようなことを、ほんとに楽しい思い出みたいに……。

長谷川　そうなっちゃうんだよな。

愛原　そういえば公演で大分行った時に、地元の首長さんがわざわざ挨拶に来てくださって、以前父の芝居で、なぜか急に、ふんどし一丁で舞台に出てくださいってことになったという話をしてくれたんです。

長谷川　で、出たんだ？

愛原　ええ。普通そんなこと政治家に頼めます？　でも父は平気なんですよね。そんな偉い人に突然、ほぼスッポンポンで舞台に立て、ですよ。

長谷川　けど、たぶん喜んでやったんだよね。

愛原　そうなんです。なんかすごくうれしそうに、事細かに話してくれて、ああこの方の人生の中で、何より自慢のエピソードとして、きっとお酒の席とかでもお話しされてるんだろうなぁって……で、父はそういうことがわかった上で、それをやってるんだ……これもみなさんの言う、父の「人たらし」の一部分なんだなって。

長谷川　はいはい。もし、ふんどし一丁で舞台に立てなんて言われて、怒って帰っちゃうような人になら、絶対にそんなことは言わない。ちゃんとそこは見抜いてる。

愛原　ただその一回の出会いだけで、これだけ人に印象を残す、それが父なんだなぁと思うんです。例えば入院してる人にとって、別に毎日お見舞いに来なくても、この日だけ来てもらえたら、全部がチャラになるみたいなことがあるじゃないですか。この日だけは心からこんな言葉をかけてほしいとか……。さっきの見抜く力、じゃないですけど、それを持ってるのが父だと思うんです。大事な人とは、毎日連絡とってなくても、ここっていう時にめいっぱい頑張る、何が何でも、たとえ北海道でも会いに行く、みたいな。

長谷川　つかさん自身は頑張ってる意識ないんじゃないかな。きっと無理なんかしてないもの。えっ当然行くだろ！　おまえ行かないの？　なんて感じだと思う。

愛原　それがエピソードとしては、「ええっ、そんなことを!?」みたいになるんですね。

長谷川　普通に言う「人たらし」とは次元が違う。たぶん意識せずにそれをしちゃう人なんだ。それで、みんな取り込まれてしまう。僕なんかもよくあるんだけど、取材なんかで出会った記者の人たちがこぞって、どれだけ自分がつかさんと親しかったか、もっと言えば、どれだけつかさんにかわいがられたかを語らない？

愛原　そう、取材というより、みなさんの方がいろいろ語って、「こうですよね？」と言われて、「はい」みたいな感じになること、多いです。

長谷川　お前の話を聞きたいわけじゃねえんだよ……って言いたくなる（笑）。

愛原　いえいえそれは（笑）。まぁ、いいことだけじゃなくて、半分悪口だったり、ひどいですねぇ、そんなこともされたんですか？　って驚かされるようなこともたくさんあるんですけど、その方々にとってもやっぱりいい思い出みたいで。

長谷川　だからしゃべりたくなるし、そんなつかこうへいまで俺は知ってるぞって、自慢したくなるんだよね……まぁひとのことは言えないけど（笑）。

愛原　でも、父とつながっていたそういう方たちのおかげで、私はすごく助けられてる部分があると思います。みなさんが父を通して、今でも私とつながってくれていて、どこかで守られてるって気がするんです。この仕事選んでよかったなぁと思うのは、そんなときです。

長谷川　その意味じゃ、やっぱりつかこうへいの娘であることは、大きいかな。

愛原　ええ。でも、もし父が亡くなってなかったら、そんなことにも気づかなかったろうし、長谷川さんたちとも、こんなに仲良くさせてもらうことはなかったでしょうから、それ考えると、なんだか不思議な気がします。

長谷川　いや、つかさんは絶対に、みな子と僕たちに仲良くなって欲しいと思ってた。勝手にそう信じることにしよう！

愛原　本当はみなさんと父が一緒に居る場面に出くわして、そのやりとりを生で見たかったですけどね（笑）。

長谷川　……そうだね。

病床からの電話で「戻りなさい」

長谷川　……これも初めて聞くけど、つかさんの病気のことを知ったのはいつごろ？

愛原　知ったのは……発症というか、父自身で病気が分かったときだから、私がトップ娘役（宝塚歌劇団雪組）になることが決まった頃か、その少し前か……。

長谷川　ええっ、そんな時期だったんだ。僕らが知るずっと前か……。

愛原　最初に伝えたのは、家族だけだったと思います。

長谷川　でもまさか亡くなるとは思ってなかったでしょう？

愛原　いや、覚悟はしてた。なんとなく……。

長谷川　僕なんかは治るものだと……。

愛原　周りには、そんなふうに見せていたんだと思います。病院でワイン飲んだり……。

長谷川　らしいっちゃ、らしいな。

愛原　私が病院に行くのも、嫌がりましたから。みな子は自分がやらなきゃならないことをちゃんとやれって。

長谷川　うん……。

愛原　実は私が退団公演の稽古中に一度、父の病状が急変したことがあって……亡くなる一か月くらい前です。劇団の稽古場に母から電話が入って、で、すぐ病院に向かった方がいいかと、夕方、稽古の夜休憩でみんながお食事をしている時に、電話を折り返したら、かなり危ないってことで……ヒロインをやらせてもらっていたので、私がいないと稽古にならないんですけど、演出家の先生とプロデューサーに「すみません、今日だけ帰らせてもらえませんか」と頼んでOKをいただいて、新幹線に飛び乗ったんです。そしたら途中、また母から電話があって、驚くことに父に代わって、「戻りなさい」って……「他のみなさんにご迷惑かけるものじゃないよ、すぐ戻りなさい」って。しかたなく名古屋で降りて、ああ、こういうことなんだなあって。そのとき父は、何とか大丈夫だったんですけど……そこから私なりにどこか覚悟のようなものができて……。

長谷川　そんなことがあったんだ。

愛原　そして公演が始まって、中日あたりの十一時公演の十分前ぐらいだったかなぁ……電話がかかってきて、それが亡くなったという知らせだったんですけど、あのときの覚悟があったので、なんだろうなぁ……開演前のバタバタで、よかったかもしれないなっていうか……すぐに舞台に集中しなきゃならないから、あれこれ考えなくて済むなっていうか……なんかそんな感じでしたね。

今もまだ生きているんだよ

長谷川　うーん。で、お葬式もなかった。

愛原　ええ。それが父の希望でしたから。

長谷川　遺書には「娘に日本と韓国の間、対馬海峡あたりで散骨してもらおうと思っています」とあったそうだけど……。

愛原　やりました。かなり月日が経ってから。

長谷川　つかさんのお墓みたいなものは？

愛原　ありません。

長谷川　いや、僕らもそんな話は絶対しないもんね、仏壇に手を合わせたいとかお墓参りしたいとか、そういう話題にはまったく触れたことないなあ。簡単に言うとね、何もなかったおかげで、どっか実感してないんだと思う。僕らの中では、まだ生きてるんだよ。

愛原　わかる、すごいわかる。

長谷川　だから噂話なんかしてても、これ聞いてたらまずいよねっていうような感じなんだ。

愛原　本当にわかる。私も実感が全然なくて。家族だけのセレモニーのようなものも一切ないし……。とにかく何もしないでくれって、父はそこだけは頑なにそう繰り返したから。

長谷川　やったらやったで喜んだかもね。いや、こんなんじゃダメだ、もっと俺を立てろとか言いそうだな（笑）。……まぁ、残った人間が区切りをつけるための儀式っていうヤツが嫌だったのかな。そんなものは拒否するってことかもしれない。

愛原　それはあるかな。絶対に区切りなんてつけさせないって（笑）。あとは、誰が来たとか来なかったとか、俺は呼ばれたとか呼ばれなかったとか、いろいろあったりするのも面倒だろうから……だったのかも。

長谷川　人一倍そういうことが気になる人だからね。とにかく、自分がいなくなったなんて、誰にも認めさせないってことじゃないかな（笑）。

愛原　おかげで、ずっとそばにいるような、ずっと見られているような、そんな感じがするんですよね。

長谷川　うん、今もしっかりいるんだよ、そのへんに。

愛原　これも絶対聞いてる。

長谷川　長谷川、偉そうに、何言ってんだ！　みな子、こんなヤツの話、真に受けるんじゃないぞ！　……って（笑）。

愛原　いえいえ（笑）。

長谷川　じゃあ最後に、そんなつかさんに聞かせるつもりで……。

愛原　はい。

長谷川　みな子が、これから女優という仕事を続けていく上で、それこそ何か「覚悟」のようなものは？

愛原　うーん……女優って、「女が優れる」と書いて女優だから、ほんとはバーンと胸を張って「私は女優です」ってやってかなきゃならないんでしょうね。けどこんな年齢になってもそれができないんです。どこかで「勘違いするな」「つけあがるなよ」っていつも言われてるような気がして……「人の前に立つ仕事なんだから、常に謙虚であれ」っていうのかな……それがきっと父や生駒家にとって恥じない娘でありたいって気持ちにもつながってるんじゃないかって……うーん、うまく説明できない。

長谷川　いや、わかるよ。つかさん、喜んでるな……僕らがつかさんからよく言われたのは、「俺たちがやってることは、しょせん人様に誇れるようなものじゃないんだ」ってこと。だから「その気になるな」「図に乗るな」……みな子の中にあるものと同じだよね。でも楽しみにして来てくれて、元気もらって帰る人がいるんだから、やるしかないんだって、つかさん、それ言いたかったんだと思う。

愛原　そうか……悲しいとか、悔しいとか、何をやってもうまく行かないとか、何かに押しつぶされそうだとか、そういうときが必ずあるじゃないですか。でもそこで「明日はあるんだ」「一生懸命生きよう」って勇気を与えてくれる、そんな力がお芝居にはあるって、本当にそう思うんです。それはお客さんだけじゃなくて、演じるこちらだってその力をもらえる……。

長谷川　そうだね。

愛原　だから、やめられないんですよね。まぁ結局、女優という仕事が好きだって……それだけのことかも。

長谷川　ああそれ聞いて、ほんと喜んでるな、あの人……父親としても……つかこうへいとしても。

愛原実花（あいはら・みか）

1985年生まれ。2002年宝塚音楽学校入学、08年『君を愛してる』新人公演で初ヒロインを演じ、09年雪組トップ娘役に。10年の退団後は数多くの舞台、テレビ、映画に出演。15年には父・つかこうへいの代表作『熱海殺人事件』で風間杜夫、平田満らと出演、ヒロインのハナ子を演じた。

あとがき（らしきもの）

つかこうへいに関して、もう二度と何かを書くことはない。実はそう心に決めていた。拙著『つかこうへい正伝　１９６８－１９８２』が世に出てからというもの、何やら世間から「つかこうへいについて、わけ知り顔で語ってみせる男」といった扱いを受けるようになり、何とも言えぬ居心地の悪さを感じていたからである。

そもそもあの本は『正伝』などという大層なタイトルとなってしまったが、所詮つかこうへいの人生の中で、十年ばかり続いただけの「劇団つかこうへい事務所」に関する「記録」にすぎない。本著のプロローグの部分でも書いたように、すでに忘れ去られようとしているその時代のことをひとつの形として残しておきたいという、当時の仲間たちの思いをたまたま僕が託され、出版に至ったものだ。したがって描いた期間は、若きつかこうへいが演劇の世界に足を踏み入れたところに始まり、いったんその世界から足を洗うまでに限定されている。

とはいえ、渦中にいた人間としては、客観的に事実を並べるだけというわけにもいかず、結局、その時期ならではのつかとの鮮烈な付き合いの「記憶」を、思い出すままに書いていくこととなった。

となれば、つかには直接関係はなくとも、その時々の僕自身の立場や状況も説明する必要がある。覚悟はしていたが、「『つかこうへい正伝』などという代物ではなく、わけのわからぬ長谷川康夫なる男の『青春記』じゃないか」との非難はあちこちで浴びた。

おまけに、そんなふうに密だった「青春」を振り返ったとき、つかの作品で評価に値するのはこの時代のものであるという僕なりの思い入れが、全編を貫いたことは正直、否定できない。

しかしつかこうへいが活動を続けた期間は、それ以降のほうがはるかに長い。関わった人間たちもずっと多いわけで、これもプロローグで書いたが、彼らの『つか正伝』に対する拒否感のようなものは、各方面から伝わってきて、何度かため息をつかざるを得なかった。

そんなことから「つかさんのことを語るのはもういいか」となったわけである。

とくに演劇活動再開後のつかこうへいの様々な仕事に関して（例えば「北区つかこうへい劇団」の立ち上げなども）、僕は完全な部外者であり、何も知らない。そのつど時間を共有し、そばで見守った人々が数多くいるのだから、彼らがいつか、その折々のつかこうへいの姿を、文字通り「正伝」として何らかの形で残してくれることを、楽しみにしていようと、自分なりに納得したつもりでいた。

ところが……である。

「つかこうへいさんの没後十年ということで、何か書いてもらえませんか」
朝日新聞の山口宏子記者からそんな電話があったのは、二〇二〇年六月一日のことだ。長く文化面の演劇担当を務めてきた山口氏は、僕の中で、今は亡き扇田昭彦氏のあと継ぎといった存在であり、『つか正伝』出版後、何度か顔を合わせていた。本の企画者で、演劇制作の仕事をしている岩間多佳子が、彼女とずっと付き合いがあったためだ。

現在は論説委員を経て、「論座」という朝日新聞のＷＥＢサイトを担当しているとのことで、そこでつかについて書いてみないかというのだ。ちょうど『つか正伝』が文庫になった時期でもあった。

当然、受けるつもりはなかった。しかし今ここで書いてきたようなことを手短に説明するのは難しい。

「……そうですか」と曖昧な返事で、とりあえずごまかした。

「何を書いてくださっても結構です。ネットですから分量もお好きに。一回４０００字前後が読みやすいと思います、何話になっても構いません」

いやはや、何々について……と具体的な依頼ならまだしも、僕のようなもともと物を書くという行為自体にまるで意欲がない人間に、そんな言葉はまるで逆効果で、ますます腰を上げる気は失せていた。

「つかこうへいについては、もう書き尽くしたので……」

やはりそう断ろうと、口を開きかけたとき、まるでそれを見透かしたように、電話の向こうで山口さんが言った。

「きっと長谷川さんでしか書けないことが、まだ残ってるんじゃないでしょうか。例えば『つか正伝』以降の、劇団解散からつかさんがまた芝居を始めるまでの何年か、そのあたり、あまり知られてませんよね。記録も少ないし」

僕はあっさり言葉に詰まることになる。確かにそうだ。折々のつかこうへいの姿を、傍で見守った人間にちゃんと残してほしいなどとぬかしながら、今言われたその時期に関して言えば、誰よりもつかの傍に居たのは、たぶん僕なのだ。

むしろ『つか正伝』で綴った時代であれば、何人もがそれぞれの関係の中で、つかを見ていた。本来、僕がしゃしゃり出る必要もなかったろう。しかしつかが舞台から離れ、劇団の役者たちも皆、自立していったあの頃の数年間となると、僕以上にそれを知る人間がまずいないのだ。

つまり自らの論で行けば、僕にはつかこうへいのその時代を書く責任があるということだ。

取って付けたような言い訳に聞こえるかもしれないが、彼女のひと言で、僕は正直、そんなことに気づかされたわけである。

「ちょっと考えてみます」

思わずそう返事していた。

「お願いします。もし出来るのなら、連載という形にしていただいても……」

こうして電話は切れた。

もはや断ることなど出来なかった。これが最後だからと自分に言い聞かせ、そこから二週間ほどかかって渡したのが、本著のプロローグだ。この時点ですでに二話分となり、文章の行きがかり上、結局、連載として先を続けることになってしまう。

当初は十日に一話ずつと申し合わせ、二、三か月で片を付けるつもりだった。しかしそんな順調にいくはずもなかった。

ネットでの連載は雑誌などと違って、絶対守らねばならぬ締め切りというものがない。本来ありがたいはずのそれが、締め切りに背中を押されでもしなければ、なかなか原稿に向かう気になれない僕のような人間にはネックとなった。毎回、グズグズと待たせることになり、山口さんの「次はどうなっているでしょう」との恐る恐るのメールで、ようやく筆が進み始めるのが常だった。

十日に一度の約束が、次には二週間となり、さらに三週間となり、ひと月となり……回を重ねるごとに長くなっていった。しまいには平気で三か月近くすっ呆けたりもした。そうなると逆に一度に送る量は三話分、四話分と増えてしまう。掲載は何日かに割り振りせねばならず、毎度山口さんには迷惑をかけた。

それだけではない。ネット上の横書きでの文章は僕にとって初めての経験だったが、紙媒体とは違うモニター上のビジュアルも必要で、文中にこまかくチャプタータイトルを入れたり、様々な写真でページを埋めたり、記事としての体裁を整えてくれたのも、すべて彼女だった。

結局、何とか続けた連載は三年に及び、特別付録とも言うべき愛原実花さんとの対談（連載開始時から、どこかでこれをやりたいと決めていた）三回分を含めれば、四十七回に達した。あまり世に出ることのなかった、つかこうへいのこの時期を記録として残すという、最初に覚悟した僕の果たすべき責任は、何とか全う出来たのではないかと、自分なりに満足はしている。気長に並走してくれた山口さんには感謝しかない。

ただし読み返すと、申し訳ないことに話の主軸が僕自身のことであるのは前作以上だ。長谷川康夫という男がどういういきさつで役者をやめ、つかこうへいのもとを離れたかを書き残したに過ぎないと、またまた多くの非難を浴びるに違いない。だがもう何を言われようと痛くも痒くもない。これが僕のスタイルで、この先、つかとのことを世間に語ってみせるなど、二度とないのだから……。

ここでひとつだけ、書いておきたいことがある。

本作の「論座」での連載中、かつて「劇団つかこうへい事務所」の一員だった高野嗣郎が亡くなっている。二〇二〇年九月のことだ。

高野嗣郎に関しては『つか版・忠臣蔵』の項で、僕の思いも含めてあれこれ綴ったが、なぜそんな気になったかというと、ちょうどその頃、彼が名古屋に帰ってから十五年続けているブログなるものが、突然中断してしまったからだ。ものを書くことを生きがいにしている高野がそれを休むときは、ほぼ入院というのが今までの決まりだった。いくつかの持病を持つ彼には、これまでもそれが何度かあった。前年の暮れには交通事故で、リハビリを含めて三か月ほど病院で過ごし、その間、ブログが更新されることはなかった。

今回も何かあったかとメールを送ったが、返事は来ない。

なんとなく心配しながら、ちょうど『つか版・忠臣蔵』の項に手を付けていたこともあり、高野について触れてやろうという気になったのだ。

そして数日後、まさしくその部分を書いている時だった。デスクの電話が鳴った。発信元の番号は「０５２」で始まっている。高野だ……。何たるタイミングかと受話器を取った。

しかし「もしもし」と聞こえてきた声は女性だった。お母さんだった。瞬間ドキリとした。

二週間前に高野が亡くなったと、お母さんは淡々と伝えた。

二人で暮らす息子が、朝、起きてこないので見に行くと、布団の中で眠ったまま息を引き取っていたという。苦しんだ様子は全くなかったと……。「虚血性心不全」という言葉が遠くで聞こえた。

三年後の二〇二三年夏、かつての仲間たちが集まり、ようやく偲ぶ会を開いた。コロナ禍のため、ずっと何も出来ないでいたのだ。劇団の役者たちが、ほぼ全員顔を揃えたのは何年ぶりだったろう。

皆で高野の思い出話をするうち、すでに終わっていた僕の連載が話題となり、「高野にとってだけは、つかこうへいと出会ったことが幸せではなかったのではないか」というくだりに、さんざんケチをつけられた。ただ僕はそんな皆の非難が、どうにもうれしかった。なんだかんだ言っても、高野は僕らにとってかけがえのない存在だったのだ。

しかしまた今回も、真っ先に読んでもらいたかった人間が、それを知ることなく逝ってしまった。こうして本になったものを高野に渡して酒を酌み交わし、例によって泥酔したアイツにさんざん絡まれてみたかったなぁ……。

それにしても、これがまさか書籍として世に出ることになるとは、連載中はまったく思っていなかった。岩間多佳子が、前作『つか正伝』の担当編集者だった出来幸介と、僕の知らないところで話を進めていたらしい。岩間さんには、「論座」での連載中、どこかオブザーバーのような立場で、掲載前の原稿に毎回目を通してもらったのだが、カメラマンの斎藤一男さんに何度も昔の写真を手配してくれたり、記事が新しく公開されるたびに、かつての劇団関係者にいっせいに連絡してくれたりと、何かと世話になった。

そして最後がこの書籍化である。

出来君との付き合いは『つか正伝』以降もずっと続き、彼はかつてのつか劇団の役者たちともすっかり仲良くなっていたから、今回の出版が、彼の移った大和書房からになったのは当然だろう。ただ社内でそれを通すために、相当無理をしたのではないかと、少々心配もしている。

しかし本作を書くに至った理由を思えば、それがこのような形でしっかり「記録」として残ることは、望外の結末である。

連載では一回一回の読者のため、こまぎれで繰り返しが多くなる文章を、一冊の流れとするために一から読み直し、大きく手を入れることが出来たのも有難かった。

出来君と大和書房には心から感謝したい。

そして……。

「つかこうへい」について何かを書くのは、もう本当にこれが最後であり、この先、絶対にないということを、今ここで断言しておく——。

本書は、二〇二〇年六月～二〇二三年一月に朝日新聞の言論サイト「論座」で連載された「つかこうへい話Returns」に大幅な加筆修正を加えたものです。

「役者の語るつかこうへい」：二〇一五年十二月十六日、紀伊國屋ホールにて開催された座談会「つかこうへいを語ろう」を基に構成。

「娘の語るつかこうへい」：初出・二〇二三年四月十五～十七日「論座」にて配信「娘が語る、つかこうへい」（全三回）。

撮影：　斎藤一男（カバー、口絵写真、第１・３・５・６章扉、p25, 141, 149, 193, 241, 247, 255, 269［上］, 277［上・下］, 295, 317, 337, 351［上・下］）、谷古宇正彦（第４章扉）

資料提供：オフィスカザマ（第４章扉、p209）、斎藤一男（p171, 245）、髙橋和男（p321）、不破敏之（第２章扉、p51, 101）、ホリプロ（p361, 369）。特に記載のないものは著者提供

一部著作権者、著作権継承者の不明な写真がありました。ご存じの方はご一報下さい。

長《は》谷《せ》川《がわ》康《やす》夫《お》

1953年、札幌市生まれ。演出家、脚本家。早稲田大学入学後、劇団「暫」でつかこうへいと出会う。『いつも心に太陽を』『広島に原爆を落とす日』『初級革命講座飛龍伝』『蒲田行進曲』など一連のつか作品に出演。「劇団つかこうへい事務所」解散後は、演出家、脚本家として舞台・映画作品を発表。2005年『亡国のイージス』で日本アカデミー賞優秀脚本賞を受賞。近年の作品に『あの頃、君を追いかけた』（監督、2018年）、『空母いぶき』（脚本、2019年）など。つかこうへいの若き日々から〝つかブーム〟までを徹底した取材で描き出した評伝『つかこうへい正伝 1968-1982』（新潮社、2015年）で講談社ノンフィクション賞、新田次郎文学賞、AICT 演劇評論賞を受賞。

つかこうへい正伝《せいでん》Ⅱ
1982-1987 知《し》られざる日《ひ》々《び》

2024年1月30日　第1刷発行

著　者　長《は》谷《せ》川《がわ》康《やす》夫《お》
発行者　佐藤　靖
発行所　大《だい》和《わ》書房
東京都文京区関口1-33-4
電話　03-3203-4511

装幀　城井文平
カバー写真　斎藤一男
口絵・本文デザイン　二ノ宮匡（nixinc）
校正　鷗来堂
編集　出来幸介
本文印刷所　信毎書籍印刷
カバー印刷所　歩プロセス
製本所　ナショナル製本

ISBN978-4-479-39418-1

乱丁・落丁本はお取り替えいたします。
https://www.daiwashobo.co.jp